O MAIOR SER HUMANO VIVO

pedro guerra

1ª edição

EDITORA RECORD
RIO DE JANEIRO • SÃO PAULO
2024

CIP-BRASIL. CATALOGAÇÃO NA PUBLICAÇÃO
SINDICATO NACIONAL DOS EDITORES DE LIVROS, RJ

G964m   Guerra, Pedro
          O maior ser humano vivo / Pedro Guerra. - 1. ed. Rio de Janeiro : Record, 2024.

          ISBN 978-85-01-92141-3

          1. Romance brasileiro. I. Título.

24-88134

CDD: 869.3
CDU: 82-31(81)

Meri Gleice Rodrigues de Souza - Bibliotecária - CRB-7/6439

Copyright © Pedro Guerra, 2024

Ilustrações de capa: criadas com intervenção de inteligência artificial gerada por Midjourney.

Todos os direitos reservados. Proibida a reprodução, armazenamento ou transmissão de partes deste livro, através de quaisquer meios, sem prévia autorização por escrito.

Texto revisado segundo o Acordo Ortográfico da Língua Portuguesa de 1990.

Direitos exclusivos desta edição reservados pela
EDITORA RECORD LTDA.
Rua Argentina, 171 – Rio de Janeiro, RJ – 20921-380 – Tel.: (21) 2585-2000.

Impresso no Brasil

ISBN 978-85-01-92141-3

Seja um leitor preferencial Record.
Cadastre-se no site www.record.com.br
e receba informações sobre nossos
lançamentos e nossas promoções.

Atendimento e venda direta ao leitor:
sac@record.com.br

Para Giovana

Penso que estamos cegos, Cegos que veem,
Cegos que, vendo, não veem.

José Saramago

E andarmos apressados deu em chegar
atrasados.

Belchior

PARTE 1

CARCAÇAS HUMANAS
EM BUSCA DE UMA DOSE DE GIM

1

Eu estava destroçado. Dava pra ver no jeito como eu andava, me sentava, esticava a mão para cumprimentar alguém: lentamente, como se a gravidade agisse de um modo diferente sobre o meu corpo, como se eu habitasse Júpiter. A imagem que eu tinha de mim mesmo era a de um esquilo atropelado em uma rodovia e deixado lá por dias, até que não se pudesse distinguir o que era animal do que era asfalto. Havia gastado meus últimos meses, minha saúde e minha massa cinzenta em uma das maiores operações de aquisição da década no Brasil. Uma empresa brasileira no segmento de proteína animal estava comprando outra gigante americana do mesmo ramo. Alguns bilhões de dólares trocariam de bolso, milhares de funcionários teriam outro rol de nomes como empregadores, e os cofres públicos, tanto de lá como de cá, receberiam uma bolada na forma de impostos. Isso sem contar a tsunami de dinheiro que encheria as piscinas das mansões dos sócios do escritório especializado em mergers and acquisitions onde eu trabalhava. Mergers & Acquisitions, ou M&A, que para os íntimos também significava Misery & Agony, sempre em inglês, claro.

Foram semanas e semanas à base de energéticos, coca zero, café de cápsula, anfetaminas e todo tipo de estimulantes, lendo e relendo páginas e páginas com letrinhas tão pequenas quanto amedrontadoras, como pulgas empunhando serras elétricas. Mas, nessa idade, você é uma máquina de trabalhar, e seus olhos parecem displays de caça-níqueis, sempre estampando cifrões, não importa quantas vezes você puxe a alavanca. E, caso fosse necessário algum outro estímulo, os banheiros da Lennox, Székely & Königsberg Advogados estavam equipados com loções e cremes hidratantes para as mãos, enxaguantes bucais, creme dental e toalhinhas de linho sobre bandejas de prata reluzentes. E todo mundo sabe pra que serve uma bandeja de prata reluzente em um banheiro de escritório no bairro do Itaim.

Seria um enorme case de sucesso para mim, se toda a operação não tivesse evaporado de uma hora para outra e como instantânea reação eu não tivesse vomitado meu almoço sobre a mesa da sala de reunião. Minha chefe sempre dizia que cabernet sauvignon não combinava com frutos do mar, e teve que virar o rosto para conseguir se controlar ao meu lado. O chefe da minha chefe preferiu sair da sala.

Não muitos anos depois, meus problemas já eram outros.

Enquanto os garçons do Zé Preto andavam pra lá e pra cá, esbaforidos, suando em bicas, tentando dar conta de uma demanda muito superior à que poderiam satisfazer, eu ficava na minha mesa de sempre, aplicando gelo sobre o olho esquerdo, que a cada minuto ficava mais roxo e dolorido. (Eu havia acabado de levar o meu primeiro soco, aos 30 anos — não sabia se isso era uma vitória ou um fracasso.) Pedi ao Zé Preto um saco plástico para pôr os cubos de gelo. O pano de prato na minha mão já estava encharcado, e minha taça de martíni cercada de água por todos os lados. Pede pro Olávio, foi o que ele respondeu. Então eu pedi pro Olávio.

Do lado de fora, uma pequena multidão de umas cinquenta pessoas gritava o meu nome e chacoalhava cartazes coloridos com fotos minhas colhidas no Google. Eu em cima do palco, eu na página do jornal, eu no programa de televisão, eu na capa da revista. Uma garota escreveu "faz um filho em mim" com purpurina em uma cartolina amarela. Eram apenas uns gatos pingados minutos atrás; seriam duzentos, trezentos, nas próximas horas, eu calculava. Os seguranças já haviam sido instruídos: só entra alguém no Bar do Zé Preto quando sair alguém do Bar do Zé Preto.

Ao mesmo tempo que estabelecia regras para a admissão de novos clientes, Zé Preto articulava uma operação de guerra com os fornecedores da casa. Não queria correr o risco de deixar de vender nenhuma latinha de cerveja, nenhum pastelzinho por falta de planejamento. Estávamos lotados até a tampa, o piso de madeira rangia com o peso dos garçons indo e voltando. Estávamos atendendo pessoas na calçada. Atenderíamos em breve pessoas no meio da rua. E tudo isso por minha causa.

Do pirotécnico vômito na sala de reunião da Lennox, Székely & Königsberg Advogados até a convulsão social diante do Bar do Zé Preto, não foram nem três anos.

A vida, bicho, que doideira.

2

Entrar na Lennox, Székely & Königsberg Advogados não foi exatamente difícil. Eu era o que meus professores no Largo de São Francisco qualificavam de um aluno quase brilhante. Era estudioso, sempre me mostrava interessado dentro e fora de sala de aula e conseguia tirar ótimas notas. Não fosse a minha preguiça acadêmica, advinda de um pragmatismo que sempre tendia a depreciar a vida na universidade, eu até poderia ter sido um aluno realmente brilhante, quem sabe um Pontes de Miranda piorado. Mas eu não via muito futuro em ficar de papo com universitários e professores nos corredores, não gostava do ambiente acadêmico e não planejava passar muito tempo embaixo das arcadas do prédio da faculdade. Meu destino eram os grandes escritórios, os grandes clientes, as grandes causas, eu gostava da ação. Queria ter meu nome na fachada de um prédio em uma avenida importante. Como todo jovem adulto de família bem de vida, eu imaginava que o meu futuro já estava lá e eu nem precisava esticar os braços para pegar, era só uma questão de se deixar levar pela inércia do tempo e logo, logo eu o encontraria, como se fosse uma nuvem de perfume flutuando a qual eu atravessaria de olhinhos fechados, curtindo o momento.

E foi assim que, pouco antes de me formar, meu professor de direito tributário indicou meu quase brilhantismo a um dos sócios da Lennox, Székely & Königsberg Advogados, e em pouco tempo pude entrar no maior escritório de advocacia do país.

Ainda me lembro da primeira vez que pus os pés lá. Pessoas muito bem-vestidas, com gravatas que pareciam caras, e de fato eram, mulheres se equilibrando em sapatos de salto alto e solado vermelho, todos sempre aparentando ter um grande e urgente propósito, mesmo que estivessem apenas levando uma folha de sulfite à copiadora. O carpete era mais confortável que o meu colchão e o ambiente inteiro cheirava a limão. (Meses mais tarde descobri que havia um braço do design de ambientes que trabalhava com o olfato. E que os aromas cítricos estimulavam a produtividade e a competição. E que os chefes estavam pouco se lixando se o estímulo à competição em um ambiente já extremamente competitivo levasse algum subordinado a matar o coleguinha mais bem-sucedido enfiando uma caneta no pescoço.)

Fui lá mais uma vez antes de me aceitarem no clube. Lorena, uma das secretárias, sorriu para mim e pediu que a seguisse. Nossas passadas quase não faziam barulho, como se pisássemos em almofadas. Ela me conduziu por um corredor que margeava o escritório, bem longe de documentos confidenciais e reuniões mais confidenciais ainda. Não era qualquer um que poderia visitar a cozinha, se ali fosse um restaurante.

Dois minutos após esperar sozinho em uma sala revestida de painéis de madeira que deviam custar o preço de um carro, Antônia, a diretora de RH, surgiu com uma pasta na mão e um sorriso amistoso no rosto. Nos cumprimentamos.

Educada, diligente e muito bem-vestida, ela me deu as boas-vindas e continuou retirando algumas folhas de papel da pasta com gestos muito rápidos e precisos. Eu disse a ela que havia sido indicado ao sr. Székely Neto por um professor da faculdade, Eliezer Pompeu de Souza Brasil. Ah, então estamos diante de um pŕodígio da USP, disse ela, como se toda semana fosse apresentada a um novo prodígio da USP.

"Na verdade, alguns dizem que sou quase brilhante."

Eu sorri, mas ela ignorou o comentário. Pôs na minha frente um contrato de trabalho com várias páginas das quais se destacava a página com o valor do meu salário. Muito decente, decentíssimo, principalmente tendo em vista que eu ainda estava no último semestre. Antônia saiu da sala me pedindo para ler o documento inteiro e apontar alguma objeção.

Um garçom com os olhos sempre voltados para o chão e uma careca de frade entrou e me ofereceu água, café e um prato com biscoitinhos. Nos meses seguintes, descobri que Jefferson era chamado de homem dos biscoitos e sempre trazia biscoitos porque sabia que quase ninguém os comia. No fundo, ele os trazia para si mesmo.

Quando Antônia retornou, eu já havia lido e concordado com tudo. E também dado conta de todos os biscoitos. Ela guardou os documentos e me informou que eu começaria dali a uma semana. Se eu tivesse alguma dúvida, poderia ligar para ela. Nesse momento, ela me entregou o seu cartão. A gramatura tão alta que mais parecia feito de acrílico. Ela então chamou a Juliana para que registrasse as minhas digitais, que, em breve, abririam todas as portas do maior escritório de advocacia do país.

Quando voltei ao escritório na semana seguinte, esperei por dois minutos até que Antônia me encontrasse na recepção. Simpática, ela me apresentou às secretárias, que eu já conhecia, e me levou para conhecer o escritório. Antes, pediu desculpas: o sr. Székely Neto não poderia me receber, pois estava em viagem. Só fui encontrar o responsável pela minha contratação alguns meses depois de empregado, em uma festa de confraternização numa tarde de verão escaldante. O sol fazia os prédios tremularem no horizonte.

Foi uma das poucas vezes que vi meus colegas de colarinho aberto e mangas arregaçadas no escritório. Ele, no entanto, envergava o figurino completo: milionários não suam nem sentem calor. Agradeci pela oportunidade. Ele sorriu com polidez e me deu as boas-vindas, mas claramente não fazia ideia de quem eu fosse.

O escritório ocupava os 1.700 metros quadrados do 18º andar de um prédio na Faria Lima. Às nossas costas, dava pra contemplar o miolo da Vila Olímpia ainda coalhado de casinhas que em breve a especulação imobiliária trataria de transformar em outros arranha-céus. Do lado esquerdo a avenida se transformava na Hélio Pellegrino, e do lado direito poderíamos ver o largo da Batata, a alguns quilômetros dali, não fosse um horrendo prédio neoclássico bloqueando a visão na altura do Shopping Iguatemi. A Lennox, Székely & Königsberg também ocupava um edifício neoclássico, e o Reggie adorava. Como ele dizia, o melhor a fazer em São Paulo é se enfiar no primeiro prédio neoclássico que você encontrar: é um monstrengo a menos que você vai ver quando abrir a janela.

E comprimida entre as inúmeras folhas de vidro que circundavam todo o piso, uma fauna particular. Devia haver umas trezentas pessoas trabalhando ali, a maioria muito jovem, nos seus 25, 30 anos, e somente seis ou sete com mais de 60, incluindo os sócios. Os homens sempre em forma, com abotoaduras e monogramas bordados no bolso da camisa, além de gel nos cabelos. As mulheres eram todas magras, usavam saias na altura dos joelhos, brincos e quase nunca repetiam a bolsa. Não havia negros. Nenhum Barbosa ou Silva. E não havia gordos, a não ser gordos tão ricos que tornavam irrelevante o que as pessoas daquele lugar qualificariam de imperdoável desleixo. Meu novo emprego era um clichê, daqueles de cinema americano. Bom, na verdade eu nunca imaginei que fosse muito diferente, mas naquele tempo nada disso tinha a menor importância pra mim.

Havia nas salas de reunião retratos a óleo dos três fundadores: Paulo Lennox, David Székely e Samuel Königsberg. Cada um sentado em uma poltrona de couro com sua biblioteca ao fundo, ou apenas um fundo escuro, como no caso do velho Königsberg. Os três já estavam mortos há pelo menos trinta anos e mais tarde descobri que os seus filhos e netos é que tocavam o negócio, de um jeito que talvez o trio considerasse, por assim dizer, heterodoxo. Vendo com os olhos de hoje, a Lennox, Székely & Königsberg Advogados era claramente um ambiente tóxico, mas eu tinha a sabedoria e o ímpeto de um jovem de vinte e poucos anos. Uma combinação que, friccionada sob determinadas circunstâncias, tem grande capacidade de gerar merda.

As primeiras semanas não foram muito diferentes do que eu esperava. As minhas funções eram meramente burocráticas: retirava autos em cartórios, obtinha certidões de processos em curso, coletava assinaturas, passava horas e horas lendo tabelas e planilhas, enfim, o que todo jovem advogado fazia, sempre com um semblante sério de quem sabe que todo advogado fica melhor com um semblante sério. Mas eu já estava acabando o curso e havia sido recomendado pelo meu quase brilhantismo, então logo a minha presença começou a ser solicitada em tarefas mais complicadas, e passei a frequentar reuniões com gente muito mais importante do que eu.

Foi por aí que conheci o Reggie.

Eu já o tinha visto zanzando pelo escritório, mas não fazia a menor ideia do que ele fazia lá. A impressão que eu tinha era que o Reggie andava sempre sem direção definida, como um daqueles robôs aspiradores de pó. Ocasionalmente, eu o via conversando com algum sócio ou membro da diretoria sobre assuntos do dia, contando piadas ou falando sobre um novo restaurante ou irrelevâncias do tipo. Tapinhas no ombro, sorrisinhos e gargalhadas. Outras vezes, eu o via encostado em alguma mesa, lendo o jornal no meio da tarde, como se não tivesse nada mais importante para fazer. Após algumas semanas apenas tendo noção da existência um do outro, e depois de um rápido encontro na copa, nos apresentamos. Combinamos de almoçar juntos. Por algum imprevisto que já não lembro, o almoço virou jantar.

Alguns anos antes, uma avalanche em um pico de esqui na Europa havia sepultado seus pais, Bernardo e Eloisa, para sempre sob o gelo, e elevado a sua categoria de filho de milionários para milionário de fato. Ele não precisaria trabalhar pelos próximos séculos, mesmo que gastasse como um fugitivo da Cortina de Ferro com um cartão de crédito sem limites. Mas, ainda assim, trabalhava. Na verdade, trabalhar é modo de dizer. Ele frequentava o escritório. Durante todo o tempo que passei na Lennox, Székely & Königsberg Advogados, eu nunca soube qual era a função ou o cargo do Reggie. Nem ele tentou me explicar. Em todo caso, era irrelevante. Eram 1.700 metros quadrados de área, havia bastante espaço para qualquer um, principalmente se esse qualquer um fosse um dos donos de uma das maiores fortunas do país. A outra dona era a sua irmã, Janine.

Nos entendemos desde o princípio; nossa amizade continua até hoje e provavelmente enveredará pelos caminhos da eternidade. No mínimo porque sou grato por toda a ajuda que ele me deu durante todo o tempo que passei no mais insalubre escritório de advocacia do país, mas também pelo meu inabalável senso de responsabilidade, que me obriga a cuidar dessa pobre alma inocente nesse mundo tão complicado. Saint-Exupéry era quem falava: tu te tornas eternamente responsável por aquilo que cativas. Só faltou completar:

"Pois toma essa!"

Reggie era elegante, um pouco rechonchudo, bochechas rosadas, e se vestia muito bem. Não parecia fazer nenhum esforço para ter um ar de aristocrata inglês. Conhecia muito de artes plásticas e vinhos, gostava de Patek Philippe, entendia de cinema, principalmente de musicais americanos, Billy Wilder e Howard Hawks. Não suportava rock, música eletrônica, nada disso. Só gostava de bossa nova e jazz, tirando a gororoba fusion. E de Julio Iglesias, coisa que ele só contava para os mais próximos.

Não é muito difícil perceber que, uma vez solto sozinho na praça da Sé, Reggie jamais chegaria vivo em casa. Porque, além de tudo, não tinha a menor ideia de como a vida normal funcionava: nunca tinha posto os pés em um ônibus ou em uma agência bancária, jamais havia ligado para a companhia telefônica para cancelar um serviço, e, se tivesse que pensar em como as codornas são preparadas, imaginaria as aves caindo nas panelas Le Creuset direto do céu, já depenadas. Não havia nenhum senso de praticidade naquele ser humano, e jamais se poderia confiar uma criança sozinha em uma piscina à sua atenção. Todo mundo tem um talento, e o do Reggie é a incompetência.

Uma providência acertada que tomei, na época, foi terminar o relacionamento com a minha namorada, a Vanessa. O relacionamento já estava mais pra lá do que pra cá, e quando ela começou a não se importar mais com meus atrasos e cancelamentos de última hora entendi que já estava em outra, ou pelo menos já com as malas arrumadas para partir desta. Então, para ser mais preciso, talvez não tenha sido eu que tenha desfeito o namoro; apenas me dei conta de que já estava tudo acabado e verbalizei. Ela deu graças a Deus por esse favor. Dava pra ver o alívio tomando conta dos seus ombros quando conversamos. Nos despedimos sem lágrimas e quase nenhum rancor guardado. Pouco tempo depois, ao deixar o escritório tarde da noite, vi Vanessa saindo de um restaurante de mãos dadas com outra garota. Ela parecia bem feliz. Também fiquei feliz por ela, mas principalmente porque eu estava livre, sem culpas e sem contrapesos para construir a minha reputação dentro do escritório e fora dele também, se tudo desse certo.

"O que você tá fazendo?"

"Oi, Reggie. Tudo bem? Tô aqui apanhando desse contrato."

"Tem uma turma querendo ir no Urbe…"

"Hoje não rola."

Passagem de tempo. Plim!

"Chegou cedo, hein?"

"Ainda não fui pra casa, na verdade, Reggie."

"Das vantagens do uso de gel no cabelo…"

Falando assim parece que estou me queixando, mas não é nada disso. Eu estava deslumbrado, me achando importante, fazendo o que eu gostava de fazer e o que eu achava que deveria fazer. Estava enveredando pelas águas turvas e pesadas do direito societário e do direito empresarial, tentando não ser tragado pelas correntes traiçoeiras que se escondiam sob a superfície. Eu acreditava piamente, como um cachorro que encontra um novo dono que não o maltrata, no trabalho que fazia, na capacidade que eu e meus colegas e chefes tínhamos de pôr ordem no caos e estabelecer parâmetros civilizadores na batalha sangrenta que era a aquisição de uma empresa por outra, no dom de gerar riqueza a partir de outras riquezas e assim contribuir para a sociedade de alguma forma, e para o futuro de cada envolvido na forma de um salário gordo e dividendos imorais. E embora essa crença fosse, em certa medida, baseada numa verdade, demorou algum tempo para eu compreender que, sim, era também baseada em uma grande mentira que misturava idealismo adolescente, ilusão quanto à relevância de qualquer advogado no quadro de engrenagens da Lennox, Székely & Königsberg e total desconhecimento dos mecanismos que me faziam ser escravo de mim mesmo e ainda sorrir diante do espelho do elevador todo dia de manhã.

Mas naqueles dias e por muito tempo ainda eu seria sempre um dos primeiros a chegar e o último a sair. O último a dar adeus aos seguranças e o primeiro a cumprimentar com um bom-dia os funcionários da limpeza. Eu me perdia nos arquivos dos clientes, revisava cada linha, cada número de qualquer pedaço de papel que me caísse nas mãos, vasculhava planilhas infindáveis em busca de erros ou fraudes contábeis, revirava documentos em busca de cláusulas inapropriadas e conflitos de interesse entre as partes envolvidas, virei um ratinho de jurisprudência e aprendi tudo o que não havia aprendido sobre direito tributário no Largo de São Francisco.

E, como num passe de mágica, eu já não precisava mais perguntar ao velho Andrade, o segurança da noite, como se ligava ou desligava as luzes de qualquer quadrante daquele andar. Dependendo do meu humor, eu escolhia a sala de reunião com a mesa de sândalo indiano ou a sala de reunião na quina envidraçada da Faria Lima com a Leopoldo, ou o lounge com mesa de sinuca, ou os confortáveis sofás da recepção, e ficava lá até de madrugada enquanto todo o escritório mergulhava na escuridão. Era só pegar meu notebook, a papelada e, pronto, me aboletava onde quisesse com um copo de café. Mais ou menos como a rainha Elizabeth poderia fazer quanto a qual dos inumeráveis banheiros no Palácio de Buckingham ela escolheria para evacuar o seu cocô real.

"Quer?"

Reggie me ofereceu um copo de água.

"Sim, obrigado."

Deixou-o sobre a mesa e foi se sentar do outro lado. Olhou ao redor, para a sala que ele conhecia bem. Estalou os dedos, todos os dez dedos das mãos. Pigarreou, impaciente. Ele sempre tem esse ar de que algo importante está prestes a acontecer, como se o seu interlocutor fosse convidá-lo para uma festa ou um jantar naquele exato momento. Mas eu não iria convidar ninguém pelos próximos quarenta, cinquenta minutos. Poderia ser mais tempo ainda, inclusive, se o Reggie continuasse falando e não me deixasse em paz.

"Por que você veio trabalhar aqui? O escritório está vazio."

Respondi sem tirar os olhos do notebook:

"Porque gosto do ambiente e tem a máquina de café."

"Ainda vai longe? A gente podia tomar um…"

"Agora não, Reggie. Eu tenho que acabar isso."

"Posso te ajudar?"

"Sim, claro. Basta não me interromper."

Ergui os olhos e o observei. Ele fez aquela cara de coitado com a qual eu já estava começando a me acostumar. Um bebezão, o Reggie.

Abri um sorriso e falei pra ele relaxar. Aguenta um pouco aí.

Quando acabei, fechei o laptop. Minhas pernas estavam dormentes e tive que gastar alguns segundos fazendo uns movimentos estranhos, meio tai chi chuan, meio Elvis Presley, para devolver vida e sangue a meus membros inferiores. Enquanto isso, Reggie se levantou e foi até sua mesa pegar o paletó. Aproveitei e encaixei mais uma cápsula de café na maquininha. Quando parei de contar, ainda com o dia claro, estava na décima xícara.

"Minhas mãos estão tremendo."

"Você vai acabar desenvolvendo uma gastrite."

"Não vejo quase ninguém tomando café aqui. O que essa gente tem?"

"Ninguém quer estragar o branqueamento dos dentes, meu querido. Além do mais, existem várias outras maneiras de se manter acordado."

Ele apertou o botão do elevador.

3

O despertador me acordou às sete da manhã. Primeiro eu o ouvi tocar bem baixinho, lá longe. Fui despertando sem saber ao certo onde estava. Demorou para eu tomar pé da situação, mas finalmente entendi que havia dormido no banheiro, no meio de uma punheta. Meu pau entristecido ainda estava na minha mão. Brochar na punheta, que situação, bicho. Não consegui me levantar de primeira, uma dor na lombar me atacou como se fosse uma lança atravessando as minhas costas. Enquanto me recompunha sobre o vaso e alongava os braços e pernas, senti o sangue correr e um formigamento tomar conta de toda a minha perna direita. Quando consegui me pôr de pé, tive que me segurar para não cair; a perna dormente estava sem força nenhuma, algodão no lugar dos ossos. Me apoiei nas paredes até entrar no box e abrir a ducha. À medida que a água caía sobre a minha cabeça fui me lembrando da noite anterior.

Eu havia trabalhado até as três da manhã no escritório quando decidi vir para casa, o estômago doendo de tanto café e coca zero. Estava exausto, já fazia umas duas semanas que chegava em casa não antes da meia-noite, incluindo aí sábados e domingos. Não admira ter chapado do jeito que chapei. Quando criei o *Medianismo* anos depois, lembro de contar sobre essa patética cena da masturbação adormecida e fechar o raciocínio afirmando que o capitalismo sequestrava a libido e ainda desapropriava os nossos corpos. Eu soava como um intelectual da USP falando em algum boteco da Vila Madalena, e talvez por isso tenha feito tanto sucesso.

Eu já estava no chuveiro, mas o despertador continuou a tocar a marimba de sempre. Só pararia quando eu o desativasse. Enxuguei o corpo rapidamente, recuperei o silêncio apertando o botão no celular e me joguei pelado na cama. Minha coluna cervical agradeceu. Tentei dar mais um cochilo e aliviar as dores nas costas, mas o sol que atravessava a janela não permitia. Eu não queria vitamina D, queria descanso. Ao mesmo tempo, não tinha nenhuma gota de ânimo pra me levantar e fechar a cortina. Só me levantaria em caso de incêndio. Foda-se, pensei, vou ficar aqui mesmo. Curvei o braço sobre a cabeça e a parte interna do cotovelo se encaixou sobre os meus olhos. Fiquei ali, nem bem dormindo, nem bem acordado, ou acordado, mas fingindo que dormia. Já dava pra ouvir a cidade toda lá embaixo.

Um cara normal teria mandado tudo à merda e tiraria o dia de folga: sairia pra almoçar e tomar uma cerveja, passaria a tarde em frente à TV vendo reprises de futebol e à noite levaria a namorada para jantar ou coisa parecida. Mas nem namorada eu tinha: Vanessa, como já disse, parecia estar muito feliz em seu novo relacionamento. O que me traz de volta à masturbação, que, do meu retorno à solteirice até os dias que corriam, havia se tornado minha prática sexual mais recorrente, para não dizer a única. E a depender do ritmo de trabalho e das condições físicas em que chegava em casa, nem mais isso eu teria ao alcance das mãos — sem trocadilho. Não me demorei muito com esses pensamentos, logo me levantei. Uma grande carreira no direito não se constrói sozinha.

Depois de três ou quatro semanas na Lennox, Székely & Königsberg Advogados já dá pra saber se você vai desistir ou se vai seguir em frente. É como o treinamento dos militares que a gente vê no cinema, mas sem a parte da gritaria: por mais que alguém levantasse a voz, o que rarissimamente acontecia, o carpete e os painéis de madeira absorviam todo o volume excedente.

Eu já estava havia vários meses mandando ver, trabalhando feito um burro de carga, e, tirando as dores constantes no estômago e as noites não dormidas (e a vida pessoal indo para o beleléu), continuava a ser o mesmo de sempre. Quando se tem vinte e poucos anos a vida é bem mais fácil, e um dos seus grandes talentos é a adaptação a condições extremas. Não demorei muito para me acostumar com as pessoas chorando nos banheiros e sobrevivendo à base de ansiolíticos. Se os soviéticos se acostumaram a Chernobyl, por que eu não me acomodaria confortavelmente à Lennox, Székely & Königsberg Advogados?

Observando com distanciamento, era tudo muito insalubre, mas naquela época, para mim, chegava a ser engraçado. Eu via as pessoas recém-contratadas tentando suportar o ritmo e as exigências do escritório com uma alimentação saudável cheia de orgânicos, porções de castanhas no final da tarde e três visitas à academia por semana. Algum tempo depois elas se davam conta de que não era suficiente e logo você descobre que elas também estão fazendo ioga e pensando em fazer terapia. Quando nada dá certo e elas começam a se envolver com acupuntura e constelação familiar, você já sabe que é uma questão de semanas para que essas pobres almas comecem a fumar e a entupir seus sistemas circulatórios com o que a indústria farmacêutica criou de mais moderno no combate à depressão e no apagamento das emoções. Como diria um cara que conheci pouco tempo atrás, as pessoas não vivem, elas se protegem da vida que levam.

Ficou famoso um amigo secreto alguns anos atrás na Lennox, Székely & Königsberg Advogados em que as pessoas trocavam caixas de Prozac, Lexapro, Stilnox e Lexotan de presente.

"O meu amigo secreto adora Nova York."

"O que mais?"

"Gosta de sapatos Ermenegildo Zegna."

"Fala mais!"

"E teve um ataque de pânico em uma videoconferência no mês passado!"

"Eduardo! Eduardo!"

Dei o nó na gravata, vesti o paletó, peguei a mochila e desci até o Bar do Zé Preto pra tomar café da manhã. A cara de sono escondida por um par de óculos escuros. Sentei no balcão e pedi o de sempre: suco de laranja, pão na chapa e café. O bar ainda estava abrindo e havia poucas pessoas no salão. Um senhor espalhava jornal sobre uma mesa no canto. Olávio acenou de longe com o habitual bom humor e sua cara de cachorro. Zé Preto não estava, tinha ido pegar o pai no aeroporto.

Comi com rapidez, deixei uma nota sobre o balcão e saí a tempo de chegar no escritório nem um minuto a mais, nem um minuto a menos do que o horário oficial. Atravessei a enorme sala com os passos amortecidos pelo carpete. Deixei a mochila ao lado da cadeira, apoiada na estante, e decidi ir até a copa tomar o segundo café do dia. Era uma péssima ideia, meu estômago estava em frangalhos, mas se eu não ligava para isso, quem haveria de se importar? Nas salas envidraçadas dava pra ver o sr. Lennox e o sr. Székely Neto em suas respectivas mesas, lendo os jornais do dia. Os dois com a pele branquinha e limpinhos como se uma babá tivesse passado talco nas suas dobras para evitar assaduras. Flutuei até a copa e, claro, lá estava o Reggie, olhando alguma bobagem em seu smartphone.

"A Denise está atrás de você."

"Já?"

"Sim, faz meia hora aliás."

Peguei uma cápsula das mais escuras e pus na maquininha, que começou a fazer aquele barulho estranho.

"Tô morto. Saí daqui eram três da manhã. Acordei hoje no banheiro, acredita? Sentado no vaso sanitário com o pau na mão."

Reggie tirou os olhos do celular e começou a rir.

"Não tive forças nem para oferecer prazer a mim mesmo, Reggie."

"É o tipo de situação que aconteceria comigo, se eu me acabasse de trabalhar como você, claro. Vocês são loucos, todos loucos."

Nesse momento, Denise entrou na copa e nos cumprimentou. Apontou em minha direção e me chamou para uma conversa na sua sala antes de sumir pelo corredor. Eu e Reggie nos entreolhamos. Arqueamos as sobrancelhas. O que a minha chefe queria de tão importante comigo naquela hora da manhã? Antes de ir embora de madrugada eu havia enviado a ela o e-mail com a versão final do contrato de acordo de acionistas de uma empresa que estava se encaminhando para ser vendida a um conglomerado argentino. Também havia redigido a minuta de um contrato complicadíssimo para a Meridional Foods, o maior cliente do nosso núcleo. Penteei o texto, cada parágrafo, cada inciso, cada vírgula, até meus olhos começarem a arder. Não havia erro possível. Estava tudo direitinho. Terminei o café, engoli um biscoitinho e fui até a sala dela. Reggie me desejou boa sorte.

Denise era uma dos 27 sócios minoritários do escritório. Nem todos têm uma sala, mas ela tinha. Alguns sócios minoritários são mais sócios do que outros. Conversamos por alguns minutos, e, antes de sair, abri as cortinas de aletas que iam de cima a baixo da vidraça que dava para o escritório. Olhei para meus colegas ali do outro lado com um sorriso triunfante no rosto. Da sala da Denise até a minha mesa eram alguns metros, talvez uns trinta passos. Não me apressei, pelo contrário, fui andando calmamente, as mãos nos bolsos, os pés frouxos, parecia Gene Kelly andando na calçada antes de dançar na chuva. Não tinha a intenção de ser ostensivo na minha felicidade, queria apenas curtir o momento. Mas, se alguém notasse o meu deslumbramento, bem, que notassem.

Reggie notou. E veio deslizando com sua cadeira de rodinhas até a minha mesa como se fosse um cachorro atrás de um osso. Uma graça, o Reggie.

"E aí? Conta."

Eu havia sido promovido. Agora era advogado pleno. Denise tinha dito que só não me promovia a sênior porque o estatuto do escritório não permitia, mas no máximo em um ano eu seria alçado um degrau acima. E eu havia tido um considerável aumento de salário.

"Quanto?"

"120%."

"Alguém que recebe o dobro de aumento..."

"O dobro mais um quinto, por favor."

"Alguém que recebe o dobro mais um quinto de aumento salarial deveria ganhar muito pouco. Em todo caso, parabéns."

"Só porque você é milionário, jovem, não tem o direito de diminuir as conquistas dos outros. Não seja assim, você é um lorde", falei em tom professoral.

Reggie sorriu e disse que tínhamos de celebrar. Falei que poderíamos comemorar no almoço de amanhã, porque junto com a promoção e o aumento eu também havia recebido uma pilha de contratos para revisar para o dia seguinte.

Decidi mandar um e-mail para alguns colegas mais próximos convocando-os para a celebração. Uma celebração com estilo.

Em menos de dez minutos eu havia decidido comemorar no Gino's. Iria almoçar onde os picas do escritório almoçavam, e bancaria tudo. Essa turma tinha que saber que alguém estava chegando pra fungar no cangote deles. Na minha cabeça, o meu pequeno primeiro passo era o início de uma irresistível e avassaladora carreira. Não por acaso eu já estava planejando gastar por conta, mesmo antes de receber o meu novo contracheque. O sucesso era só uma questão de tempo. Inevitável como a rotação da Terra.

Ah, e antes que eu me esqueça: quase brilhante é o caralho.

Saímos para almoçar no shopping. Passamos pelas arcadas de granito discutindo nomes para o convescote do dia seguinte. Convidaríamos poucos e bons. Até porque, tirando o Reggie, eu não tinha amigos de verdade na Lennox, Székely & Königsberg Advogados. Não estava lá para isso, afinal.

Então, nos concentramos em cinco nomes, a patota júnior ou plena que costumava trocar alguma ideia comigo ou pelo menos me chamar para um café na copa: Melissa, Jay-Dee, Roberto, Cardoso e Corina. Nenhum estagiário, claro, porque provavelmente o Gino's não aceitaria gentinha dessa estirpe.

Melissa era tributarista. Muito bonita e inteligente, iria brilhar ali ou em qualquer lugar do mundo. Lembrava a Romy Schneider. Era noiva de um banqueiro, dono de uma dessas fintechs moderninhas. Confesso que me sentia atraído por ela, pela voz, pelos olhos, pela forma, mas infelizmente ela não parecia se sentir atraída por mim. O que no final acabou sendo conveniente: eu também não estava interessado em namorar ninguém.

Os três homens eram bobos. Excessivamente formais, andavam sempre com pelo menos uma mão no bolso e usavam canetas de grife. Tinham modos de velhos desembargadores, cavalheiros de um jeito antiquado. Já eram chatos, na época. Pedantes, pernósticos, afetados, falavam como se Moisés estivesse ali do lado estenografando suas palavras nas tábuas sagradas. Hoje reconheço neles tudo o que não gostaria de ser. Mas naquele tempo eles eram da minha turma, além de serem muito bem relacionados, o que poderia ser importante para mim em algum momento.

E Corina, especialista em direito ambiental. Dona de uma personalidade instável que variava da irritação extrema à ternura angelical, ela vivia trocando de namorados (na verdade, sendo trocada por eles) e mascando chicletes de nicotina aos montes na tentativa de parar de fumar e manter o humor sob controle — além de remédios. Como dava pra notar, Corina já tinha passado há tempos da fase de acupuntura e constelação familiar.

"E o Fernandinho?"

"Não, muito baixo-astral, Reggie. E amanhã é dia de comemorar! Alegria, tesão, vontade de viver, gana, pau duro. O Fernandinho é tudo menos isso."

Voltamos para o escritório e me esqueci da vida atrás da tela do laptop. Mandei o convite por e-mail e mergulhei nos contratos. Tomei café a tarde inteira. As pequenas cápsulas peroladas saindo da maquininha rumo ao aterro sanitário para jamais desaparecerem da face da Terra. Nem as dores de estômago conseguiram me parar. Às quatro da manhã, quando me levantei da cadeira, olhei ao redor e observei todo o silêncio que me cercava e alguns poucos monitores com protetores de tela ligados lá longe. Eu estava sozinho e era o cara mais feliz do mundo.

4

O Gino's, na rua Amaury, era o restaurante preferido de certa turma endinheirada da cidade. Era o lugar em que o pessoal dos grandes escritórios de advocacia, os altos executivos dos bancos de investimentos e os velhos publicitários que haviam sobrevivido com poucas sequelas aos anos 1990 se reuniam para falar bem uns dos outros — até que alguém se dirigisse ao banheiro e não pudesse se defender.

Garçons silenciosos como um câncer não deixavam nenhum frequentador desamparado. Copos jamais se esvaziavam, a não ser a pedido do cliente, que só precisava recusar a bebida uma única vez para que subitamente toda a tropa de funcionários, até o gerente, o maître e o valet, fosse informada de que não era mais necessário abastecer de vinho aquela taça específica que se misturava no meio de outras tantas taças.

Chegamos a tempo de nos abrigar de uma tempestade que prometia devastar São Paulo e proporcionar imagens de famílias ilhadas no teto de um carro na marginal enquanto o corpo de bombeiros demorava a chegar com seu bote salva-vidas. Lagosta para uns, leptospirose para outros. Dei meu nome, e a hostess nos convidou a segui-la com três quartos de sorriso sincero.

Saiu com suas pernas longas pelo salão enquanto a acompanhávamos em fila indiana até a mesa redonda reservada para sete comensais. Como Corina ainda não havia chegado, sentamo-nos os seis. Reggie se sentia em casa. Era habitué desde muito tempo, desde quando ele e Janine tinham que dividir o tiramisu porque era grande demais. Pediu uma Veuve Clicquot como se ele que fosse pagar e não eu. Ele estava certo. Se estávamos ali para comemorar, que comemorássemos.

Olhei para o salão. Logo estaria com todas as mesas ocupadas. Todos os engravatados e as tailleurudas com seus sorrisos fáceis, gestos livres e a certeza de que não precisariam se preocupar com as questões previdenciárias do país.

O sommelier se aproximou com uma garrafa de Veuve Clicquot, o rótulo com aquele amarelo característico. Descascou o gargalo, retirou o lacre de arame e torceu a rolha até o estampido surdo ressoar pelo salão como um convite. Serviu um por um dos meus convidados. As bolhinhas subindo pelas paredes das taças eram uma coisa bonita de se ver.

Lá fora o mundo desabava. Corina desceu do carro e logo foi socorrida por um valet com um guarda-chuva. Estava de bom humor, mascando chiclete de nicotina. Sentou-se entre Jay-Dee e Roberto, e, antes que se acomodasse direito na cadeira, levantou a taça de champanhe. Tomou um pequeno gole e limpou os lábios com o guardanapo. "Está uma delícia", ela disse. "E harmoniza perfeitamente com chiclete de nicotina." A mesa riu. O sommelier fez um muxoxo.

Olhei para o relógio. Doze e oito. Ainda teríamos quase duas horas até voltar para o trabalho. Chegaram então as entradas, que junto com o champanhe fizeram a mesa ficar mais animada e falante. Alguém perguntou pelo Fernandinho, eu disse que não havia convidado. Jay-Dee falou que o colega estava cada vez mais deprimido. Ele vai ser demitido, pobre coitado, Reggie comentou. O escritório inteiro já sabe disso, Melissa completou antes de erguer a taça para mais um gole, e ainda prosseguiu: não sei por que não o demitem logo.

Na verdade, ninguém havia sido avisado de que o Fernandinho ia ser demitido. Ele apenas estava na Sibéria, que é o lugar para onde você vai quando os sócios deixam de requisitar os seus serviços. E não importa o motivo: pode ser porque descobriram que você é incompetente ou porque pensam que você é, pode ser porque você pisou na bola, porque você é chato ou se veste mal, porque votou no candidato errado pra governador, pode ser porque você estacionou inadvertidamente na vaga do sr. Lennox. De uma hora pra outra você fica sem pedidos de trabalho e a sua pauta fica vazia como um bar com cerveja quente. Obviamente, os colegas do escritório desaparecem também. Você não é mais chamado para almoços, para o happy hour no Blue Skies, para um café com pão de queijo no meio da tarde no shopping.

Ninguém jamais voltou da Sibéria, é claro. É de lá pra rua. O expatriado pode até tentar processar o Lennox, o Székely e o Königsberg por assédio, mas os grandes escritórios de advocacia em São Paulo são poucos. Dá pra contar na mão. E, convenhamos, ninguém quer ter a fama de inconveniente a troco de apenas uma multa rescisória prevista na CLT. Em todo caso, se ainda assim você estiver disposto a lavar sua honra na justiça trabalhista, boa sorte enfrentando no tribunal o maior escritório de advocacia do país.

"Quer dizer então que o senhor agora é pleno?", perguntou Jay-Dee. "E quais os planos para conquistar o mundo?", ele continuou, falhando em esconder duas ou três toneladas de inveja.

"Primeiro, a senioridade, que não deve demorar. E, depois, as portas da participação societária na Lennox, Székely & Königsberg Advogados estarão abertas."

"É preciso ter cuidado no caminho. A Sibéria é logo ali."

"Felizmente não tenho visto e nem sequer sei onde deixei meu passaporte."

Os demais convidados olhavam para mim e para Jay-Dee como se estivessem numa quadra de tênis de olho na bolinha. Uma hora se viravam para um lado, no momento seguinte para o outro.

Jay-Dee continuou com seu jeito formal de desembargador. "Fico feliz por seu sucesso. Você merece."

"Ah, Jay-Dee, pare com isso!", Melissa interveio com um sorriso no rosto.

"Todos nós aqui sabemos que se há uma única pessoa pela qual você fica feliz essa pessoa é você mesmo."

A mesa gargalhou. Jay-Dee sorriu, um tanto encabulado. Acenei com a taça em direção a Melissa, que retribuiu o meu gesto.

"Bom, para que continuar com essa farsa, não é?" Jay-Dee levantou sua taça em minha direção chamando um brinde. "Foda-se a sua promoção. Estou no aguardo da minha!" Todos então levantaram suas taças e repetiram em meio a risos.

"Foda-se a sua promoção!"

Mal descansamos nossas taças sobre a mesa e Székely Neto desceu de sua Mercedes em frente ao Gino's. O valet se aproximou do carro com um grande guarda-chuva. O herdeiro do Székely original chegou de terno cinza e gravata lavanda, com um jornal na mão. Aquele semblante de quem é a pessoa mais importante do ambiente, mesmo se for uma audiência com o papa. Cumprimentou educadamente a hostess, que o conduziu pelo salão. Nossos olhares se cruzaram. Inclinei a cabeça num aceno amistoso. Ele respondeu com educação.

Os meus convidados tentaram capturar o mesmo olhar, em vão. Os pescocinhos todos esticados, os olhos arregalados, uma pena, coitados. Não fiquei feliz com o fracasso deles, claro. Fiquei feliz com o meu sucesso. Bom, quem eu estou querendo enganar...? É claro que também adorei o fracasso dos meus colegas. Uma delícia. Senti meu pau se encher de sangue. (A punheta fracassada no dia anterior devia ter algo a ver com isso, com certeza.) Levantei a mão com toda a autoridade de quem havia sido cumprimentado pela grife do direito brasileiro e pedi mais champanhe. Aproveitei e chamei o maître para escolher os pratos.

O almoço não poderia ter sido mais agradável. Todos adoraram os pedidos, e a sobremesa também. Todos adoraram mais ainda eu ter pagado a conta. Para deixar o meu dia ainda melhor, Denise e Marcondes, outro sócio, chegaram para se juntar ao sr. Székely Neto e testemunhar meu sucesso. Cumprimentaram nossa mesa à distância e seguiram para o almoço dos sócios. Poderiam ficar no Gino's o tempo que quisessem. Nós, ao contrário, tínhamos que voltar para o escritório.

A chuva havia enfraquecido, mas não a ponto de permitir que retornássemos a pé. Decidimos que metade do grupo iria com a Corina e os demais pegariam um táxi. Embarcamos eu, Melissa e Jay-Dee na SUV da nossa instável especialista em direito ambiental, torcendo para que ela soubesse controlar os ânimos no inevitável engarrafamento que teríamos pela frente. Fui no assento do passageiro pisando em cartelas vazias de chiclete de nicotina, enquanto os outros dois ficaram no banco de trás.

Como havíamos previsto, a Faria Lima tinha virado um grande estacionamento. Ninguém se mexia. Em compensação, da tempestade haviam sobrado apenas gotas esparsas. Descemos os três para completar os poucos quarteirões a pé enquanto Corina decidiu ir direto para uma reunião com um cliente. Além de chegar mais rápido do que a bordo de um carro, uma caminhada é sempre uma boa maneira de acabar um almoço.

Ao longe, o som de sirenes cortou o ar. Deu para ver as luzes de uma ambulância brilhando por cima do mar de carros. Coitado de quem necessita de atendimento numa hora dessas, numa avenida dessas, nesse estado. Quando nos aproximamos do prédio onde ficava a Lennox, Székely &

Königsberg Advogados, vimos a ambulância subir a rampa de acesso à garagem e estacionar no pátio lateral do edifício. A calçada em frente estava bloqueada por quatro motos da polícia e um grupo de curiosos. Meus amigos apressaram o passo para ver o que estava acontecendo.

Vi de longe quando Antônia, diretora de RH do escritório, se aproximou chorando dos paramédicos que desembarcaram da ambulância. Com gestos rápidos e descoordenados, ela começou a falar com o enfermeiro ao mesmo tempo que o levava para o fundo do prédio. Outro enfermeiro seguiu os dois com uma valise que imaginei ser algum kit de primeiros socorros. Nesse momento, resolvi me apressar. Alguém do escritório estava em apuros. Lembrei que o sr. Lennox estava mais pra lá do que pra cá. Será que o velho tinha enfartado? Pensei em Denise, mas lembrei que tínhamos acabado de nos despedir dela no Gino's. Fiquei aliviado. Seria muito desagradável se a minha chefe batesse as botas antes de comunicar ao RH e aos outros sócios a minha promoção. Além da incomensurável perda pessoal, claro.

Subi os degraus da escada que dava para o pátio na frente da entrada principal quando uma mensagem chegou no meu celular. Era Melissa informando que Fernandinho estava morto.

Fernandinho estava morto? Demorei um instante para processar a notícia e para reconhecer a figura, como se ele fosse uma pessoa que não via há muito tempo e que agora tentava recompor os traços observando uma velha fotografia. Reggie me mandou uma mensagem perguntando se eu já sabia do suicídio. Ele ainda estava no meio do caminho, vindo a pé com o Roberto e o Cardoso. Enquanto respondia a mensagem, me aproximei da aglomeração que se formava ao redor do cadáver coberto com algumas folhas de jornal. As secretárias do escritório estavam em choque. Melissa e Jay-Dee estavam sentados na mureta, catatônicos. Alguns dos funcionários e sócios já sabiam da notícia e entravam direto no prédio apenas para subir e pegar seus pertences ou laptops e voltar para casa. O dia na Lennox, Székely & Königsberg Advogados estava tragicamente encerrado. Um silêncio tenebroso tomava conta do lugar; até o barulho da avenida parecia ter desaparecido. Ouvíamos apenas o murmúrio dos paramédicos e o barulho do lençol se inflando para cair sobre o corpo do jovem advogado. Olhei para cima e vi a única janela basculante aberta no prédio.

Reggie me chamou e a todos os demais que haviam estado no almoço para a casa dele. Estávamos precisando de uma bebida, e o Ferreira, cozinheiro da família, tinha toda a coquetelaria mundial na cabeça. Não soubemos dizer não.

5

Na semana seguinte, vazaram os vídeos das câmeras do prédio e do escritório. A polícia havia requisitado as imagens, e, em algum ponto entre a sede da empresa de monitoramento e a delegacia, elas foram desviadas. Nada saiu nos jornais. Não sei se por causa do conhecido protocolo de evitar a divulgação de cenas de suicídio ou porque o escritório havia mexido os pauzinhos junto às emissoras e aos jornais, mas o fato é que os vídeos circularam apenas nos grupos de WhatsApp.

E neles você via o Fernandinho muito decidido. Saindo do carro como se fosse uma sexta qualquer e não o seu último dia de vida, subindo no elevador e fazendo graça com uma criança no colo da mãe. Então ele entrou no escritório, acenou para uma das secretárias e foi até a sua mesa deixar a mochila. A sala estava completamente vazia, todos tinham saído para o almoço. Antes de se dirigir ao banheiro ele parou no meio do corredor, como se tivesse esquecido alguma coisa dentro da bolsa. Parecia que iria voltar, mas desistiu e seguiu em frente. Daí em diante vemos as câmeras do banheiro. Ele abriu a porta e se dirigiu ao box, onde conseguiu abrir a janela basculante. Havia vários banheiros individuais, mas esse era o único coletivo, com boxes, o único cuja janela poderia ser aberta. Não houve um segundo de hesitação, tipo parar e se olhar no espelho para pensar sobre o que estava planejando fazer. Também não jogou água no rosto para tentar clarear os pensamentos e quem sabe mudar de ideia, nada disso. Subiu no vaso e se espremeu pelo espaço apertado da janela. As pernas foram primeiro, depois o tronco e por fim as mãos, que ficaram alguns segundos agarradas. Então vimos os dedinhos se desgarrando e o corpo sendo atraído pelo ímã cósmico que é a Terra. Uma câmera na entrada do prédio captou quase fora de quadro o exato momento do choque no piso. O corpo quicou um palmo. E pronto. Não se mexeu mais.

Na casa do Reggie eu enchi a cara. Estava feliz e triste ao mesmo tempo. Uma morte, um suicídio, nunca é fácil de ignorar. Então, como se diz, a minha parte feliz bebeu para comemorar minha promoção e a parte triste bebeu para lamentar o destino do Fernandinho. Não me lembro de nada do que aconteceu, até que horas ficamos acordados, se os convidados entraram na piscina, se eu dei vexame na frente da Melissa ou o quê. Quando acordei no sábado, já passava do meio-dia e Reggie tinha saído para almoçar com a Janine, sua irmã. Fui para casa e pedi um hambúrguer. Depois voltei a beber e fiquei marinando meus órgãos internos no álcool pelo fim de semana inteiro.

Na segunda-feira, o escritório voltou a funcionar. Nenhum dos três sócios majoritários apareceu por uma semana, mas os demais sócios e funcionários não tiveram esse privilégio. E o que se viu foi um festival de rostos amarrotados e um silêncio opressor, como se um espirro fosse uma agressão pessoal. Até os telefones tocando causavam sobressalto. Embora o clima geral fosse de tristeza e luto, as empresas não parariam de se fundir, de comprar umas as outras, de questionar os termos de compra e venda nos contratos ou de se arrepender da merda que haviam feito ao se juntar a outras empresas. A roda tinha que continuar girando. E assim continuamos a trabalhar dia e noite.

Quando o sr. Lennox, o sr. Székely Neto e o sr. Königsberg retornaram, o mundo do direito ainda estava sob os efeitos do gesto de Fernandinho. Eu recebia ligações e mensagens todo dia perguntando sobre o que tinha levado o Fernandinho ao suicídio, sobre quem era o Fernandinho e, principalmente, se estavam pensando em contratar alguém para a vaga do Fernandinho.

A diretoria — os três fodões mais alguns sócios que não mandavam em muita coisa — decidiu então que a maior sala de reunião da Lennox, Székely & Königsberg Advogados seria batizada em homenagem ao nosso ex-colega. Um pequeno reconhecimento a tudo o que Fernando Albuquerque de Rêgo e Souza Júnior havia feito em vida pelo direito e pelas pessoas que o acompanharam em sua breve jornada na Terra. Do vasto legado do Fernandinho, portanto, sobressairia uma sala de 129 metros quadrados com cortinas retráteis, projetor HDTV e som surround, além de revestimento acústico e uma tela da Beatriz Milhazes.

Numa tarde de sexta, duas semanas após o fatídico dia, uma cerimônia rápida aconteceu no salão principal. O pai e a mãe de Fernandinho estavam destroçados ao lado dos sócios. O irmão do homenageado veio direto do aeroporto após um voo de dezesseis horas vindo de Milão. Após breves palavras do sr. Lennox, que ressaltaram o espírito solidário, a garra e o perfeccionismo do jovem advogado recém-falecido, omitindo, é claro, o fato de que Fernandinho estava há meses alojado no canal retal de um urso na Sibéria, de que pouca gente dava bola para ele no escritório e de que ele estava sendo assediado e pressionado a se demitir, o que felizmente ou infelizmente não seria mais necessário, visto que ele mesmo havia decidido acabar com a própria vida, descerrou-se a pequena placa ao lado da entrada da sala.

Na segunda seguinte, o clima na Lennox, Székely & Königsberg Advogados já estava bem mais arejado, como se tivessem retirado um peso das costas de todos. As pessoas passavam pela grande sala de reunião, olhavam para a plaquinha e já se sentiam mais confortadas. Confesso que até eu me detive alguns segundos ali para ver o nome do Fernandinho impresso em baixo-relevo — em memória de Fernando Albuquerque de Rêgo e Souza Júnior — e respirar aliviado.

Passado um mês da homenagem, a placa foi retirada e ninguém mais se lembrou que uma vez ela havia existido. A vaga deixada pelo Fernandinho havia sido preenchida por Moira, uma jovem advogada boliviana que também ocupou sua vaga no estacionamento. As lajotas rachadas e com manchas de sangue no pátio foram trocadas por outras sem lembranças do incidente. Sem perceber, voltamos ao ritmo anterior e a ser o que éramos: uma máquina de comprar e vender empresas, ganhar dinheiro e moer gente. Alguns a gente cuspia depois pela janela.

Se todo mundo conseguiu voltar ao normal poucas semanas após a morte do Fernandinho, alguma coisa estranha aconteceu comigo. Algo embaixo da minha camada de consciência havia sido chacoalhado, gerando um incômodo sutil, que às vezes me atacava feito um calafrio. Não era algo que as pessoas poderiam notar, como um tremor nas mãos, um semblante entristecido ou uma mudança drástica de humor. Era algo que só eu sabia. Os dias passavam, as semanas passavam e essa coisa permanecia lá, dando o ar da graça ocasionalmente. Eu continuava trabalhando até altas horas da noite, mas não conseguia transformar todo esse tempo em trabalho realizado. De vez em quando, me pegava olhando para o infinito com os olhos vidrados após sei lá quanto tempo, em outros dias perdia muito tempo indo e vindo da copa, passeando pelas mesas, retornando ao banheiro minutos após a última visita só para lavar o rosto outra vez. Estava sem foco e minha produtividade havia caído, não a ponto de ser um problema para Denise e o escritório, mas a ponto de ser um problema para mim. Comecei a ficar irritado com a minha condição, e minha irritação tirava ainda mais o meu foco, o que gerava mais incômodo, e tudo se alimentava e retroalimentava, fazendo com que eu passasse mais tempo no escritório sem estar necessariamente produzindo mais. E, para mim, produzir menos era ficar um pouco mais distante da minha promoção a sênior, da minha ascensão a sócio e do meu nome numa placa em um prédio na Faria Lima.

Numa tarde de quinta-feira, com o sol atravessando as paredes de vidro e imprimindo longas sombras no carpete, me surpreendi ao perceber que estava olhando fixamente para uma lata de lixo ao lado da porta de uma das salas de reunião. Olhei até o objeto perder o significado, como acontece quando observamos as ondas do mar durante muito tempo, e de repente não estamos mais vendo o mar ou pensando no mar. Quando me dei conta disso, me ajeitei na cadeira e tentei voltar ao trabalho. Em vão. As letrinhas brigavam comigo e me empurravam para longe dali. Embora alguns contratos tivessem modelos bem específicos a serem seguidos, outros tinham minúcias escorregadias, filigranas sorrateiras. Eram armadilhas para a minha concentração em frangalhos. Decidi espairecer, então fui até a copa. Alguns colegas tomavam café enquanto assistiam a cobranças de pênaltis de um campeonato de futebol europeu. Não me demorei lá. Fui até o banheiro, tranquei a porta e decidi me masturbar. Banheiros individuais são uma maravilha.

Pensei em Melissa, mas voltei minha atenção a minha ex, a Vanessa. Eu já tinha um vasto catálogo de poses e lembranças com Vanessa guardado durante anos de relacionamento, o que revestia a atividade masturbatória com uma bem-vinda demão de verdade, enquanto as outras e a Melissa seriam exercícios especulativos, projeções fantásticas, o que não é ruim, não me entenda mal, eu que só estava a fim do feijão com arroz e um ovo de gema mole em cima.

Talvez fosse saudade, talvez apenas senso de praticidade. Depois de resolvido esse assunto pessoal, voltei a minha cadeira e consegui finalmente ter um pouco de concentração para trabalhar em paz. A masturbação, além de me relaxar, me deixou mais focado.

Por um tempo, minha autossatisfação erótica deu conta do recado. Quando sentia que meus pensamentos estavam escapando na curva, me dirigia aos banheiros individuais e mandava ver. Dentro daquele cubículo, era como se eu estivesse em casa. Virei um punheteiro de escritório, algo que a princípio me causava repulsa. Mas os benefícios suplantaram e muito a minha inicial resistência. Havia uma farta coleção de mulheres bonitas andando pra lá e pra cá para satisfazer o meu apetite sexual, ainda que só na fantasia. Altas, baixas, magras, gordas, morenas, loiras, ruivas, com peitos e bundas assim, peitos e bundas assado. Não havia do que reclamar, de fato. Era só fechar os olhos e imaginar o melhor cenário, o melhor figurino, a posição que mais me agradava naquele momento. E se ainda assim quisesse variar, o celular me proporcionava milhões de terabytes de estímulos de todas as partes do mundo. Nunca em toda a existência da humanidade a vida de um punheteiro foi tão fácil. Como fazia meses que não transava com ninguém, energia sexual era o que não faltava. E não havia horário específico. Nem quantidade determinada. Depois do almoço, no meio da tarde, logo pela manhã, uma, duas, três, seis. Bastava sentir que estava perdendo o ritmo, que a produtividade estava caindo, que lá ia eu para o banheiro dar uma calibrada. De tanto praticar, virei ambidestro na punheta:

batia bem com a direita, batia bem com a esquerda. Eu poderia ter levantado uma boa grana em um banco de sêmen.

"Você comeu algo estragado no almoço?"

"O camarão não me fez bem, Reggie. Não aguento mais ir no banheiro."

E dali a pouco me trancava novamente pra dar mais uma castigada.

Eu buscava variar os banheiros que usava para não dar na cara, fazia uma espécie de rodízio, passeava por todos os quadrantes do escritório. Enquanto cada departamento me via usando o toalete uma vez por dia, eu havia me entregue aos braços de Onan cinco, seis vezes na realidade. O recurso era eficiente. Limpava meus pensamentos, acabava com a minha angústia. E o incômodo voltava a se esconder no meu subconsciente, o que me deixava livre para meter a cara no trabalho.

Após algum tempo utilizando a masturbação com fins produtivos, a gente aprende a reconhecer os caras que estão nessa também. São os mesmos que você sempre encontra saindo do banheiro várias vezes por dia quando está de passagem indo para uma reunião, indo conversar com a sua chefe, indo almoçar, acabando o expediente ou até mesmo indo bater a sua própria punhetinha. Coutinho, o especialista em direito tributário, Linus e Dado, especialistas em direito empresarial, Afonso, especialista em direito trabalhista, todos eles também especialistas em punheta no escritório. Naturalmente, nunca perguntei a eles sobre o assunto. E, se eu reconhecia neles o toque da mão peluda de Onan, eles obviamente também sabiam que eu era da mesma turma. Fazíamos parte de uma confraria tão exclusiva e secreta que não era permitido nem aos sócios conversar sobre o assunto. Nessas loucas semanas de masturbação, nunca consegui identificar uma garota que participasse do nosso clube. Mas isso, acredito, se deve ao fato de que mulheres iam ao banheiro por motivos variadíssimos, como trocar absorvente, retocar a maquiagem, pentear o cabelo, passar cremes, e não apenas fazer xixi, cocô ou chorar no quentinho nos momentos mais tensos, como no caso dos funcionários homens. Era bem mais difícil decifrar as intenções de uma dama. Mas eu não tinha nenhuma dúvida de que a Lennox, Székely & Königsberg Advogados tinha seu séquito de punheteiras. Só não as conhecia.

Por algum tempo consegui manter a minha produtividade na base da masturbação. Mas logo entendi que não era uma prática sustentável. A médio e longo prazo eu provavelmente estaria morto. E o suicídio, como o do Fernandinho, seria um fim bem mais digno do que o desfecho que eu estava antevendo.

"Morreu de quê?"

"Punheta."

"Eu não sabia que era possível."

Normalmente, após a quarta ida ao banheiro, eu já estava um bagaço. Queria apenas comer uma pizza de oito pedaços e dormir. Eu ficava mais relaxado, sim; a punheta limpava a minha mente, sim; mas também me exauria. Eu já não era mais um garoto de 13 anos, era um senhor de 26. Não daria conta de prolongar a prática por muito mais tempo. Então levei meu caso ao meu amigo mais próximo e experiente.

"Reggie, vem cá."

"Opa."

"Não consigo mais trabalhar. Meus pensamentos ficam voando por aí, não tenho mais foco. Não sei o que fazer, sinceramente."

"Já tentou bater uma punhetinha?"

"Ah, Reggie…"

"Todo mundo bate punheta aqui no escritório. É sério. Você deveria tentar."

Ele se virou para o Dimitri, que estava saindo da sala de reunião.

"Ei, Dimi! Vem aqui."

Que filho da mãe! Reggie, seu idiota! Dimitri chegou, cumprimentou nós dois com simpatia.

"O que vocês mandam?"

"Conta aqui pro nosso amigo: você não se masturba aqui no escritório?'

Ele olhou para os dois lados, se aproximou e falou baixinho.

"Regularmente. Limpa a cabeça, acalma as angústias. Uma no meio da manhã, outra no meio da tarde. Pontual como o Big Ben. Mas isso sou eu. Tem alguns desses pervertidos" — ele apontou para o resto do escritório — "que batem três, quatro. Quando chega nesse nível eu já acho que é doença." Depois olhou pra mim e continuou. "Você não acha?"

"Acho o quê?"

"Que quatro punhetas por dia já é doença."

Olhei pro Reggie, o Reggie olhou pra mim. Voltei a olhar pro Dimitri, o Reggie também. Então respondi do alto da minha capacidade ambidestra conquistada à base de até seis sessões diárias.

"Claro. Doença. Precisa de tratamento."

Dimitri deu um tapa no meu ombro e completou.

"Vai sem medo. É supernormal. E funciona, viu?"

Fez um gesto característico com as mãos que eu poderia qualificar de air-punheta e saiu como chegou, rapidinho. Reggie olhou pra mim sorrindo com a cara de "eu-não--disse?".

"Isso não funciona comigo, Reggie. Acredite."

"Olha, para uma pessoa normal eu falaria que ir à academia e fazer exercícios ajudaria. Mas eu já sei que você vai dizer que não tem tempo pra isso. E muito menos pra terapia."

"Exatamente."

"Por que você não tenta umas bolinhas?"

"Bolinha?"

"É, estudante usa pra caramba. Usei muito na época do vestibular. Você fica acordado por horas, a cabeça afiada", ele cortou o ar com a mão como se fosse uma lança enfiada no vazio.

"Você tem?"

"Não, né? Eu não preciso disso. Eu só trabalho no horário comercial. Mas não é difícil achar. Um segundo. Aguenta aí."

Reggie se levantou, foi até a mesa do lado e abriu a gaveta. Depois passou para a mesa em frente e abriu a gaveta novamente. Na quarta mesa, encontrou um tubo laranja transparente com pílulas branquinhas.

"Pega umas quatro ou cinco aí pra ver se gosta." Como se eu tivesse pedido uma explicação para o que ele tinha acabado de fazer, ele continuou. "Muita gente aqui usa. E, se você pedir, eles vão te dar. É como um chiclete ou um drops de menta. Nada de mais. Mas seria de bom-tom você ter o seu próprio frasquinho para quando te pedirem você poder retribuir o favor. Como diria São Francisco de Assis, é dando que se recebe. Vale pra anfetaminas também."

Peguei meus cinco comprimidos e guardei no bolso do paletó.

"Só não exagera. Tem gente que pira usando isso. E se eu fosse você também parava com o café. Os dois juntos são uma bomba pro estômago. O melhor é tomar na hora da refeição."

E foi assim que eu descobri que a punheta é uma porta de entrada para drogas mais fortes.

6

Não tomei nenhuma bolinha nos primeiros dias. Não porque estivesse receoso, mas porque o ritmo de trabalho relaxou bastante. A fusão em que estava trabalhando foi bruscamente interrompida por conta de uma enorme dívida trabalhista que havia surgido de uma hora pra outra no meio de uma auditoria. (Os caras pensam que podem esconder os esqueletos nos fundos falsos dos armários.) E, como num passe de mágica, eu estava saindo às sete da noite, e sem nenhuma culpa.

O Blue Skies funcionava a uma quadra do nosso prédio. Era o lugar perfeito pra gente da nossa laia: pessoal do mercado financeiro, investidores-anjo, empresários e os mais sociáveis da Lennox, Székely & Königsberg Advogados, ou seja, parte da galera até trinta e poucos anos que estava tentando formar conexões para se dar bem, o bom e velho networking, ou que estava querendo pegar gente, o que não deixa de ser a mesma coisa. De vez em quando, aparecia uma turma do escritório que estava apenas tentando relaxar depois de uma semana especialmente puxada. O destino dessas carcaças humanas em busca de uma dose de gim ou vodca era a mesa do canto, embaixo de uma enorme foto de algum paraíso da Polinésia Francesa. Era lá que eu, Reggie e os onanistas Coutinho e Dimitri estávamos.

"Eu quero um dry martini, por favor. Com Beefeater."

Ninguém acompanhou o meu pedido. Seguiram com vodca e energético, o que deu a entender que ficariam muito pouco tempo escondidos na mesa do canto e logo se mandariam para a calçada ou perto do balcão a fim de tentar descolar uma companhia para o café da manhã. Reggie comentou sobre a nova garota boliviana, mas nem Dimitri nem Coutinho deram muita bola, talvez porque falando de Moira se lembrassem de Fernandinho, e a noite não estava boa para bater papo sobre suicidas. Não demorou muito e os drinques chegaram. Após alguns minutos ouvindo os três conversarem sobre o desimportante último lançamento da BMW, fui ao banheiro meio para mijar, meio para me distrair. Quando retornei, ninguém mais falava de automóveis. Melissa estava sentada em nossa mesa.

"O Reggie disse que você estava com problemas de concentração."

"É... As últimas semanas não têm sido fáceis."

Dimitri sorriu, engraçadinho. Melissa ficou sem entender.

"Não sabia que a morte do Fernandinho tinha te afetado tanto. Você não pareceu muito abalado na hora", ela continuou.

"Não me comovi muito, mesmo. Bom, não falo isso como se eu fosse um psicopata. Me abalei na medida em que alguém se abalaria ao saber que um colega de trabalho se jogou pela janela", puxei a cadeira para mais perto da mesa e continuei após pegar duas azeitonas. "Em todo caso, não acredito que minha falta de foco tenha a ver com a morte dele." Quem me visse falando aquilo teria certeza de que eu estava convicto pra caramba do meu diagnóstico.

"Nosso amigo aqui quer bancar o durão, mas eu sei que ele é um ursinho carinhoso", Reggie falou, me abraçando de repente e quase me fazendo engasgar com a azeitona.

O garçom apareceu novamente. Melissa pediu uma caipirinha de maracujá. Eu pedi o segundo martíni.

"Quero um martíni igual ao outro, ok? Igualzinho. Se vier melhor, eu devolvo." O garçom achou graça, Melissa também. "E não importa o que aconteça", continuei, "não me deixe pedir o terceiro. E se por acaso eu pedir o terceiro martíni, não traga. E se por acaso ele trouxer", agora me dirigi aos meus colegas, "não me deixem beber."

"E se você beber?", perguntou Dimitri.

Os olhos da mesa pararam em mim.

"Tem um cartunista americano que falava: um martíni é pouco, dois é bom, três é pouco."

Melissa emendou:

"Você sabe muito de martínis, não?"

"Sei muito sobre muitas coisas", respondi com uma voz modulada para projetar afetação e babaquice.

Reggie, Dimitri e Coutinho se juntaram em um uníssono "oooooh". As outras mesas olharam para nós. Melissa inclinou a cabeça em um aceno simpático.

O garçom foi embora com os pedidos. Dimitri perguntou por que não íamos para a calçada. Não fiz nenhuma objeção, mas Melissa disse que estava cansada e preferia tomar seu drinque sentadinha sem muita badalação. Coutinho se animou a ir com Dimitri, Reggie também.

"Sério, gente, eu estou morta. Podem ir, eu fico aqui tranquila."

"Eu faço companhia", me apressei a dizer.

"Bom, eu estou inclinado a me dirigir à calçada pra animar um pouco a noite, porque…", Dimitri se curvou para o centro da mesa como se fosse contar um segredo. E na verdade era isso mesmo o que ele iria fazer. "Estou antecipando agora em primeira mão", ele continuou, e nesse momento todos nós nos aproximamos da mesa também, como se fôssemos ouvir um segredo, porque era o que de fato iríamos ouvir, "que vocês estão falando com o mais novo sócio da Lennox, Székely & Königsberg Advogados."

Todos gritamos de excitação e as mesas do lado se voltaram novamente para nós, provavelmente pensando que éramos um bando de idiotas, e estavam certos. No entanto, o único feliz de verdade era o Reggie. Melissa e Coutinho demonstraram uma animação, digamos, protocolar. Embora eu tenha me esforçado um bocado, meu nível de alegria era duas gradações abaixo. Dimitri recebeu as felicitações, Coutinho e Reggie se levantaram para abraçá-lo, Melissa e eu também. Após o oba-oba, os três se mandaram faceiros para tentar a sorte na calçada, e eu e Melissa ficamos com nossos drinques.

"Nem o Fernandinho se matando nem o Dimi sendo promovido comovem você. Que interessante."

"Não misture os assuntos. O Fernandinho é uma coisa. O Dimitri é outra", dei um gole que desceu bem. "Mas, afinal, ficou muito evidente?"

"Para mim, pelo menos."

"Você também não era das mais satisfeitas. Desta mesa, além do próprio Dimitri, só o Reggie ficou feliz de verdade."

"Uma herança milionária dá ao sujeito a possibilidade de ter apenas bons sentimentos. Isso é algo que eu invejo."

"É, deu pra notar: você também não estava tão animada."

"Mas não tão desanimada quanto você."

"É o que acontece quando eu vejo alguém bem menos capaz do que eu subir mais rápido do que eu."

Ela jogou uma azeitona na boca. Antes de voltar a falar, olhou para a mesa e arrumou a mecha que caía sobre os olhos. Os cílios fechando e abrindo sem pressa.

"O Dimitri já estava na fila para ser sócio há uns dois anos. Não foi ele que subiu rápido demais, você é que acabou de chegar."

"Não estou falando de quem é mais novo e quem é mais velho. Isso é uma bobagem…"

"Você foi promovido três meses atrás. Nem isso. Qual é o seu problema? Quem você pensa que é, garoto? O Thomas Dissnich? O Paolo Weld?"

Ela descansou o corpo no encosto da cadeira, puxou a bolsa para perto e começou a vasculhar o interior. O copo de caipirinha estava vazio, salpicado pelas sementes pretas do maracujá. A mão dela surgiu me oferecendo um cigarro. Recusei a oferta. Ela acendeu o Marlboro, tragou sem pressa, como se estivesse sorvendo a alma de alguma entidade ali presente, provavelmente a minha. Melissa era muito bonita. E o cigarro compunha bem o figurino Romy Schneider. Soltou uma bola branca e gorda de fumaça que subiu até o teto. Observamos a massa gasosa se esparramar sob a laje como se o sentido da gravidade estivesse invertido. Melissa tinha uma beleza e um jeito intimidantes. E os seus movimentos e gestos pareciam dizer que antes de conseguir ser sócio eu teria que vê-la chegar na frente. Ponha-se no seu lugar, menino.

"Acho que não é permitido fumar aqui dentro. Lei Federal nº 12.546 de 2011", falei, tentando parecer descolado.

"Lei?", ela gargalhou. Tirou uma rebarba do fumo da língua com uma elegância desconcertante e jogou o fragmento no chão. "Tem certeza que você vai chegar lá em cima se preocupando com a lei? Não seja ridículo."

Eu não sabia se ela pensava assim de fato ou se era apenas uma frase de efeito para me fazer parecer um bobo. Poderia ser tudo isso junto. Relaxei o corpo no encosto da cadeira e tomei mais um gole do meu drinque. Permanecemos alguns segundos nos olhando nos olhos, ela deu mais uma tragada, eu busquei a azeitona no fundo da taça. Havia alguma coisa acontecendo.

Nesse momento, um rapaz de uns trinta e poucos anos se sentou ao lado dela e a beijou. Depois sorriu para mim educadamente. Melissa nos apresentou. Diniz era o nome dele. Um desses caras muito bem-apessoados e finíssimos. Tentamos estabelecer uma conversa agradável, mas, apesar de todos os esforços, nenhum assunto foi muito adiante.

Eles trocaram palavras entre si enquanto eu observava a movimentação do bar. Reggie e os outros formavam uma rodinha na calçada esperando o momento certo e as vítimas certas para atacar. O noivo, então, pediu licença para ir ao banheiro, enquanto a Melissa chamava o garçom para pagar a sua parte da conta.

Antes de se levantar, ela falou:

"Não peça o terceiro martíni. Quero estar presente quando isso acontecer."

No dia seguinte eu acordei cedo, mais do que deveria. Não dormi direito a noite inteira, fiquei remoendo as palavras do Dimitri na madrugada, a intimidadora superioridade da Melissa com sua aura de estrela de cinema e todos os segundos em que nossos olhares ficaram engatados. E embora a sua frase de despedida tivesse aquecido meu coração com promessas que eu não sabia dizer quais eram, saí do Blue Skies me sentindo um bobo.

Cheguei no trabalho com o estômago doendo depois de tomar um café no Zé Preto. A droga da gastrite. Deixei a mochila na mesa e fui até a copa. Nenhum sinal do Reggie, nem de nenhum dos punheteiros da noite passada. Melissa não havia chegado também. Enfiei uma cápsula na máquina de café, que fez aquele barulho irritante. A dor piorou um pouco, como já era de se esperar. Quando enfim sentei na minha cadeira e liguei o computador, vi que a moleza dos últimos dias tinha acabado. Fiquei feliz. Eu precisava de trabalho.

Reggie disse para eu tomar a bolinha na hora das refeições. E que parasse com o café. Bom, pensei, acabei de ingerir as duas últimas doses de cafeína da minha vida. Agora só precisava comer alguma coisa antes de botar pra dentro a minha anfetamina. Não havia chegado muita gente no escritório, então comecei a abrir as gavetas em busca de algo para ingerir junto com meu aditivo. Biscoito de polvilho, Doritos, chocolates. Não encontrei nada. Voltei para a copa em busca dos potes de Oreo. Comi dois biscoitos recheados e engoli uma pílula. Senti a bolinha descer pelo esôfago. Em breve a minha concentração estaria de volta.

Sentei-me e comecei a trabalhar em um esboço de um memorando de entendimento que levaria várias horas para escrever, isso se eu tivesse todas as informações direitinhas no sistema. O que nesses dias já não era tão garantido assim porque não havia nenhum cara minucioso e detalhista como eu no rol dos advogados juniores, que eram os pobres coitados juntos com os estagiários, mais pobres coitados ainda, incumbidos de chafurdar no atoleiro de informações que a empresa-alvo disponibiliza para iniciar o processo de venda. No nosso caso, o processo de compra.

Não demorou muito e Reggie chegou querendo contar onde os três tinham ido parar depois de deixar o Blue Skies.

"No Urbe! No desgraçado do Urbe! Que noite!"

Para acabar a noite no Urbe, é porque os caras estavam querendo errar mesmo. Ouvi o Reggie falando ao longe, como se ele estivesse se afastando dentro de um carro em movimento, qualquer coisa sobre tequila e quatro garotas de

Campinas. Depois disso ele deve ter ficado de saco cheio de me contar as estrepolias do trio e foi procurar um ouvido mais generoso. Ele estava certo. Infelizmente, eu não tinha condição de dar nenhuma atenção para o meu amigo. Estava de olho na tela do computador. As pupilas do tamanho de um grão de feijão.

7

Enquanto meus dedos batiam loucamente nos teclados do laptop, a anfetamina bagunçava meus neurotransmissores; bagunçava no bom sentido, para melhor. Sob a sua batuta, a dopamina e a noradrenalina me davam exatamente o que eu precisava no momento: foco, atenção e, para deixar tudo mais interessante, uma reconfortante sensação de prazer. Com o passar do tempo encontrei o momento ótimo para tomar cada dose. A primeira eu mandava sempre na hora do almoço, o que azeitava a tarde inteira, até o comecinho da noite. Nos dias em que eu seguia madrugada adentro, umas três ou quatro vezes por semana, eu descia às sete horas para jantar no shopping ou pedia uma pizza ou um sanduíche e ingeria outra. Ficava afiado até as três da manhã.

Tempos depois eu descobri que os americanos incluíram anfetaminas na dieta dos soldados durante a Segunda Guerra. Foco, atenção, insônia e prazer. O plano era simples: fulano vinha do Mississippi ou sei lá de onde, entrava num navio de guerra cheio de piolho, virava a noite pra desembarcar na Normandia, levava chumbo dos alemães e no final ainda morria achando tudo muito lindo. Roosevelt, seu danado.

Os primeiros dias foram extremamente produtivos e entrei em estado de graça comigo mesmo. Sentava às nove na minha cadeira e só me levantava quando Denise ou algum dos sócios me chamavam nas suas salas, ou na hora de almoçar ou para ir ao banheiro. Evitava até mesmo ir aos bebedouros, o que eu conseguia mantendo uma garrafa cheia de água ao meu alcance. Como não bebia mais café e não tinha fome, nem a copa me seduzia mais.

Frequentemente eu tinha que ligar para os departamentos jurídicos dos nossos clientes ou os advogados da outra parte para negociar cláusulas dos contratos, recomposição societária, indenizações, passivos trabalhistas, passivos ambientais, qualquer coisa que pudesse ser alvo de questionamento por uma das partes. Eram ligações de vários e vários minutos, inúmeras vezes ao dia, que eu aproveitava para passear pelo escritório, esticar as pernas e fazer o sangue circular. Nesses momentos em que perambulava como um velho leão na savana, eu sempre dava um jeito de passar perto da mesa da Melissa para às vezes trocar um olhar e um sorriso. Fazendo isso, eu me colocava em uma situação complicada: ao mesmo tempo que não queria nenhum relacionamento, não conseguia deixar de alimentar o que quer que pudesse haver entre nós. Uma sinuca de bico autoinfligida. Também não era raro ver o Coutinho, o Dimitri ou o Linus saindo dos banheiros individuais com aquela expressão que eu bem conhecia após uma sessão de punheta, prática que, felizmente, no meu caso, havia recuperado apenas sua função recreativa.

Eu havia voltado a ser a máquina que era. Só que ainda mais implacável. Tirando a hora do almoço, quando me juntava a Reggie para me inteirar das fofocas do trabalho e falar bobagens, e quando ia para casa, ocasião que aproveitava para dormir, eu estava sempre trabalhando. Fernandinho? Quem? Ah, o pobre rapaz que se jogou pela janela do banheiro... Desse eu nem me lembrava mais. Eu apenas trabalhava, trabalhava e trabalhava, como se fosse um transtorno obsessivo-compulsivo.

Obviamente eu não era o único. Da enorme banca de profissionais da Lennox, Székely & Königsberg Advogados, uma quantidade significativa utilizava anfetaminas ou outros psicoestimulantes. Todos eles ambiciosos e dispostos a subir o mais alto e o mais rápido possível, mas não tão ambiciosos e tão dispostos quanto eu. Nas madrugadas insones no escritório eu via os pequenos nichos iluminados como se fossem ilhas distantes, espalhados aqui e acolá, com homens e mulheres com as cabeças enfurnadas no computador, a bancada cheia de relatórios, planilhas e seus planos para conquistar o mundo. Às vezes eu via a Daisy, o Jay-Dee, a Camila Brandão, a Camila Scholl, o Cardoso ou o Lautert; às vezes, via a Denise, o Juliano, o Arrighi, a Maíra, os irmãos Cusatto; mas todos eles me viam todos os dias. E eu me orgulhava disso.

Bom, naquela época eu ainda não sabia que era um idiota, apenas seguia o caminho que havia traçado. E esse caminho passava pelo Jefferson, o homem dos biscoitos.

Jefferson era garçom no escritório há mais de trinta anos. Chegara a servir café e champanhe para o Lennox, o Székely e o Königsberg originais, ainda na antiga sede do outro lado da Faria Lima, perto da Rebouças. Os "name partners" morreram todos, mas Jefferson continuou prestando serviços de altíssima qualidade aos demais sócios e funcionários. Os menos iniciados o conheciam como o homem dos biscoitos porque em todas as reuniões importantes, como as reuniões de closing, ele sempre chegava com sua bandeja trazendo mais biscoitos Jules Destropper do que o necessário. Ao recolher os despojos de guerra, Jefferson se fartava com os delicados e amanteigados quitutes.

Após o meu primeiro carregamento de anfetaminas ter acabado, Reggie me ajudou a conseguir mais vasculhando as gavetas alheias — eu não tinha essa cara de pau. Mas após esse período vivendo da disposição do meu amigo, eu mesmo decidi adquirir uma cara de pau novinha e passei a vasculhar as gavetas. Isso, claro, não poderia durar para sempre. Pouco depois de ter enveredado pelo caminho da gatunagem, Reggie me mandou falar com o Jefferson.

"O garçom?"

"Existe outra razão para ele ser conhecido como o homem dos biscoitos."

Embora Reggie tivesse feito o favor de abrir para mim a porta para o incrível mundo dos medicamentos sem receita, ele de fato se preocupava comigo, com a minha saúde. Antes de me deixar sair em busca do traficante oficial do escritório, ele disse que eu não podia abusar e me passou um enorme sermão sobre quadros psiquiátricos destrambelhados, delírios persecutórios, alucinações, alterações bruscas de humor, dependência química e toda sorte de moléstias causadas por uso contínuo e sem acompanhamento médico de anfetaminas.

Para tranquilizar o meu amigo respondi que para os efeitos que eu desejava alcançar eu deveria permanecer sempre extremamente funcional. Não estava nisso para ver unicórnios de neon. Eu tinha um propósito definido e sabia onde queria chegar. Me perder no caminho era algo que não estava nos meus planos.

Como se eu fosse um daqueles mochileiros que vão para o Tibete atrás de um guia espiritual, saí pelo escritório no encalço do Jefferson. Encontrei-o deixando a antiga sala do Fernandinho com uma bandeja cheia de xícaras de café usadas. Ele seguiu sobre o carpete sem fazer barulho. Emparelhei.

"Tudo bem, Jefferson? Tem um biscoitinho aí pra mim?"

"Infelizmente não sobrou nada, meu amigo. A reunião foi longa."

"Não... Eu tô a fim do outro biscoito."

Ele olhou de soslaio para mim e entendeu. Meia hora depois ligou na minha mesa me chamando até a copa. Entramos pela porta dos fundos para acessar os intestinos da Lennox, Székely & Königsberg Advogados. Os elevadores se situavam no meio dos andares. E atrás dos fossos era onde se encontravam os elevadores de carga, o almoxarifado, a recepção dos entregadores, os vestiários, o refeitório, uma sala de televisão e todas as dependências que serviam aos demais empregados que mantinham o escritório funcionando e tornavam a vida dos advogados mais fácil e confortável nas áreas acarpetadas.

Jefferson me levou pelos corredores a uma sala com uns trinta monitores ligados. Uma central de vigilância. Pude ver o meu lugar vazio numa das telas, procurei por Melissa, mas não a encontrei. Reggie estava lendo jornal como sempre, mas dessa vez nas poltronas da recepção. Ainda estava entretido com a variada programação diante de mim quando ouvi um baque surdo sobre uma mesa no canto. Olhei para trás e vi Jefferson com uma bolsa estampada com um grande logo da Nike.

"Então, o que você deseja?"

"Biscoito…"

"Que tipo?"

"Pensei que só havia um. Anfetaminas."

"Ah, as famosas…"

Ele retirou uma caixa semelhante àqueles estojos de anzóis usados pelos pescadores. Quando abriu a tampa, surgiram várias caixinhas de remédio tarja preta e saquinhos transparentes com pílulas brancas, outros com pílulas coloridas. Olhei para o teto, para as paredes e não vi nenhuma câmera. Grande Jefferson. Não há melhor lugar para traficar remédios do que uma sala de vigilância. E, como se todo mundo que requisitasse os seus serviços tivesse a mesma impressão, ele me respondeu sem eu ao menos precisar fazer a pergunta.

"Todo mundo sabe o que eu faço, filho."

Sentou numa poltrona ao lado e pôs o estojo no colo.

"Eu tenho um variado arsenal aqui. Você tem algo específico em mente?"

Mostrei uma das bolinhas que havia descolado nas gavetas do nosso departamento com o auxílio do Reggie. Ele revirou os olhos.

"Eu não trabalho com isso, garoto. Meus produtos são todos de origem confiável, produzidos industrialmente, não em fundo de quintal. Isso que você está consumindo... Eu sei lá o que é isso." Ele fechou a tampa e deixou o corpo cair no encosto da poltrona enquanto passava a mão sobre a calva de frade. "O que acontece é o seguinte. Eu comecei aqui vendendo maconha e cocaína. Porque nos anos 1990 era o que os advogados do escritório queriam. E eu não iria vender porcaria para grã-fino. Porque seria uma burrice dupla: eu perderia os meus clientes e ainda deixaria de faturar uma grana preta."

Nesse momento, Claudinho, um dos seguranças, apareceu. Antes de ir até o fundo da sala, nos cumprimentou com simpatia. Abriu a porta do armário, retirou da bolsa o que parecia ser um sanduíche embalado em papel-alumínio e se mandou. Jefferson retomou de onde havia parado.

"Da virada do milênio pra cá é que o vento mudou e as tais anfetaminas passaram a ter mais saída. E, como eu já falei, não vou vender qualquer coisa para os meus digníssimos clientes, entende? Aqui é só artigo de qualidade: da Ritalina, um clássico, até os mais modernos, tipo Venvanse, Stavigile." Ele voltou a abrir o estojo, e enquanto falava ia mostrando as caixinhas com a tarja preta. "Esses aqui, Provigil e Modiwake, também são ótimos, mas um pouco mais caros porque são importados. E pra falar a verdade, aqui entre nós, a Stavigile dá um pau neles. Só mantenho esses dois no portfólio porque tenho clientes que exigem. Uns frescos." Jefferson se ajeitou na poltrona como se preparasse para fechar negócio. "Então é o seguinte, droga de caminhoneiro não tem vez aqui na minha farmácia. Aqui só tem, como se diz, anfetamina gourmet."

Eu já havia sentado em uma das cadeiras de rodinhas que havia no recinto e observava tudo atentamente. Cocei o queixo como se estivesse sem saber se assava um frango ou operava as amídalas. Não tinha ideia de qual produto escolher. Eram tantos e em tantas cores... Em todo caso, era um luxo estar diante de um traficante tão confiável, dono de um currículo tão invejável no meu próprio local de trabalho, a poucos passos da minha mesa! De fato, é bastante justa a proeminência de São Paulo no setor industrial e principalmente no de serviços.

"E qual é a melhor?"

"Depende do paciente. Tem uns que se dão bem com determinada droga, tem outros que se dão com outra. Mas se você está pedindo a minha opinião, eu recomendaria a você a Stavigile, que, tirando as duas importadas, é a mais cara do meu acervo. Não recomendo porque ela é a mais cara, claro. Mas porque, ao contrário das outras, não mexe na pressão arterial, não dá taquicardia..."

"Gostei."

"É baixíssimo o risco de você sair correndo pelo escritório pensando que vai ter um enfarte."

"Vou levar essa."

"Ela também reduz bastante a possibilidade de você ficar viciado, essas coisas. Dependência química é uma desgraça, vai por mim. Essa belezinha é top de linha, coisa fina. O Rolls Royce das drogas estimulantes de tarja preta. Você não vai se arrepender, pode confiar."

Ele então pegou uma das caixinhas e entregou na minha mão.

"Outra coisa: isso aqui também é barra pesada com o estômago. E se eu não estou enganado, você já parou com o café, não é? Se não parou, é bom parar. Ou você vai ter gastrite e quem sabe uma úlcera. Tome um comprimido sempre depois das refeições ou com um copo de leite integral."

Guardei a caixinha no bolso.

"E o downer?"

"Downer?"

"É, você tá adquirindo o upper, pra te deixar alegrão, mas como você vai dormir? Em algum momento você vai ter que dormir, jovem."

Jefferson abriu outro compartimento da caixa e apareceram outras embalagens, outras pílulas coloridas.

"Álcool pode dar um jeito, mas se você está profissionalizando a excitação, acho que deveria profissionalizar a depressão — depressão no bom sentido, claro. Uma pilulazinha dessas aqui e você dorme como um bebê." Jefferson começou a apontar cada droga com orgulho. Parecia que ele mesmo tinha sintetizado cada uma delas, embalado e distribuído pelo planeta. "Frontal, Rivotril, Donaren... Os dois primeiros te pegam de jeito. Se você sonhar depois de tomar um desses, vai sonhar que está dormindo, com certeza. Às vezes pode tomar um comprimido inteiro ou só metade ou até mesmo um quarto, para aqueles dias mais tranquilos. O Donaren é ótimo porque não tem tantos efeitos colaterais. Eu sugeriria que você levasse o Donaren e um Rivotril. Aí você vai testando..."

"E esse aqui? Zol...", apontei para a caixinha solitária, a única da espécie no fenomenal acervo do Jefferson.

"Zolpidem. Isso aqui é coisa do demônio: bateu, apagou. O Rivotril também derruba com álcool, mas o Zolpidem age muito mais rápido", Jefferson se ajeitou na cadeira pra falar. "Eu só tenho um desses porque uma cliente gosta e é das poucas aqui que não bebem. Se você tomar um desses junto com álcool, você apaga rapidinho, boa noite, Cinderela. Como todo mundo aqui nesse escritório, nessa cidade e nessa vida bebe, eu não recomendo pra ninguém. Só pra tiazinha abstêmia."

"Me dá esse Rivotril, então."

"Donaren, não?"

"Não."

Recebi as caixas e fiquei de pagar no dia seguinte. Não tinha a grana viva e ele não aceitava cartão.

"A maquininha deu pau, acredita?"

Apertamos as mãos, tudo muito rápido. Ele bem feliz porque havia ganhado um novo cliente; eu bem feliz porque havia descoberto um fornecedor cinco estrelas. Jefferson pôs o estojo de volta na bolsa da Nike, se levantou e acomodou a bolsa no armário.

"Só mais duas coisinhas. Uma: tente não ultrapassar três ou quatro comprimidos de Stavigile por semana. Duas: eu sempre deixo a bula porque acho que meus clientes têm o direito de saber o que estão consumindo. Mas se eu fosse você não leria nenhuma das duas. Você vai se assustar com o que está escrito."

Antes de voltar para a minha mesa, eu perguntei:

"Onde você arruma tudo isso?"

"Isso aqui é igual a salsichas. Você não precisa saber como são feitas, só precisa passar no supermercado e comprar."

Segui os conselhos do homem dos biscoitos. Quatro comprimidos por semana. Só abria a caixinha do meu Stavigile à noite, quando o expediente normal se encerrava. Quando o dia estava claro, eu tentava me virar com uma ou duas xícaras de café com leite. Aliás, passei a ser um grande consumidor de leite. Como meu apetite havia reduzido bastante por causa das anfetaminas, eu tinha que me forçar a comer todo dia. E, às vezes, para não passar por esse dissabor na hora de ingerir meus comprimidos, bebia leite, muito leite. Toda segunda eu trazia meu estoque semanal, que deixava na geladeira da copa. Quando chegava a hora da minha dose, tirava o comprimido da cartela, colocava na boca e mamava para proteger as paredes do estômago. O primeiro bezerro com graduação em Direito.

O ciclo de trabalho continuou acontecendo sem sobressaltos. Eu revisava os projetos dos juniores como uma dedicada professora do primário, orientava a execução de cada um deles, depois me submetia a algum sênior e com frequência me reportava diretamente a Denise. Leo e Castro eram os tais seniores que mais me pediam uma mãozinha. Embora eu preferisse trabalhar apenas com a Denise, a sócia, sabia que um bom relacionamento com os advogados mais graúdos também me ajudaria a chegar aonde eu queria. Quando o ritmo baixava no escritório, eu arrumava um tempo para ir com os colegas no Blue Skies ou no Cienfuegos, para acompanhar os outros fumarem charutos, que de uma hora para outra haviam recuperado o seu prestígio entre os advogados, pelo menos entre os que trabalhavam comigo. Melissa aparecia de vez em quando, sempre acompanhada do noivo, Diniz, que também gostava de dar suas baforadas. Reggie não perdia uma oportunidade e sempre tentava me arrastar para o Urbe. Mas eu não podia. Tinha um destino a cumprir e uma chefa para impressionar.

Já havia passado muito tempo desde o prazo de um ano que Denise havia me dado para a promoção a advogado sênior. Eu estava chateado? Estava. Iria cobrar a minha chefa? Nem fodendo. O que eu fazia? Afogava as mágoas com leite integral e Stavigile. Não encheria o saco da única pessoa que poderia me alçar à posição que eu almejava. E não precisava disso. Em algum lugar do seu ser, ela sabia que estava em débito comigo; quando nos encontrávamos, ela sabia que estava em débito comigo; quando colocava a cabeça no travesseiro, ela sabia que estava em débito comigo; quando aplicava botox, ela sabia, ela sabia. Eu inclusive já fazia muito do trabalho de um advogado sênior. Possivelmente Denise só estava esperando o momento certo para me promover. Além do quê, meu trabalho era impecável: limpo, preciso, correto e rápido. Sem arestas. Era uma questão de tempo. E de pouco tempo.

Nos últimos meses, não era raro ela me convidar para almoçar. Íamos ao shopping em frente. Comíamos no Lucca ou no Glass, ela pagava a maioria das vezes, eu agradecia. Durante a refeição, Denise me explicava o que estava imaginando para o nosso núcleo, como andava o relacionamento com os demais sócios e quais os próximos grandes trabalhos que estavam engatilhados. Eu também achava que ela se sentia sozinha e me convidava porque nutria um certo carinho maternal por mim. De vez em quando, ela me contava algumas fofocas sobre os membros da diretoria, sobre os outros grandes nomes do direito que ela conhecia, pequenas indiscrições, pecadilhos, bobagens. Eu adorava, me sentia parte de algo maior, como um novo membro da congregação, e entendia isso como uma demonstração de confiança. Mal conseguia esperar para ser anunciado como o mais novo sênior da Lennox, Székely & Königsberg Advogados.

8

Denise ligou na minha mesa.

"Dá um pulo aqui, por favor."

Eu tinha acabado de tomar um comprimido. Ainda tinha o gosto do leite na boca. Salvei o documento no meu laptop e fui até a sala da Denise. Ela me olhou com aquele seu olhar de mãe. Algo em mim provocou uma reação inesperada. Após um instante, ela me falou que eu deveria tomar um sol, que eu estava pálido, cadavérico, branco como uma vela. Respondi que estava tudo bem, que ela não precisava se preocupar, que eu tinha tudo sob controle. Antes de iniciar o assunto para o qual tinha me chamado, me falou para procurar um médico. Concordei e fiz que sim com a cabeça só para que o papo seguisse em frente. Como toda mãe, ela também sabia ser chata. Então Denise falou que a Sumo, empresa de sucos que era nossa cliente, iria comprar uma empresa de produtos orgânicos do Rio Grande do Sul. Tubarão não pode ver um peixinho na água que já quer abocanhar. Não seria nada demais, uma aquisição tranquila, bem mais simples e rápida do que as outras de que estávamos participando. Essa operação iria preferencialmente para o Castro, mas ele já estava ocupado demais com dois trabalhos de outros núcleos e um divórcio em andamento. E o Leo estava de férias.

"Eu poderia chamar a Maíra, mas acho que você poderia me ajudar lindamente nesse deal. Quero que você abra o data room já na sexta, vai vir uma tonelada de documentos, você sabe. Junte os juniores e os estagiários e ponha essa turma pra trabalhar. Amanhã de manhã você já pode começar a escrever o acordo de confidencialidade. No sistema vai estar tudo direitinho. E logo após o almoço você vai comigo na reunião. Vai ser aqui mesmo. Quem tá do outro lado é o pessoal da Telles & Nogueira Advogados. Conheço todos eles, gente muito querida." Ela então deu uma pausa, para revestir o momento de dramaticidade. "Você consegue dar conta?"

"Sim, claro."

Embora fosse uma transação pequena no que dizia respeito a valores, uma compra é sempre uma compra, uma venda é sempre uma venda. Nervos à flor da pele, sentidos em alerta, todo mundo imaginando que todo mundo é filho da puta. Era trabalho pesado. Já seria uma tarefa enorme se eu tivesse apenas isso na minha mesa, mas eu já estava no meio de outro trabalho com a Meridional Foods e ainda estava ajudando o Fonseca, do núcleo de tecnologia. Ia ser um massacre.

"Vou falar com o Fonseca para ele liberar você."

Ela sorriu pra mim, benevolente. Nesse momento lembrei de quando inventaram a máquina de lavar e finalmente libertaram as mulheres da escravidão do tanque para que elas se dedicassem apenas a preparar o café, a cozinhar o almoço e o jantar, a cuidar dos filhos, a varrer a casa, a encerar o piso, a passar e guardar as roupas, a fazer as compras, a limpar os banheiros e as vidraças e a fazer sexo com o marido no final do dia. Eu estava nessa parte do sexo, Denise estava comendo o meu cu.

"Sei que estou devendo a promoção a você. Mas estou trabalhando nisso."

Era tudo que eu precisava para relaxar e curtir o momento. Agradeci a oportunidade e falei que ela não iria se decepcionar. Antes que eu saísse, ela voltou a me pedir para tomar sol. "Você vai adoecer assim, garoto."

Voltei para a minha mesa sentindo os efeitos da modafinila no cérebro.

Às cinco da tarde, peguei o laptop e me fechei em uma sala de reunião. Seria o meu último dia de paz pelas próximas semanas. Eu tinha que limpar os trilhos para poder me concentrar na Sumo. Ao meu lado uma garrafa de água que se esvaziava rapidamente. A boca secava, eu bebia, mas a boca permanecia seca. Um dos efeitos colaterais do Stavigile. Não me importava. Eu estava com a cabeça a mil e os dedos flamejantes sobre o teclado.

Quando bateram as oito horas, depois de dar por encerrado meu próprio expediente, abri o YouTube e fiquei vasculhando vídeos. Clipes de filmes americanos, trechos de stand-up comedy do Louis C.K., do Richard Pryor, tutoriais sobre como fazer dry martini e outros drinques. Pela vidraça, a cidade de São Paulo se acendia, enquanto os prédios corporativos desligavam suas luzes. Voltei a minha atenção para a tela do computador no momento em que Reggie abriu a porta e pôs a cabeça pra dentro. Estava apressado.

"Blue Skies, agora."

Essa seria a minha última noite de paz no trabalho pelas próximas semanas.

"Ok."

Desci com Reggie, Jay-Dee e Dimitri e seguimos até o bar, caminhando com pressa. Como a noite estava fria, fomos juntinhos um do outro, parecia que éramos amigos inseparáveis.

"Não que eu seja um grande frequentador do Blue Skies..."

"Não é mesmo", Dimitri interrompeu.

"Mas provavelmente essa é a última vez que vocês me verão lá nas próximas semanas. Amanhã vou cair numa operação com a Denise, só nós dois, isso sem contar as demais tarefas."

"Ela vai fechar uma operação sem advogado sênior na parada? É bem possível que você seja promovido", Reggie comentou.

"Rápido, hein? Não faz nem dois anos que você virou pleno."

"Não vim aqui pra brincar, Jay-Dee."

"Veio pra ser babaca?"

Os quatro riram. Risos com vários significados.

A calçada do Blue Skies estava coalhada de gente. Já entrei com a certeza de que não haveria lugar para nós, mas, lá no cantinho, embaixo da grande foto de algum lugar da Polinésia Francesa, estavam Melissa e Maíra ocupando a mesa escondida. Fomos em direção ao nosso bote salva-vidas enquanto as caixas de som despejavam música pop de qualidade duvidosa no ambiente, o que não fazia muita diferença, porque mal dava para ouvir.

Melissa e Maíra abriram um sorriso ao nos receber. Maíra era advogada sênior, recém-promovida. Uma das mulheres mais altas que já conheci na vida, o que fazia com que, apesar de usar apenas sapatos baixos, mesmo assim continuasse sendo mais alta que a maioria dos homens do escritório. As pessoas costumavam dizer, não sem razão, que ela era uma das maiores advogadas do Brasil. As duas estavam desesperadas para sair do bar e ir para outro lugar. Reggie informou que Coutinho ainda estava descendo, e quando ele chegasse a turma poderia se mandar.

"Enquanto o Coutinho não chega, eu peço o meu martíni", disse, já chamando o garçom, que atendeu prontamente. "Um dry martini, por favor, com Beefeater. Do mesmo jeito daquele dia, bem seco", falei, como se ele pudesse se lembrar de mim depois de tanto tempo.

Os outros pediram vodca com energético. As garotas tomavam caipirinha. Passamos algum tempo em silêncio, soterrados pelo barulho ao redor, até que as bebidas chegaram. Meu martíni estava limpo e afiado. Cristal gelado. Olhei para meus colegas na mesa, todos bebendo seus drinques. O barulho era realmente opressor.

"Pra onde vamos?", gritei.

Ombros se levantaram. Reggie teve uma ideia.

"Por que a gente não vai no Urbe?"

Maíra franziu a testa, Dimitri disse que era cedo demais para o Urbe. Então nos voltamos para a tarefa de imaginar um destino para nós naquela noite fria. Melissa permanecia calada, mas de bom humor. Pegou o copo de caipirinha com as mãos brancas e chupou pelo canudinho, com os olhos enormes em mim. Pensei que talvez estivesse me apaixonando por ela. Tomei outro gole, pequenino, enquanto dava conselhos a mim mesmo. Recomponha-se. Você não está precisando de nenhum romance. Seu futuro próximo já está ocupadíssimo com outros assuntos. Já havia dispensado a Vanessa, que também me dispensou, não haveria por que me envolver com quem quer que fosse. Não seja idiota, rapaz.

"Então vamos lá pra casa!" Reggie jogou a proposta na mesa. "O Ferreira está de folga hoje, mas o meu bar funciona 24 horas por dia. E quem sabe o nosso colega aqui", pousou a mão sobre o meu ombro, "nos ensina a fazer seus gloriosos martínis."

Achei a ideia ótima, embora nunca tivesse feito um martíni na vida. Todos pareceram gostar. Até mesmo o Coutinho, que chegou logo depois, acompanhado da Corina e de seu rastro de chicletes de nicotina. Além de a casa ser espetacular, a possibilidade de encher a cara de graça deixava todo mundo mais animado.

"Um momentinho."

A voz da Carmem, a empregada, ou a governanta, como Reggie preferia, saiu metálica pelo interfone. Estávamos eu,

Corina e Coutinho esperando do lado de fora da mansão com o frio entrando pelas brechas dos paletós e do vestido, arrepiando os pelos do corpo. A governanta abriu a porta e nos recebeu com um sorriso esplendoroso, como se fosse dez da manhã de um dia ensolarado.

"O seu Reginaldo está à espera de vocês."

Trocamos cumprimentos, eu mais afetuosamente do que os demais — já era habitué da casa. Quando chegamos ao jardim, a luz saía da sala envidraçada e banhava a piscina com o seu amarelo. Lá dentro, Reggie, Jay-Dee, Melissa, Maíra e Dimitri dançavam. Tudo parecia uma tela do Edward Hopper, mas sem o lance da solidão.

Coutinho e Corina se juntaram aos demais enquanto eu me dirigi ao bar. Gim, uísque, vodca, cachaça, pisco, vermute, grapa. Reggie dispunha de um variado estoque de destilados. Ao lado, vi uma geladeira só de cervejas com diversas latinhas e long necks. Do outro lado encontrei as taças em "V" para martínis gelando em outra geladeira. Estava começando a me familiarizar com o ambiente. Abri a tampa da máquina de gelo e enchi uma coqueteleira de cubos. Joguei um lance de vermute e comecei a mexer com uma colher bem longa. Os tutoriais do YouTube dão conta do recado, bicho. Quando a coqueteleira gelou de doer na mão, despejei o Beefeater. E tcheco, tcheco, tcheco, tcheco. Peguei um limão na fruteira em cima do balcão e tirei um pedaço da casca. Alcancei uma taça que estava trincando na geladeira e movi o conteúdo ártico da coqueteleira para ela. Perfumei o drinque espremendo a casca de limão.

"Reggie, onde tem azeitona?"

Ele olhou pra mim com os olhos apertados para me reconhecer de longe.

"O Ferreira... Pô, sei lá. Vê se não tá nesse móvel embaixo do balcão."

Estava mesmo. Abri o pote, joguei uma azeitona no drinque. Voilà.

"Ei!"

Ouvi a voz da Melissa. Ela veio apressada ao meu encontro, com uma cerveja na mão.

"Você sabe de martínis..."

"Na verdade, eu gosto mais de beber."

"Quero um desses."

Empurrei a taça para ela. Melissa deixou a lata de cerveja de lado e pegou o drinque com sua mão de dedos telescópicos.

"Eu chamo esse de martíni nublado. O mais comum é colocar a bebida em um mixing glass cheio de gelo e misturar tudo com a colher. Mas eu bati na coqueteleira, como se fosse caipirinha. Então, em vez de ficar transparente, ele fica assim, meio turvo. Nublado."

Ela deu um gole e sentiu o gim descer carinhosamente. Tremeu um pouco e fez uma careta antes de dizer que gostava, que era forte, que não sabia de verdade se gostava. Reggie abriu a enorme porta de vidro e todos foram para fora encolhidos de frio. Aquecedores a gás tomavam conta do pátio ao redor da piscina, atraindo as pessoas como se fossem mariposas em busca de uma lâmpada. A luz azulada da piscina iluminava o vapor que emanava da água, transformando a noite em um sonho. Dimitri e Maíra se separaram e conversavam nas cadeiras ao lado do aquecedor, enquanto Reggie, Corina, Jay-Dee e Coutinho gargalhavam e dançavam perto do trampolim.

Preparei o meu drinque igual ao da Melissa e fomos encontrar os demais no lado de fora.

Reggie voltou à sala e aumentou o volume do som. Era mais fácil dançar com latinhas de cerveja na mão, então ficamos eu e Melissa parados, mexendo os ombros, até que fosse possível balançar o esqueleto inteiro sem derramar gim sobre o gramado. Então o enorme jardim, desenhado pelo Burle Marx, se acendeu. Spots de luzes brilharam atrás das plantas exuberantes e coloridas, contornando as curvas dos canteiros. Os pais do Reggie sabiam gastar dinheiro, disso ninguém tinha dúvida.

Já passava da meia-noite quando Reggie me pediu para fazer um martíni para ele. Deixamos Melissa e os demais na beira da piscina e nos dirigimos à enorme sala envidraçada. Maíra e Dimitri haviam sumido das nossas vistas. Eles tinham um bom motivo. Ao entrarmos em casa, vimos os dois se engalfinhando no sofá. Era realmente uma visão grandiosa. Lembrei-me do inverno russo desabando sobre a cabeça dos alemães no cerco de Stalingrado: silencioso e imparável. E de uma sucuri engolindo um bezerro, para ficar em uma imagem mais gasta. O inverno e a sucuri sendo a Maíra, claro, com seus quase 2 metros de altura e uma voracidade tão grande quanto seu tamanho.

"Ei, vocês dois!"

Reggie teve que gritar. Os dois olharam para nós meio assustados.

"No sofá da mamãe, não!" E apontou para cima. "Por que vocês não arrumam um quarto? Só não usem o da porta amarela, que é o meu. O resto tá liberado."

Dimitri e Maíra se recompuseram e saíram de mãos dadas, subindo as escadas rapidamente sem fazer barulho. Fomos para o bar e repeti passo a passo os procedimentos que haviam me levado ao martíni nublado. Aproveitei e fiz o meu terceiro. E aqui eu abro um parêntese, claro. (Depois do terceiro martíni, tudo pode acontecer com a força e a aleatoriedade de um Big Bang. Nasceram planetas, galáxias e buracos negros daquela vez, mas poderia ter surgido qualquer coisa.) De volta aos colegas na piscina, reparei que Melissa havia se desgarrado do grupo. Passei os olhos pelo jardim e vi sua silhueta ao lado das folhas de uma planta que eu não saberia nomear. Corina, Coutinho e Reggie já ignoravam a música e falavam animados sobre um filme em cartaz. Nem notaram quando deixei a rodinha e me dirigi ao jardim, com a neblina decorando o meu caminho.

"Então, estamos já no terceiro drinque?"

"Você está contando?"

Ela sentiu ter sido pega em pleno voo.

"É, eu estou reparando. Gostaria de saber o que acontece após o terceiro."

"Geralmente eu perco o controle. Quer dizer, todo mundo perde o controle."

"Então vou ter que esperar até você terminar essa taça?"

Não havia nada a fazer a não ser beijá-la. Nada de Via Láctea, nada de Júpiter, Andrômeda e a Grande Nuvem de Magalhães. E ela estava tão linda, tão adorável. E os braços dela envolveram meu pescoço e os meus braços enlaçaram a sua cintura. Eu não deveria estar fazendo isso, eu não poderia estar fazendo isso. Para que fazer isso? Mas que se dane, eu queria fazer isso. E, enquanto nossos lábios se encontravam, a minha taça se inclinou e derramou um pouco de gim sobre a grama.

9

Tomei um suco de laranja com pão na chapa no Zé Preto e me mandei para o trabalho. Enquanto me desviava dos carrinhos de bebê, das bicicletas de entregadores e de todos os desocupados, minha cabeça insistia em voltar ao momento do beijo, ao abraço, ao perfume de Melissa se enfurnando pelo meu nariz e invadindo meu cérebro como uma droga perigosa. Não foi a decisão mais inteligente ter deixado acontecer o que aconteceu. Mas a verdade é que desde o encontro com ela e Maíra na mesa do Blue Skies que meu corpo se inclinava na sua direção, como se o movimento do beijo tivesse começado quatro horas antes de as nossas bocas se encontrarem.

Eu não queria nenhum relacionamento. Isso seria sabotar meus próprios esforços dos últimos meses e comprometer tudo o que eu havia planejado. Eu mal havia começado e já estava me distraindo... Mas que delícia de sabotagem seria, que desvio maravilhosamente torto e inconsequente. Ou talvez eu estivesse ansioso, pondo o carro adiante dos bois, e tudo não passasse de uma bobagem: um simples beijo entre dois colegas que, movidos por uma rotina massacrante, algumas doses de gim e um cenário esplendoroso, se deixaram levar. Poderia ser. Talvez fosse.

Para Melissa, era. Quando cheguei ao escritório, deixei minha mochila ao lado da mesa e fui até a copa. Ainda havia muitas cadeiras vazias, nem todos haviam chegado, e o pessoal da limpeza terminava de realizar o seu turno, guardando os aspiradores de pó, os baldes e as vassouras. O barulho do dia começando. Tomei o Stavigile com leite e voltei para minha mesa, tinha que dar um gás. No caminho, encontrei Melissa conversando com Raquel, uma das sócias, no meio do corredor. Ela sorriu pra mim. Um sorriso carinhoso, mas contido. E as entrelinhas que eu conseguia ler naquele momento diziam que ela estava comprometida com outra pessoa e que, sim, tudo não passara de um simples beijo entre dois colegas movidos por uma rotina massacrante, algumas doses de gim e um cenário esplendoroso.

De fato, a minha leitura estava correta. Porque combinamos um almoço nesse mesmo dia e ela me levou a um pequeno restaurante numa travessa da Pedroso de Morais. Um espaço aberto com algumas mesas enfileiradas em um jardim. Havia pouca gente no lugar, ninguém que poderíamos conhecer. E conversamos sobre a noite anterior. Foi um bonito e necessário anticlímax. Nem eu nem ela poderíamos nos envolver, como já sabíamos. Tínhamos nossos planos e todos eles estavam engatilhados. Terminamos o nosso almoço com a promessa de tomarmos três martínis algum dia, mas como amigos. No final do encontro, achei que tudo havia ficado bem. E, antes de entrar no táxi que a levaria a uma reunião fora do escritório, ela me beijou o rosto.

Quando retornei para a mesa, logo depois de encontrar Melissa e Raquel no escritório, dei início às semanas mais importantes e turbulentas da minha vida de jovem advogado. Tratei de pôr em pé o acordo de confidencialidade para iniciar a operação da Sumo e preparei a turma toda para o data room que iria acontecer em algum momento nos próximos dias. Era um trabalho excruciante, participar de um data room, por isso o entregávamos para gente que apanhava sem reclamar ou no máximo gemia baixinho: a escumalha formada por estagiários e advogados juniores. Eram toneladas de informação, gigabytes e gigabytes em forma de tabelas, planilhas e documentos com todos os dados fornecidos pela empresa alvo, a Sucos Caxias do Sul. A tarefa consistia em passar horas e horas conferindo todas essas informações, confirmando se elas fazem sentido juntas e vasculhando os arquivos atrás de erros, omissões, incongruências e, principalmente, fraudes. Um trabalho de corno, tanto que todo mundo no escritório já havia se acostumado com essa condição. Um dia todos seremos cornos, mas na Lennox, Székely & Königsberg Advogados esse dia chegava mais rápido.

À tarde, fomos eu e Denise para a reunião. Eu já recomposto do encontro com Melissa e com olhos e cabeça voltados para a compra da Sucos Caixas do Sul. Quatro horas e várias unidades de biscoito belga depois, com sorrisos amistosos de ambas as partes e um clima leve que inevitavelmente degringolaria para o ódio mútuo no decorrer da operação, saímos com muito trabalho pra fazer. Conversamos mais uma hora na sala da Denise e em seguida voltei para a minha mesa. Reggie estava lendo o jornal com a sua fleuma britânica na cadeira ao lado. Folheava as páginas com aplomb. Só havia passado para me dar um alô. Mas a verdade é que ele queria saber se tinha acontecido algo entre mim e Melissa. Adora uma fofoca, o Reggie. Desconversei e botei ele pra correr. Tinha que pegar no batente.

À meia-noite saí da Lennox, Székely & Königsberg Advogados e fui para casa. Na manhã seguinte, cheguei às nove.

Os dias se seguiram assim. Saía para trabalhar de manhã, voltava para casa de madrugada, saía para trabalhar de manhã... Os almoços eram bem curtos — Reggie se acostumou a comer sanduíches comigo. Eram tantas reuniões, tantas ligações, que às vezes eu me esquecia de ir ao banheiro, às vezes não conseguia ir ao banheiro. E chegava lá andando devagarzinho, com o corpo curvado, tentando disfarçar a dor, com a bexiga a ponto de explodir.

Não tinha tempo pra nada. Quando não eram as preliminares da operação da Sumo, com as auditorias e as infernais negociações de compra e venda de ações, era a modorrenta burocracia do trabalho com a Meridional Foods e outras miudezas do escritório. Não surpreende que em pouco tempo eu tenha parado de seguir as sábias palavras do Jefferson. As quatro doses de anfetamina por semana logo se transformaram em seis e depois em oito. E eu senti meu corpo sendo gasto durante o processo, como se fosse um tênis perdendo os gomos do solado.

Eu e Denise passávamos muito tempo conversando sobre a operação em curso, revendo e ajustando os contratos. Ela continuou perguntando se eu estava bem, se não deveria tomar mais sol, se não deveria comer mais. Você vai morrer, rapaz! Um dia, pediu o telefone da minha mãe. Queria alertá-la sobre a minha "situação", embora eu estivesse perfeitamente funcional, só um pouco pálido e mais magro. Levou um tempo para eu convencê-la de que não era necessário e de que isso assustaria dona Margarida, o que afinal era verdade. Mas Denise não era a única preocupada.

Um dia entrei no elevador junto com o sr. Lennox, um homem alto, de mãos grandes e cabeça larga. Ele sempre dava a impressão de estar à beira da morte. Uma saúde tão frágil que lembrava aqueles canários que os mineiros usavam antigamente para verificar vazamento de gás nas minas. Bastaria um sopro torto do destino para que ele empacotasse. Diziam que usava uma bolsa de colostomia, mas nunca notei, provavelmente porque prestava mais atenção nas mãos trêmulas pelo Parkinson. Ele vivia na pior. Pois, nesse dia, ele me falou:

"Garoto, você precisa tomar um sol. Olha o seu estado."

Eu deveria ter prestado atenção ao alerta de um homem sentado na antessala do além. Em vez disso, segui em frente. Ficava até altas horas da noite na sala de reunião, sozinho com meu laptop. Via os colegas e suas ilhas iluminadas na madrugada desaparecendo um por um toda vez que ia encher a garrafa de água. Esquecia de fazer xixi, não pensava em comer. Fazer cocô, para falar a verdade, eu tentava a todo custo evitar. Porque o bolo fecal era ressecado, outro efeito do Stavigile, e toda vez era um tormento, como se estivesse sendo dilacerado de dentro para fora com a força de mil cimitarras. Apertava a descarga várias vezes para abafar os meus gemidos de dor.

Até que um dia aconteceu de estar trabalhando e, de repente, começar a sentir um incômodo, uma espécie de desconforto difuso. Me ajeitei na cadeira e continuei teclando; não era uma bobagenzinha que iria me desconcentrar. A princípio parecia ser cansaço, que tomava conta de mim como um calor. Então percebi que era o sol entrando pela parede de vidro e batendo nas minhas costas. Eu havia virado a noite sem perceber. Olhei para o relógio: 6h25. Eu ainda teria que terminar de preparar todos os documentos para mais uma rodada de negociação de compra de ações às onze da manhã. Denise teria que dar ainda uma última olhada antes que nos sentássemos à mesa com os advogados da Telles & Nogueira. Não estava me sobrando tempo.

Pus o laptop embaixo do braço e fui até a padaria ao lado do escritório. Enquanto teclava, tomei um suco de laranja e comi um pão na chapa. Também pedi um espresso, primeiro porque fazia tempo que eu não tomava, e segundo porque eu merecia, tinha virado a noite trabalhando. Me dei de presente. Entre uma teclada e outra, vi um rapaz chegar no balcão da padoca e se sentar. Calça jeans surrada, camiseta justa, puída nas mangas, e uma pequena bolsa a tiracolo. Os sapatos sujos de cimento me faziam crer que trabalhava na construção civil; talvez fosse pedreiro, ajudante de mestre de obras. Mal havia se sentado e o balconista chegou com sorriso no rosto, cumprimentando-o.

Falaram sobre o jogo do Palmeiras na noite anterior, que não ia dar pra classificar, que a zaga era muito ruim, que o técnico não sabia o que queria, enquanto o balconista abria uma garrafa de cachaça e enchia um copo americano até a boca. O jovem tomou tudo em um só gole, como se fosse refresco. Nesse momento, me lembrei da minha anfetamina. Eu precisava de mais uma. Pedi um copo de leite e mandei uma Stavigile pra dentro.

Fiquei mais um tempo na padaria. O jovem palmeirense ainda tomou outro copo de cachaça antes de ir encher lajes e assentar tijolos. O café da manhã dos campeões, bicho. Eu fazia os últimos ajustes nos documentos à espera de que o shopping abrisse suas portas. Não gostaria de aparecer no escritório com a mesma gravata e a mesma camisa do dia anterior. As dez em ponto, depois de mais de três horas sentado ao lado do caixa, me levantei, paguei a conta e fui às compras. As portas ainda estavam sendo levantadas quando cheguei. Atravessei o saguão imenso e enveredei por corredores vazios que me lembravam os cenários de filmes de zumbi, de filmes apocalípticos, até entrar na Sorrentino. Saí de lá com uma gravata, uma camisa e uma cueca.

Entrei pela garagem do prédio e fui até o vestiário dos funcionários. O piso estava detonado e os armários de metal precisavam de uma pintura, mas para o que eu precisava estava tudo perfeito. Troquei de roupa, ou pelo menos a parte da roupa que podia ser trocada, pus o que sobrou na sacola da loja e subi para encontrar Denise. No elevador, olhei para o meu reflexo no espelho. O gel fixador operava o seu milagre no cabelo. Eu não estava tão ruim quanto

Lennox, o moribundo, achava. Mesmo após uma noite em claro. Dei com os nós dos dedos na porta da sala da Denise e entrei.

A reunião foi ótima, como poderia ser uma reunião de meio de caminho. Os sorrisos fartos do primeiro encontro foram substituídos por uma cortesia protocolar. É o que acontece após semanas e semanas de interações telefônicas, idas e vindas de documentos e questionamentos recíprocos sobre incisos, alíneas, frações e porcentagens. Em certos momentos, um pobre advogado que trabalha com fusões e aquisições só deseja mandar tudo para o espaço, e, na impossibilidade de fazer isso, tem de se contentar em apenas engolir todas as frustrações, abrir o melhor sorriso e alimentar um câncer.

A operação da Sumo estava sob controle, mas ainda havia as miudezas dos outros clientes. E eu não tinha almoçado, nem tomado banho e muito menos passado em casa.

Saí da sala de reunião às três da tarde e encontrei o escritório a pleno vapor. Reggie estava a pleno vapor também, lendo o jornal de todos os dias. Deixei o laptop na mesa e revistei os bolsos em busca do Stavigile. Almocei um pacote de biscoito de polvilho com coca zero e tomei outro comprimido. Enchi a barriga de água e sentei a bunda novamente na cadeira, agora a serviço da Meridional Foods.

A verdade é que eu poderia delegar a outros advogados várias das tarefas que estava fazendo, mas não era assim que eu funcionava. Primeiro, porque eu queria tudo bem-

-feito, e pouca gente ali fazia bem-feito como eu. Segundo, porque se você deixa alguém entrar numa operação, mesmo nas tarefas mais simples, vai sempre haver um filho da puta que vai querer sequestrar o seu mérito. E, finalmente, terceiro, porque eu podia fazer. E eu fazia.

Lá pelas sete da noite o Reggie passou na minha mesa, me chamando para o Blue Skies. Não desistia nunca, o Reggie. Eu obviamente falei pra ele me esquecer, pelo menos à noite e pelas próximas semanas. A Melissa vai, ele falou. A Corina, o Jay-Dee. Eu desejei tudo de bom e do melhor para eles, peguei meu laptop pra encerrar o assunto e me levantei. Reggie virou as costas, mas antes de sair se voltou de novo para mim e falou para eu pegar uma cor. "Você tá parecendo um cadáver", disse. Depois me convidou para tomar sol no fim de semana na piscina no meio do jardim do Burle Marx na casa dele. Não achei ruim, vitamina D nunca é demais.

A sala com vista para a Faria Lima estava desocupada. Me aboletei na cadeira com a garrafa de água ao lado. Só me levantei para pegar um hambúrguer e um milk-shake na portaria e para ir ao banheiro. Fui umas quatro vezes, quando despejei litros de urina filtrada pelos meus rins, que sabe-se lá como estavam depois de tanta anfetamina circulando no meu sangue. Também fiz cocô. É mais confortável depois da meia-noite porque não há quase ninguém no escritório além do segurança, e não preciso me preocupar em disfarçar os urros de dor. Cagar na minha situação era como parir um velocípede.

A manhã me encontrou desperto e ativo. Minha língua lembrava o leito seco de um rio, e eu estava morrendo de frio, apesar do paletó e do cachecol em volta do pescoço. Desci novamente com meu laptop para tomar café da manhã na padoca, ingerir mais um Stavigile e continuar trabalhando. O jovem da manhã anterior já estava no balcão com a mesma roupa, a mesma bolsa e o mesmo calçado sujo de cimento. Virou outra vez um copo de cachaça enquanto falava com o balconista sobre as manifestações que ocorriam na cidade. Talvez já fosse o segundo copo, pois não o vi tomar mais nenhum antes de ir embora. O frio havia aumentado e as pessoas entravam com as mãos embaixo do sovaco, tentando se aquecer como podiam.

Subi uma hora depois. Apenas o pessoal da limpeza havia chegado. Acenei para eles e fui até a minha mesa pegar a sacola com a camisa e a gravata do dia anterior. Estavam amarrotadas, mas eu daria um jeito. Não iria comprar outras. Me tranquei dentro do banheiro e troquei de roupa, virando a cueca do avesso, para dar conta do dia inteiro. Retomei o trabalho enquanto a Lennox, Székely & Königsberg Advogados se enchia de funcionários e só parei quando Denise me recebeu às onze da manhã, para ver a quantas andavam os assuntos da Meridional Foods. Tudo estava perfeito. Primoroso. Impecável. Fui feliz almoçar. Antes, chamei o Reggie.

"Lembra que eu falei que você parecia um cadáver?"

"Sim, ontem. Se tudo der certo vou na sua piscina no domingo."

"Hoje piorou: além de pálido, você está fedendo. Só falta enterrar."

Olhei pra ele, assustado. Olhei para o meu reflexo assustado no espelho do elevador. Levantei os braços e comecei a me cheirar. "Você está precisando de um banho", Reggie completou. De fato, do meu corpo emanava um cheiro nada agradável. Como eu não havia notado antes? O elevador descia, eu não tinha para onde escapar, não sabia onde enfiar a cara, estava envergonhado. Reggie me falou para vestir o paletó. Fiz o que ele mandou. Só conseguia pensar na Denise. Meu Deus, ela me aguentou vinte minutos dentro daquela sala nesse estado.

"Olha, meu caro, com o paletó diminuiu bastante o problema. O que foi que houve com você? Não tomou banho?"

"Faz duas noites que eu não vou pra casa."

"Você tá dormindo onde?", Reggie me perguntou, curioso e assustado.

"Eu não dormi. Estou há…", olhei no relógio do meu celular. "51 horas aqui no escritório. Tinha muita coisa pra fazer."

No restaurante, Reggie pegou no meu pé. O que você tá fazendo? Quantas bolinhas está tomando? Não é bolinha, Reggie. É Stavigile, muito mais moderno, muito mais seguro, não causa dependência química, nem tremor nas mãos. Mas é uma droga, caralho, essa porra vai foder você. Relaxe, eu falei, está tudo certo. Quantos comprimidos você está tomando por dia? Nos últimos dois dias devo ter tomado uns seis, sete, sei lá. Sete? Você vai ter um troço, um AVC! Reggie, tá tudo sob controle. Além do quê, deu tudo certo. A Denise só faltou se derreter em elogios na minha frente. Imagina se eu estivesse de banho tomado! Então eu dei uma gargalhada e o Reggie olhou estranho pra mim.

"O que foi?"

"O seu nariz..."

"O que tem ele?"

"Está sangrando."

10

Cefaleia, síndrome gripal, insônia, ansiedade, depressão, nervosismo, tontura, náusea, redução de apetite, parestesia, cataplexia, visão turva, dor nos olhos, ambliopia, taquicardia, dispepsia, boca seca, constipação, diarreia, flatulência, calafrio, hipotermia, febre, amnésia, enxaqueca, mialgia, artralgia, alucinação, mania, psicose.

Gastrite, úlcera, cefaleia, hipotensão, hipertensão, retinopatia, catarata, glaucoma, miopia, escotomas, enjoo, náusea, vômito, nefropatias, colesterol alto, esteatose hepática, trombose, prisão de ventre, hiperuricemia, obesidade, amnésia, diabetes, falta de apetite, depressão, ansiedade, artrite e câncer.

No primeiro parágrafo, vemos os efeitos colaterais indesejados decorrentes do uso indiscriminado da modafinila, a substância ativa do Stavigile. No parágrafo seguinte, os efeitos decorrentes do uso exagerado do açúcar refinado. Basta uma pesquisa rápida no Google para qualquer um chegar a esse resultado. Como algo tão inocente e frugal como o açúcar poderia causar tanto desarranjo como uma anfetamina? Bem, a diferença do remédio para o veneno está na dose, como dizia Paracelso, médico e alquimista suíço do século XVI.

E como eu nunca tive nada de horripilante mesmo consumindo açúcar por quase três décadas seguidas, entendi que poderia utilizar o mesmo raciocínio com o Stavigile. Ficou claro para mim que andar por aí com sangue escorrendo pelo nariz ou ter um acidente vascular cerebral não seria bom para a minha carreira, mas ao mesmo tempo eu também não gostaria de abdicar de todos os benefícios da modafinila para a minha vida profissional. Então, pensei comigo mesmo, vamos trazer um pouco de Paracelso para a nossa vida. Deve haver um jeito ótimo de reduzir a ingestão de Stavigile mesmo que às custas de um incremento no consumo de café. Ou isso ou eu teria que apelar para outro tipo de estimulante. Guaraná em pó? Ora, não seja ridículo. Açúcar? Não, fora de cogitação. Cocaína? Não ponhamos o carro diante dos bois.

Ao longo das semanas seguintes, tentei harmonizar cafeína e modafinila num delicado e frágil equilíbrio. Eu era, ao mesmo tempo, o ratinho de laboratório e o labirinto. A fim de evitar as dores no estômago e a gastrite, comecei a consumir mais leite do que nunca, e a ingerir tanto o Stavigile como o café somente durante as refeições. Para isso, tive que me forçar a comer mais durante o dia, coisa que a modafinila inibia. Ao mesmo tempo que a droga mandava sinais a meu cérebro para reduzir o apetite, eu enviava sinais para a minha mão pegar o garfo e enfiá-lo na boca com o que houvesse sobre o prato. Nada que a Organização Mundial da Saúde recomendasse. Fazendo os cálculos, avaliei que um distúrbio alimentar seria algo aceitável em troca de um poder de concentração e resistência maiores. Bulímico, sim, mas com nome na fachada de um prédio da Faria Lima.

"Fala, Jefferson!"

Ele olhou pra mim e não conseguiu evitar a surpresa. Mais um que veio com o papo de que eu estava pálido, parecendo um cadáver, que eu deveria consultar um médico, blá-blá-blá. E, para completar, perguntou se eu não tinha vontade de fazer bronzeamento artificial. Tem gente aqui no escritório que faz, ele disse. Eu sei, respondi, e é por isso que eu não tenho coragem de fazer. Eu ri, ele riu. Seguimos em frente com o que interessava. Ele abriu a caixa de pesca com todas as pílulas e caixinhas organizadas. O de sempre? Sim, o de sempre. Ele pegou as caixinhas enquanto comentava sobre meus recentes hábitos de consumo. Disse que havia notado que eu estava maneirando. Eu, com toda a cara de pau do mundo, respondi que a saúde vinha em primeiro lugar.

"Boa, evite piripaques. Quanto mais piripaques, menos consumidores. E eu tenho uma família pra alimentar."

Ele então pegou a maquininha. Débito?

Reggie ficou relativamente feliz quando informei que havia deixado de ser um consumidor aloprado de anfetaminas e passara a ser apenas cobaia de um experimento que desobedecia a todos os parâmetros estabelecidos pela comunidade científica.

"Pelo menos vai demorar mais para morrer."

Sempre pensando positivo, o Reggie.

Não era fácil equalizar café e Stavigile, mas eu estava me saindo bem. Embora tenha virado noites várias outras vezes, nunca mais usei quatro comprimidos em um dia. Consegui manter o pique aumentando a dose de café e adicionando uma dose extra de modafinila apenas. A sensação de boca seca havia diminuído, meu nariz não sangrava mais e as dores no estômago estavam sob controle. A parte de evacuar continuava sendo um tormento, no entanto.

Atravessei a segunda metade da operação da Sumo com certa tranquilidade; isso, óbvio, se comparado com a insana semana em que usara cuecas do avesso. Denise e eu nos dávamos muito bem, saíamos para almoçar muitas vezes na semana, quando ela me deixava a par dos movimentos no escritório e conversávamos sobre a Sumo, a Meridional e outros clientes. Eu estava cada vez mais convicto de que em breve seria alçado ao posto de advogado sênior e de que ganharia um aumento. Certo dia ela me apresentou o seu filho, que havia acabado de entrar na faculdade de Medicina. Conversamos um bocado, nós três, enquanto almoçávamos.

Saí três ou quatro vezes com Reggie e os outros para o Blue Skies. Melissa me tratava com carinho e atenção. Havia sempre uma tensão no ar quando nos encontrávamos. Diniz, o noivo, frequentemente aparecia também. Eles estavam planejando o casamento para o começo do ano seguinte. Dimitri e Maíra mantinham um relacionamento discreto. Jay-Dee, Corina, Cardoso e Reggie ainda estavam curtindo a alucinada vida de solteiro. Eu, nem isso.

Quatro meses após iniciada a operação, a Sumo finalmente conseguiu adquirir a Sucos Caxias do Sul. A reunião de closing durou oito horas, com as duas partes a ponto de se agredirem fisicamente. No fim, todos saíram exaustos e felizes, com a certeza do dever cumprido. Eu bem mais do que todos, certamente.

Encerrada a reunião, Denise me chamou para um drinque no Cienfuegos. Enquanto esperávamos seu esposo, que estava vindo para levá-la a uma festa, ela me cumprimentou pelo meu trabalho, agradeceu pelo comprometimento, pelas noites não dormidas e pelo meu desempenho muito acima da média, segundo suas próprias palavras. Ela então segurou o seu copo de caipirinha e ergueu um brinde a minha pessoa, o mais novo advogado sênior da Lennox, Székely & Königsberg Advogados. Fingi surpresa, dei esse prazer a ela. Mas a verdade era que eu já imaginava minha promoção havia algum tempo. Ou melhor, deixe-me corrigir: a verdade era que ela já me devia essa promoção há muito tempo. Vesti meu sorriso mais resplandecente, umedeci os olhos um pouco e agradeci a Denise quase gaguejando. Ela merecia.

Quando Ronnie, seu marido, chegou, ela contou as boas-novas e fui obrigado a tomar outro drinque com o casal. Após dois martínis e algumas risadas, pedi licença e fui para casa. Deitei na minha cama com os primeiros segundos de sábado. Estava exausto, mas também estava feliz.

O celular tocou algumas vezes. Era o Reggie me chamando para passar o domingo com ele. Pega um calção de banho e vem pra piscina, ele falou com a voz metálica. O Ferreira tá acendendo a churrasqueira, o céu está azul, a vida é boa e eu sou milionário. Concordei com um mugido e comecei a me mexer com a desenvoltura de uma vaca atolada no brejo. Disse que precisava de uma horinha para chegar, ele me deu apenas quinze minutos.

"Qual vai ser o café da manhã desse ingrato, Ferreira?"

A voz veio de longe, densa e pesada como se fosse a de um cantor gospel: "Picanha, maminha, linguiça cuiabana, queijo coalho e abobrinha com sal grosso e parmesão. E cerveja gelada."

Então ouvi novamente a voz do Reggie. "Escutou? Agora escove os dentes e pegue logo um táxi. Quinze minutos!"

Devia ter uns mil metros quadrados de área coberta, a casa do Reggie. O jardim do Burle Marx era ainda mais deslumbrante à luz do dia e tão grande e diverso que poderia reflorestar a Mata Atlântica. Carmem me acompanhou até a piscina. Chegando lá, encontrei meu amigo com a barriga branca refletindo o sol. Cumprimentei o Ferreira e vi os primeiros cortes de carne sobre a grelha perfumando o domingo. Sentei-me na cadeira ao lado do Reggie com uma cerveja na mão. Ele levantou a cabeça com o barulho da latinha sendo aberta.

"Olha ele aí."

"Bom dia!"

Um segundo depois ele ficou de pé para me abraçar. Estava coberto com filtro solar e praticamente espalhou La Roche Posay 60 FPS sobre a minha roupa, que agora estava protegida contra a ação de raios UVA e UVB. Ferreira nos serviu queijo coalho assado, o que pareceu mais apropriado para iniciar um café da manhã, e começamos a conversar sobre a vida. Foi quando eu disse que havia uma grande notícia.

"Você está conversando com o mais novo advogado sênior do escritório!"

Ele se levantou novamente e me puxou para um novo abraço, reforçando a camada de filtro solar sobre minha camisa de linho. Parecia que ele mesmo havia sido promovido. Era comovente como o Reggie sentia uma genuína felicidade diante do sucesso dos outros, especialmente dos seus amigos. Ferreira se aproximou e também me deu os parabéns, junto com uma tábua cheia de picanha fatiada e pão.

Antes que Ferreira se mandasse, Reggie pediu que ele trouxesse champanhe. Então se dirigiu a mim. "Você pode até fazer uma mimosa para o seu café da manhã, hein? Os ingleses e os franceses adoram, e você sabe como é difícil agradar ambos ao mesmo tempo."

"Eu já estou na picanha. O lance do café da manhã já era", comentei de boca cheia, enquanto espetava mais uma das fatias sangrentas de carne.

"Não importa, o que importa é beber. E comemorar."

Passamos os minutos seguintes falando sobre como fora a operação da Sumo, como era trabalhar com Denise, como haviam sido as últimas semanas. Contei a ele o quanto estava cansado, que havia passado o sábado na cama e que estava muito feliz pela promoção e pela grana que vinha junto. Enquanto falava, tirei a camisa e a bermuda, ficando apenas com um calção de banho. Aproveitei o sol que havia meses não saía tão forte e comecei a espalhar filtro solar sobre o corpo branco e pálido como uma nuvem triste.

"Essa palidez não combina com o seu sucesso. Homens bem-sucedidos estão sempre muito bem apresentáveis. Os mais bem-sucedidos, então, além de bem-vestidos e tudo mais, estão sempre bronzeados. Pegue a *Forbes* com as maiores fortunas do país. Os dez primeiros estão encharcados de vitamina D, faça essa pesquisa. Isso sem falar no ser humano mais bem-sucedido de todos os tempos..."

"Julio Iglesias."

"Isso, Julio Iglesias! Se não fosse aquele bronze, duvido que ele cantasse metade do que canta." Reggie começou a cantar uma versão em espanhol de "Begin the Beguine" com uma voz arrastada que se derramava entre as estrofes. Ele fazia uma péssima imitação do cantor. "Yo que siempre jugué con tu amor hasta el final."

Ferreira era um empregado extremamente qualificado, pois chegou com a champanhe e a jarra de suco ao som da voz calorosa do crooner espanhol que agora saía pelas enormes caixas de som que ele mesmo havia transferido para o lado da piscina e se espraiava pelo jardim.

"Meus pais adoravam Julio Iglesias", Reggie contou enquanto estourava a garrafa de champanhe. "No final das festas aqui em casa, nos almoços de Natal, meu pai sempre colocava para tocar. Perdi a conta de quantas vezes vi os dois dançando do lado da piscina. Aqui, tome aqui a sua."

Peguei a minha taça, esperei que Reggie enchesse a dele.

"Ferreira", ele gritou. "Vai uma champa?"

De longe, Ferreira recusou a oferta e continuou a assar as carnes. Brindamos ao meu sucesso, brindamos à nossa amizade e deitamos novamente nas cadeiras embaixo do sol. Ele se apoiou no cotovelo e começou a falar.

"Eu estou sinceramente feliz por você. Você é o meu melhor amigo. E eu tenho visto o que você tem feito nas últimas semanas. Algumas loucuras, não é? Se eu soubesse que você iria fazer o que fez com as anfetaminas, jamais teria te apresentado as bolinhas. Enfim, cada um faz o que quiser da vida, quem sou eu para proibir alguém de fazer alguma coisa? Ninguém..."

Ele parou de falar e ficou mirando o horizonte, na verdade olhando para a churrasqueira, com um sorriso safado no rosto. E depois começou a rir, discretamente. E, logo depois, desatou a gargalhar. Eu não estava entendendo nada. Ele se virou pra mim com um rosto que misturava seriedade e galhofa, tudo se alternando várias vezes em microssegundos. Reggie sacou o meu interesse.

"Mas você vai prometer que não vai contar para ninguém."

"Prometo."

"Promete o quê?"

"Prometo que não vou contar para ninguém."

Reggie pôs mais um pouco de champanhe no copo. Sentou-se de volta na cadeira e começou a falar.

"Bem, eu nunca fui talentoso em nada. Me formei aos trancos e barrancos. Na escola, eu ia bem em algumas matérias, ia mal em outras, sempre passava de ano me arrastando. Sempre fui mediano. Era médio no futebol, médio na natação, médio em matemática, em física, médio em tudo. Enfim, nunca consegui me destacar em nada. Absolutamente nada. E eu vinha de uma casa muito bem-sucedida. Meus pais eram os melhores. Um grande casal, que tinha muitos amigos, muitos conhecidos. Eles faziam festas maravilhosas, com convidados maravilhosos. A minha irmã Janine era maravilhosa também. Sempre tirava notas altas, era bonita, carismática, vivia rodeada de amigos. Tudo o que eu nunca fui. Então...", ele se voltou para mim. "Não se esqueça: você está sob juramento."

Eu cruzei os dedos e os beijei. "Pode confiar, Reggie."

"Então, um dia, eu devia ter uns 11 anos, começaram as inscrições para as olimpíadas do meu colégio. Todos os meninos formando seus times de futebol, suas equipes de vôlei e basquete, uma loucura. Como eu já esperava, ninguém me convidou para participar de nenhum time, porque eu nunca tive mesmo nenhuma capacidade atlética. Mas naquele dia eu estava empenhado em levar uma medalha pra casa. Sim, senhor, eu iria levar uma medalha pra casa. Não precisava nem ser de ouro. Bastava ser uma medalha que eu pudesse mostrar para o meu pai, para a minha mãe, para a minha irmã: 'Aqui, o seu filho, o seu irmão, também sabe vencer.' Então fui procurando na lista de modalidades as que me fossem mais favoráveis — não eram tantas, claro. Esperei até o último dia de inscrição para assegurar que a prova que eu disputasse teria o menor número de concorrentes e consequentemente a maior probabilidade de me outorgar uma medalha. No último minuto da última hora do último dia, pus meu nome na natação: 100 metros borboleta. Só havia mais um aluno, o Jaime, da quinta série B, competindo comigo. Eu me lembro dele, o Jaime, um garoto alto, com uma pinta no rosto. Bom, só eu e o Jaime, eu já estava com a prata na mão." Reggie deu um gole e continuou. "Duas semanas depois, na hora da prova, me apresentei na mesa da organização, ao lado da piscina. A arquibancada lotada de pais, tios, avós, alunos. Foi quando uma das organizadoras das olimpíadas, a professora Mariana, de Educação Física, baixinha, musculosa, que depois eu soube que era lésbica, a primeira lésbica que eu conheci, se aproximou de mim e disse: 'Reginaldo, o Jaime não vai poder competir. Está doente. Uma pena. Suba lá na plataforma de largada. Vou dar o sinal e você só precisa completar a prova para receber a medalha.'"

"Eu estava feliz por receber uma medalha de ouro, com o sorriso de um lado a outro do rosto. Me dirigi à plataforma enquanto o locutor anunciava: '100 metros borboleta, aluno Reginaldo da quinta A.' Uma voz metálica que ainda repetiu a frase outra vez. Enquanto eu subia na plataforma, algo no meu coração me dizia que isso não estava certo: ganhar uma medalha de ouro sem competir com ninguém! E fui tomado por um mal-estar crescente. Eu ouvia o barulho da torcida, as pessoas achando graça da situação. Eu lá sozinho, esperando o sinal para sair nadando. Ainda bem que meus pais não estavam lá, seria constrangedor. Até que ouvi o tiro e me joguei na água. Ok, eu estava competindo comigo mesmo, mas não iria fazer feio. Eu devia alguma coisa a mim e aos espectadores. Comecei a nadar o melhor que podia, dei tudo de mim na piscina. Senti os músculos trabalharem, o ritmo, a respiração. Via os ladrilhos azulados passarem rapidamente no fundo. Eu estava nadando com vontade e tendo orgulho de mim. Pode parecer estranho, mas poucas vezes senti tanto orgulho de mim como naquele dia, naquela piscina."

"Bacana, Reggie. Você teve hombridade. Legal isso."

"Só teve um detalhe: eu fiquei tão nervoso que me esqueci que era pra nadar borboleta." Ele parou e tomou mais um gole, olhando para meu semblante mortificado. "É isso aí. Dei quatro voltas na piscina de 25 metros nadando crawl com o locutor falando: 'Atenção, aluno Reginaldo, você está desclassificado! Aluno Reginaldo, da quinta A, você está desclassificado!.'"

Nesse momento, soltei um gemido, tentando conter o riso, mas a champanhe saiu pelo nariz, como se fosse uma bica, ou melhor, um gêiser. Caí rolando no chão e Reggie também não conseguia se controlar. Ele engasgando com a champanhe, ficando vermelho como um pimentão, se contorcendo de rir.

"Quatro voltas, mais de dois minutos nadando com todas as minhas forças, e o locutor repetindo que eu estava desclassificado. 'Aluno Reginaldo, você está desclassificado.' E eu sem ouvir por causa do esforço, do barulho das braçadas. O locutor se esgoelando, eu nadando, a plateia gargalhando. Competi comigo mesmo... e perdi!"

Eu já não conseguia mais rir, apenas gritava, gritava. Ah, meu Deus, que história maravilhosa! Reggie, deitado de costas, chutava o ar como um bebê. Eu tentava recuperar o fôlego enquanto meus olhos se enchiam de lágrimas. Levou alguns instantes para que a gente conseguisse voltar a conversar e para que eu me levantasse do chão e deitasse novamente na cadeira de plástico. Ferreira na churrasqueira não devia estar entendendo nada. Nos acalmamos, respiramos e enxugamos as lágrimas.

"Sinto muito, Reggie..."

"Não tem problema, eu sei que é engraçado", disse, então olhou para o champanhe derramado sobre ele e a cadeira. "Olha o meu estado. Oh, meu Deus!" Reggie pegou a toalha e enxugou o líquido. Julio Iglesias continuava a cantar, sua voz saindo das caixas de som de alta definição.

"Você sabia que o Julio Iglesias antes de cantar era goleiro do Real Madrid? Não contente em ser goleiro do maior time do mundo, ainda decidiu ser o maior cantor romântico do planeta. Impressionante, alguém com tantos talentos e eu com nenhum. É por isso que eu gosto quando você faz tudo por algo que deseja. E consegue. Parabéns, meu camarada."

Ele ergueu mais um brinde, com o copo pela metade. Mas dessa vez eu que o puxei e abracei com vontade. Um grande cara, o Reggie.

11

Depois da minha espantosa ascensão, deixei de ser apenas mais um funcionário na Lennox, Székely & Königsberg Advogados. Ninguém havia subido tão rápido como eu em todas as décadas de existência do escritório. Grande conquista para um aluno quase brilhante. Agora, eu já não era o garoto da Denise, era uma pequena e fulgurante joia do escritório. Os garçons todos sabiam o meu nome, e não apenas Jefferson. E vários dos jovens advogados e advogadas, até mesmo alguns sócios, olhavam para mim com as pupilas ressecadas de inveja. Jay-Dee e Cardoso passaram a me hostilizar nos raríssimos momentos em que nos encontrávamos. Mas, claro, tudo com muita elegância, discrição e um português escorreito típico de desembargadores.

Eu era cada vez mais requisitado para trabalhar em outros núcleos, embora meu dia fosse praticamente tomado pelas demandas da Denise e de seus clientes. Os três sócios majoritários me reconheciam quando nos encontrávamos no elevador ou em algum restaurante nas redondezas. Meu salário subiu a ponto de eu não me preocupar mais com os preços nas lojas, nos bares e nos supermercados.

Embora tudo isso fosse novidade e uma fonte de prazer, especialmente a parte da inveja dos meus colegas, também era muito pouco para mim. Continuei a usar anfetaminas e cafeína, sempre tentando manter a convivência harmoniosa para não escangalhar meu estômago de vez. Não era muito fácil e muitas vezes eu extrapolava. Passei a comer mamão e banana para amainar os efeitos do bombardeio estomacal, e troquei o leite de vaca pelo leite de soja. Além disso, havia o Rivotril. Frequentemente eu tinha que tomar um comprimido de Rivotril após horas e horas me entupindo de anfetaminas para logo no dia seguinte retomar a ingestão das substâncias excitantes. Não era preciso ser especialmente inteligente pra saber que isso bagunçava com o meu organismo. Não gostaria de ouvir o meu cérebro, se ele pudesse falar:

"Afinal, o que você quer que eu faça, seu animal?"

Mas eu não tinha nem 30 anos e estava certo de que toda essa balbúrdia que provocava dentro de mim não era algo com que precisasse me preocupar. Não nos próximos anos.

Melissa também havia sido promovida a advogada sênior. E convidou vários colegas do escritório para comemorar em uma noite muito agradável no Blues Skies. Sempre acompanhada pelo insípido e aristocrático Diniz, o noivo.

Vanessa, minha ex, seguia firme em seu périplo lésbico, agora já na terceira namorada. Certo dia, me ligou para falar algumas bobagens, miudezas, desimportâncias, e depois de muito enrolar me perguntou se eu achava que sua vagina era grande demais. Estava preocupada porque todas as garotas com as quais havia se relacionado tinham uma vagina menor do que a dela. Olha, Vanessa, meu conhecimento sobre vaginas não é tão vasto quanto parece, digamos que eu não tenha massa crítica suficiente para chegar a uma conclusão precisa, eu nem sei como se mede uma vagina, aliás, mas, sim, podemos dizer que pela minha experiência pessoal, sua vagina me parece bem normal.

Fiquei feliz não apenas por ela ter me ligado, mas também pelo assunto em questão. Era o tipo de intimidade sem medo e desprovida de malícia que pavimentava o caminho para ex-namorados e ex-namoradas estabelecerem uma verdadeira amizade.

Ao que parecia, minha vida não poderia estar muito melhor, tudo estava nos trilhos. Eu só precisava seguir em frente. Mas, como eu falei lá atrás: a vida, bicho, é uma doideira.

Székely Neto limpou a garganta para intimidar os que ainda se perdiam em conversas paralelas. Todo o escritório havia recebido um e-mail convidando para um pronunciamento no hall da Lennox, Székely & Königsberg Advogados. Cinco minutos depois, quase trezentas pessoas haviam respondido ao chamado e estavam diante dos três sócios majoritários, esperando pelo comunicado que todos imaginavam ser muito importante. Após a intervenção do Székely Neto, o burburinho cedeu.

"Meus amigos, meus sócios, colaboradores da Lennox, Székely & Königsberg Advogados, estamos todos aqui reunidos por um bom motivo."

E falou sobre o aniversário de 81 anos do "nosso decano", Roberto Lennox, que era uma honra trabalhar com um dos grandes nomes do direito brasileiro, filho do grande Paulo Lennox, um dos fundadores do escritório e peça fundamental do amadurecimento do direito societário e empresarial do Brasil. Nesse momento, a pequena multidão começou a aplaudir efusivamente o sócio mais antigo e importante da Lennox, Székely & Königsberg Advogados. Garçons invadiram o salão e começaram a servir champanhe aos presentes. A partir daí, todo mundo entendeu que estávamos ali para comemorar. Peguei uma taça e vi Melissa na primeira fila brindando com Corina e Maíra. Székely Neto continuou. Disse que o escritório estava passando pela melhor fase da sua existência e havia concluído dois dias atrás uma das maiores operações da sua história. Para finalizar, propôs um brinde ao sr. Lennox e a todos os funcionários que faziam da Lennox, Székely & Königsberg Advogados uma das maiores grifes do direito brasileiro. Trezentas taças se levantaram numa coreografia que parecia ter sido ensaiada. Depois disso, as comemorações se iniciaram de fato.

O protocolo era o seguinte: Lennox e Königsberg, os mais velhos, permanecem meia hora no recinto, conversando com os demais sócios, e logo em seguida se retiram para curtir a velhice em paz. Székely Neto, não. Ele segue até as oito horas ou até quando sua mulher o chama para outro compromisso previamente agendado. Depois disso, livre do constrangimento imposto pela presença dos sócios majoritários, os demais sócios e advogados relaxam e, como se diz no escritório, abrem-se as portas do inferno. Champanhe, vinho, cerveja e água. Escolham suas armas.

Não é que todo mundo tira a roupa e sobe na mesa pra dançar ao som de Katy Perry, mas dá pra ver toda a pátina do dia a dia sendo removida lentamente pelo álcool à medida que a festa entra pela noite. É interessante testemunhar senhores pais de família conversando com recém-formadas com um interesse juvenil, senhoras muito sérias caindo na gargalhada e contando piadas cabeludas, pessoas que só se relacionavam no nível profissional adentrando as catacumbas mais escuras do seu colega do lado. O superego é solúvel em cachaça, é o que dizem.

Já fazia algum tempo que Székely Neto tinha ido embora e eu estava pensando em pegar o meu paletó e tomar o rumo de casa, quando nos encontramos, eu e Melissa, perto do bar, na verdade uma mesa improvisada na recepção, com baldes de gelo contendo cerveja, champanhe e vinho. Peguei uma taça de vinho branco e brindei com ela.

"Alguém já falou que você se parece com a Romy Schneider?"

"Meu pai. Mas eu só a conheço de foto. Nunca vi um filme."

"É coisa de pai. O meu tinha verdadeira adoração por ela. Assisti a alguns filmes com ele. *Sissi, a imperatriz...*"

Depois fofocamos um pouco sobre as pessoas na festinha do escritório. Marcondes, um dos sócios, estava testando os limites da interpretação da Lei de Assédio com uma assistente ao lado dos elevadores. Alguns estagiários já começavam a se soltar perigosamente. E ao fundo, perto da sala de reunião da Faria Lima, alguém havia ligado o som do computador em um amplificador. Um observador atento perceberia a ocasião lentamente fugindo do controle, como um acidente aéreo em câmera lenta. Enchemos novamente as taças de vinho e perguntei como estava se sentindo no posto de sênior, como era trabalhar com Frederico, um dos sócios mais antigos, como estavam os preparativos para o casamento com Diniz.

"Não vai ter mais casamento."

"Como 'não vai ter mais casamento'?"

"Desistimos. Separamos. Quase seis anos de noivado."

"E você está bem?"

"Sim, muito."

Nesse momento, Maíra apareceu para roubar Melissa. Interrompeu o assunto como se fosse uma deixa para o próximo episódio da série. Puxou-a pelas mãos e as duas saíram em direção à pequena pista de dança improvisada ao lado da caixa de som. Antes de ir, Melissa se virou e olhou para mim. Eu, que já estava pensando em ir embora, resolvi ficar, o que podia parecer uma insensatez e na verdade era.

Eu estava ficando pra quê? Por quê? Por causa da Melissa, claro. Mas ela não fazia parte dos meus planos, eu já havia resolvido isso. O fato de ter caído fora da relação com o Diniz não mudava nada. Mas ainda assim algo na notícia e no olhar dela me impeliam a ficar. Era uma péssima ideia, eu sei, eu sei, uma ideia horrível, como resorts com balcões de bar dentro das piscinas. Talvez eu estivesse carente e cansado de estar sozinho, talvez apenas desejasse ardorosamente uma noite de amor com uma garota legal, talvez o sistema criado e aperfeiçoado pela natureza por milhões de anos para que as espécies se perpetuassem estivesse agindo e me ordenando a transar. Ao mesmo tempo, eu sabia o que tinha que fazer e aonde queria chegar e entendia que para mim qualquer coisa parecida com um relacionamento seria como amarrar um elefante em um foguete com os motores já ligados. Processei tudo isso na minha cabeça enquanto enchia mais uma vez a taça de vinho branco. E sem nenhuma conclusão sobre o que fazer, segui em frente para encontrá-la na pista — o que afinal já era uma conclusão, ainda que meio à revelia de um pedaço considerável de mim mesmo.

Algumas pessoas dançavam, mas a maioria apenas jogava conversa fora. Melissa e Maíra estavam no meio da bagunça junto com Corina. Eu não queria me aproximar tão bruscamente das meninas, era dar muito na cara, então olhei em volta para ver onde estava o Reggie. Caramba, Reggie, onde você se mete quando a gente mais precisa? Melissa se virou em minha direção e nossos olhares se cruzaram outra vez. Ela sorriu com seus olhos grandes e aquela minha parte que tinha sido contrariada pela decisão de ficar na festinha começou a repensar se eu não tinha feito a coisa certa. Nesse momento, Jay-Dee se aproximou das garotas. Aproveitei a chegada do meu recente e invejoso desafeto para ir ao banheiro.

No caminho encontrei Reggie conversando com Moira, a boliviana que veio para ficar no lugar do Fernandinho, que Deus o tenha et cetera e tal. Passei direto, não quis incomodar. O primeiro banheiro estava ocupado: Juan, um obscuro advogado pleno, chorava. O dia não devia ter sido fácil pra ele. Pedi desculpas e saí. Me dirigi ao segundo. Abri a porta. Antes que conseguisse trancá-la por dentro, uma mão me impediu. Senti o peso de um corpo se jogar e forçar a abertura. Então, minha chefe entrou com tudo.

"Ora, se não é o meu garoto! O golden boy da Lennox, Székely & Königsberg Advogados. O que você está fazendo aqui?"

Denise estava bêbada. Em todos esses anos no escritório, eu nunca a tinha visto nesse estado. O cabelo ainda estava impecável, a maquiagem também, mas as palavras saíam da boca como se fossem feitas de geleia.

"Eu só vou precisar de uns minutinhos."

"Eu posso sair!", me apressei em dizer. "Não tem nenhu…"

"Quieto, garoto! Fique onde está."

Quem era eu para desobedecer a minha chefe. Permaneci parado no centro do banheiro esperando que ela fizesse o que queria fazer. Denise pôs um pequenino vidro com um pó branco sobre a pia. Parecia cocaína. Trancou a porta às suas costas e empurrou para o lado as toalhinhas de linho para abrir espaço sobre a bandeja de prata. Estirou uma linha do pó branco. Era cocaína, afinal. Depois desenhou uma segunda linha.

"Você vai querer, não vai?"

Fiquei sem jeito. Fui pego de surpresa. Denise, você é a minha segunda mãe.

"Vai, sim! Vai querer, sim, senhor!"

"Não, Denise. Eu... eu não curto."

"Não seja bobo. Um rapaz desse tamanho!"

Então estirou a terceira carreira. As duas anteriores eram só pra ela.

"Essa é a sua."

Antes de enfiar o nariz, ela me alertou com um grito.

"Não dê descarga!"

Olhei para o aparelho sanitário e tornei a olhar para ela constrangido. Por que eu daria descarga? Como se me devesse uma explicação, ela continuou:

"Se você apertar a descarga, vai voar pó pra todo lado."

Foi então que eu me toquei. As cabines individuais da Lennox, Székely & Königsberg Advogados têm descarga a vácuo, como as que existem nos aviões comerciais. São ótimas porque sugam todo o mau cheiro junto com os detritos, mas por outro lado arruínam os cintilantes e delicados filetes de cocaína. Essa parte para mim era novidade. Ato contínuo, comecei a especular sobre quantos metros de pó minha chefe havia cheirado em banheiros desse tipo para ter um conhecimento tão profundo sobre a interação entre pó e descargas a vácuo.

Após aspirar as duas linhas, Denise abriu espaço para mim. Tombou com o corpo na porta e esfregou o nariz até ficar bem vermelho. Vai, ela disse. Continuei parado, petrificado. Nunca havia cheirado cocaína, não sabia se eu me daria bem com cocaína. Porra..., era cocaína! Então ela me puxou pela mão e empurrou a minha cabeça em direção à bandeja. Eu a princípio resisti. Mas não por muito tempo. Eu já enchia minha cabeça de anfetaminas, cafeína e Rivotril, isso sem falar no álcool. Que mal poderia fazer uma singela carreira?

Tuíííííííín!

Levantei o rosto e me olhei no espelho. O nariz estava inflamado, os olhos lacrimejando e com as pupilas do tamanho de uma bola de boliche. De repente, minha gengiva começou a formigar e minha boca foi invadida por um gosto metálico. Denise me olhou sorrindo e eu não conseguia parar de passar a língua sobre os dentes e a gengiva. Um movimento tão repetitivo que parecia não ter origem na minha vontade, mas sim em algum mecanismo inconsciente.

"Esse é mais um passo em direção ao seu futuro..."

E começou a rir. Eu baixei a cabeça e cobri os olhos com as mãos. Era legal. Eu estava legal. Então comecei a sorrir também. Me olhei no espelho outra vez e me senti orgulhoso, que loucura, havia cheirado uma carreira de pó e permanecia vivo. Eu nem sabia dizer se era da boa ou da ruim, mas era a que estava dando uma onda boa, la buena onda, la bueníssima onda. Denise me pegou pela mão enquanto eu comecei a sentir meu corpo inteiro formigar, o tronco, as pernas, os dedos do pé. Não é demais?, ela me perguntou. Eu respondi que sim, era muito bacana. Você é muito bom e você vai longe, ela falou. Então puxou a minha cabeça em sua direção e me beijou com vontade. Senti a língua da Denise entrar na minha boca.

"Denise..."

Eu ainda estava feliz pela onda da coca, mas ao mesmo tempo chocado com o fato de a minha chefe ter me beijado no banheiro do escritório. A Denise tinha enfiado a língua na minha boca. Ela era casada, me tratava como se eu fosse um filho.

"Ronnie... Ronnie, seu idiota."

Tentei me desvencilhar dos braços dela. Denise, eu não sou o Ronnie. O Ronnie é o seu marido, um cara muito legal. Ela me puxou de volta. "Ronnie, por que você fez isso?", perguntou, tentando me beijar outra vez. Eu não sabia de nada que o Ronnie havia feito, eu não tinha nada a ver com aquilo. Foi quando ela puxou o vestido para baixo junto com o sutiã e me ofereceu o peito. E, enquanto oferecia o seio, puxava a minha cabeça. O mamilo enrijecido roçando meus lábios, se esfregando pelo meu rosto.

"Eu quero tanto..."

Uma avalanche de pensamentos ocupou a minha cabeça, nenhum deles dando conta da confusão que era aquele momento. Ela apalpou o meu pau por fora da calça enquanto beijava o meu pescoço. Depois puxou o zíper, alcançou a minha cueca. Dei um salto para trás, mas meu corpo se chocou com a parede às minhas costas. Eu estava encurralado. Tentava tirar a mão dela de dentro da minha calça, mas não conseguia.

"Denise, por favor, pare com isso."

"Eu quero! Quero que você me coma!"

"Por favor..."

"Eu posso fazer você virar sócio, você sabe disso."

Era uma promessa que soava como uma ameaça. Se ela podia me fazer virar sócio, também podia arruinar os meus planos. Matemática básica. Ah, Denise, que merda você está fazendo...? Mas eu não precisava dela para virar sócio, sabia disso. Eu tinha o talento e a disposição, eu era a pequena joia da Lennox, Székely & Königsberg Advogados. No entanto, também não precisava de um inimigo daquele calibre atravancando a minha até agora vertiginosa ascensão. Então, permiti que meu corpo desse a ela o que ela estava pedindo. Ah, caramba, que merda eu estava fazendo? Fechei os olhos e a deixei vasculhar sem restrição a minha cueca, a tocar e apertar as minhas partes.

Não deveria ser difícil, Denise era uma mulher bonita, sempre bem-vestida e elegante, e continuava a me bolinar com as mãos e a me beijar no pescoço, na bochecha, na boca. No entanto, meu pênis não se animava. Ao contrário do dono, não demonstrava nenhuma ambição. Anos atrás, no meu almoço de comemoração no Gino's, bastara o sr. Székely acenar para mim de longe para os corpos cavernosos do meu pau se encherem de sangue. E agora, isso. Denise me acariciava, me lambia, o tempo passava e meu pau não se mexia, o que me deixava com sentimentos conflitantes. Embora broxar me parecesse uma inesperada solução para a situação, ainda que involuntária, eu não queria decepcionar a minha superior. Denise demandava uma ereção, e, quando ela me delegava uma tarefa, eu cumpria. Era assim que funcionava, estava na minha job description.

Aos poucos, senti meu membro inchando, como o ventre de um animal respirando (hein?), o que me deu esperança.

Com a esperança vinha mais sangue, que inflava mais o ventre da capivara, que injetava mais autoconfiança no meu cérebro, que finalmente se libertou para que eu pudesse oferecer a Denise o regalo que ela tanto desejava. Tudo foi muito rápido, nem dois minutos. Para ela. Quando Denise se deu por satisfeita, se afastou sem me esperar chegar ao final. No momento eu não me importei, já havia cumprido o meu dever. Mais tarde usei o episódio no *Medianismo* para interpretar de maneira livre que o orgasmo que minha chefe havia me roubado era uma analogia para explicar o conceito de mais-valia de Karl Marx.

Denise se afastou, cambaleante. Olhou em minha direção, mas não para mim. Olhava através do meu corpo para um ponto bem longe lá atrás, talvez estivesse tentando acessar em algum lugar do cérebro as razões para o que havia feito. Subiu o vestido cobrindo os seios, vestiu a calcinha mal se equilibrando sobre as pernas e ajeitou a mecha no cabelo, agora desarrumado. Também comecei a me recompor. Lá fora a música continuava e me lembrei de Melissa na pista de dança. Antes de sair, Denise pegou o vidrinho vazio sobre a pia e deu uma olhada de relance no espelho. Girou a chave e saiu trombando no batente da porta sem nem se despedir. Nesse instante, Melissa entrou no banheiro. Eu estava com as calças na canela.

12

Melissa levou a mão à boca, com os olhos arregalados. Depois se virou para a porta, pôs a mesma mão no peito para logo em seguida passá-la sobre os cabelos, como se estivesse arrumando os fios rebeldes após uma brisa de fim de tarde. Então, saiu andando calmamente. Terminei de me vestir, mas nem tentei ir atrás dela. O que poderia dizer?

Não éramos namorados, não havia contrato. Mas havia, sim, algo a ser explorado ali se as duas partes assim desejassem, havia um entendimento tácito, uma esperança não declarada de que algo pudesse acontecer entre nós. No entanto, testemunhar o meu pós-coito com a minha superior no banheiro da firma era como jogar um Mediterrâneo de água fria sobre a chama de uma vela que tentava se manter acesa.

No dia seguinte nos encontramos logo pela manhã no corredor e nos cumprimentamos desajeitadamente. Sem saber onde pôr as mãos, que palavras dizer, que tipo de rosto usar, duas pessoas não sabendo vestir a própria pele. Metade minha ficou aliviada: se tinha medo de estabelecer um relacionamento com a Melissa, já não havia mais essa preocupação. A outra metade se decepcionou e se entristeceu. Mas não por muito tempo, pois os dias de trabalho pesado nas semanas seguintes não deixaram nenhum tempo para tristezas ou decepções.

Após o encontro desajeitado com Melissa no corredor, evitei por todos os meios possíveis me encontrar com Denise. Seria muito constrangimento em um só dia. Passei a manhã em reunião e a tarde pulando de sala em sala com meu laptop, me escondendo atrás das cortinas e das planilhas. No comecinho da noite não tive como escapar. Tinha que bater linha por linha de um contrato com ela para apresentá-lo no dia seguinte. Quando entrei em sua sala, ela me recebeu do mesmo jeito de sempre. Me cumprimentou com um sorriso cansado no rosto, o dia havia sido cheio. Foi até a geladeirinha e pegou uma garrafa de água com gás. Perguntou se eu queria uma também, mas recusei e só agradeci. O meu desconforto brilhava como os letreiros da Broadway, mas ela parecia não se lembrar de nada do que havia acontecido. Depois de abrir a garrafa, se sentou na cadeira e começamos a conversar sobre o contrato.

Eu olhava para ela, mirava dentro dos olhos dela, o mais fundo que podia, tentando estabelecer um contato com as lembranças soterradas dentro daquela cabecinha que horas atrás havia maquinado algumas ideias muito loucas. Em vão. Ou ela havia misturado tanto pó e álcool a ponto de sequer ter registrado o que havia acontecido no banheiro da Lennox, Székely & Königsberg Advogados ou ela era uma tremenda atriz. De todo modo, Denise jamais permitiu que aquela história viesse à tona comigo. Almoçamos várias vezes, jantamos outras vezes, ela ficou bêbada em duas ou três ocasiões, sempre nessas festinhas informais no escritório, mas jamais, nem por um segundo sequer, fez qualquer referência à malfadada noite. Comemorei em silêncio, comigo mesmo. Acredito que celebraria até se soubesse que já eram os primeiros sinais de Alzheimer da minha chefa.

Reggie soube de tudo, claro. E, à medida que eu contava todos os detalhes, a Denise, a cocaína, o sexo, ele repetia os gestos de Melissa quando me flagrou com as calças na mão: os olhos arregalados, a mão na boca, a incredulidade. Nesse dia pedi três dry martinis para o Ferreira e dormi no sofá da mãe do Reggie até acordar com os primeiros raios da manhã e uma ressaca dos diabos.

Demorei alguns dias ainda temendo que em algum momento tudo voltasse a ser jogado na minha cara, e a minha chefe pudesse transformar aquela noite em algo que chegasse a me prejudicar ou destruir a nossa relação materno-filial, mas esse momento nunca chegou.

Quando você vira sênior, junto com um salário maior vem também mais responsabilidade. Os estagiários se reportam aos juniores, que se reportam aos plenos, que se reportam a mim, que me reporto ao sócio, no caso, principalmente Denise. Quanto mais alto na hierarquia, maior o peso que se carrega nas costas. Nunca tive problema em ter responsabilidade. Pelo contrário, eu a desejava como Romeu ansiava por Julieta. Adicionando essa característica à minha incapacidade quase patológica de delegar tarefas, eu me transformava numa bomba-relógio. Naquele tempo já se falava sobre os males da alta carga horária de trabalho, de doenças neurológicas e problemas emocionais em decorrência da pressão e do assédio sobre executivos e de burnout — as coisas só passam a ser encaradas com seriedade aqui quando a gente aprende algum novo termo em inglês.

Marcondes e Roberto se desligaram do escritório após o primeiro ter infartado com apenas 43 anos de idade e o segundo ter desenvolvido uma série de transtornos obsessivo-compulsivos e delírios persecutórios. Marcondes abriu uma empresa de consultoria e dividia o seu tempo entre o novo trabalho e a administração de uma franquia de produtos cosméticos. Antes de se mudar para Barra do Sahy e se tornar dono de uma peixaria e de um restaurante anexo famosos, Roberto passou anos saindo de qualquer ambiente apenas pela porta pela qual havia entrado e tendo problemas com simetria, o que fazia com que por vezes repetisse com a mão direita os mesmos movimentos que havia realizado com a mão esquerda. Além disso, tentou suicídio uma vez ingerindo pílulas para dormir. Um dia encontrei-o na sua peixaria, na rua principal da Barra do Sahy, e foi engraçado ver que toda a afetação do direito e seus trejeitos de desembargador haviam sido substituídos por cabelos desarrumados e pés descalços.

Quando vi Marcondes e Roberto deixando suas prestigiosas posições por questões de saúde, apenas desejei que melhorassem e seguissem sua vida. Tudo isso enquanto continuava consumindo Stavigile e café nas refeições.

Até que demorou bastante, mas infelizmente chegou o momento em que a harmonização de modafinila e cafeína deixou de dar certo. Uma gastrite me comia as entranhas e me dava pontadas horríveis. Quando não consegui mais suportar as dores, fui a um médico, que me pediu uma endoscopia. Ele se assustou com o estado deplorável da minha mucosa gástrica.

"Posso usar as imagens nas minhas aulas? Faz tempo que não vejo nada parecido", disse ele, e então me apontou uma foto do meu estômago, que se assemelhava bastante a um joelho ralado.

Parei com o café. Mas, já que estava protegendo o sistema digestivo com o omeprazol receitado pelo gastroenterologista, concluí que não seria tão problemático tomar uma vez ao dia o meu Stavigile. Ah, as maravilhas do autoengano. E assim fui levando. Mais ou menos por essa época, comecei a sentir um incômodo no ombro direito, parecido com uma leve dor ou com uma contração muscular involuntária que o puxasse para baixo. A solução que eu tinha para me livrar disso era rotacionar o ombro algumas vezes, alongando-o. Isso se tornou um hábito que só mais tarde fui associar ao transtorno obsessivo-compulsivo. Eu disfarçava como podia, tentando cobrir o movimento com a mão, ou alongando outras partes do corpo ao mesmo tempo, ou emitindo na frente de outras pessoas um grunhido de dor e relaxamento para estabelecer causa e consequência, ou ainda aproveitando um momento sozinho em alguma sala para girar o ombro várias vezes na esperança de que não precisasse alongá-lo por muito tempo. Quando comecei a usar cocaína com mais regularidade, as repetições se acentuaram.

É... cocaína.

Minha primeira experiência não havia sido ruim, organolepticamente falando. Gostei do acento metálico na boca, e o formigamento na gengiva também era agradável. Havia uma pontada, na falta de uma palavra mais adequada, no nariz que também era estimulante; era como se eu aspirasse giletes, mas de um jeito bom. Na verdade, não havia sido mau de jeito nenhum. Meus sentidos se alertaram, a cabeça se expandiu, o raciocínio ficou afiado. O pó de pirlimpimpim.

Quando a gastrite me impediu de tomar café e me obrigou a diminuir a dose de modafinila que eu ingeria diariamente, ainda levei alguns meses para entender que o que restara não era suficiente para manter o meu nível de atenção no trabalho. Enquanto estava em abstemia de cafeína e consumo moderado de Stavigile, visitei Jefferson. Eu precisava de novos biscoitos.

"Esse é o problema dos jovens de hoje em dia", ele falou as palavras entre o sorriso de dentes brancos. "Eu falei para usar quantos? Três ou quatro por semana? E para cortar o café, não foi? Veja, garoto, eu estou há mais tempo nessa do que você tem de vida... Não dá pra ser assim."

Apenas balancei a cabeça.

"E agora o quê?"

"Eu vi um vidrinho que parecia com vários vidrinhos que eu vejo espalhados na sua bolsa mágica. E nesse vidrinho tinha cocaína."

Jefferson se ajeitou na cadeira. "Você é esperto, nem parece advogado", ele brincou. Depois se levantou, pegou a clássica bolsa com o logo da Nike e se sentou. Abriu o zíper, mas ignorou a caixa de pesca de sempre. Alcançou no fundo uma caixa branca de papelão rígido e a pôs no colo, enquanto deixava a bolsa da Nike no chão. Às minhas costas, os monitores brilhavam com imagens de todo o escritório. "O negócio é o seguinte", ele começou, "eu tenho clientes que se dão muito bem com isso. E pouquíssimos que não se dão tão bem." Ele tirou um vidrinho da caixa e o levantou para ver contra a luz, como se examinasse uma joia. Então continuou: "A minha coca é a melhor do hemisfério sul. Acontece que a melhor coca do hemisfério norte é o hemisfério sul que fornece." Deu uma gargalhada da própria piada enquanto dava petelecos em um dos vidrinhos. Nesse momento ele olhou para o ombro que eu estava alongando e perguntou o que diabos era aquilo. Inventei uma desculpa, não deixei o assunto ir adiante. Apontei com o queixo para as ampolinhas de cocaína. "Quanto é?" "Essa belezinha vem do Hospital das Clínicas", disse Jefferson. Não é essa porcaria que a gente encontra por aí, com giz, pó de vidro, talco, sei lá o quê. Acreditei, óbvio. Eu sempre acreditava no Jefferson. Eram décadas de credibilidade dedicadas a alguns dos maiores cheiradores de pó do direito brasileiro, gente graúda, que não se contentava com farinha de segunda linha. Ele nem precisava falar que a droga era sintetizada por um anestesista amigo dele que trabalhava no Hospital das Clínicas, mas ele disse mesmo assim.

"É porrada, né?"

"Se você souber levar, é bacana. Agora, se você não souber levar…"

"Você é o pior traficante que eu já conheci, Jefferson."

Ele se ajeitou na cadeira e brincou com os vidrinhos que, arrumadinhos do jeito que estavam, pareciam ter sido embalados em uma linha de montagem.

"Bom, na verdade eu não sou um traficante. Sou um sommelier."

Ele me entregou um dos vidrinhos. Eu olhei de perto, o pó cintilava, igual ao pó da Denise. Na minha cabeça, pelo que eu tinha visto nos filmes, a cocaína parecia mais opaca. Coloquei no bolso da calça e passei o cartão. Jefferson guardou sua bolsa e nos cumprimentamos.

"Alguma dica?"

"Não seja trouxa."

13

Eu não saberia precisar o momento em que comecei a descer a montanha. Toda carreira tem altos e baixos, toda carreira tem o apogeu e o declínio, mas eu não saberia apontar com clareza o momento em que a minha decadência vertiginosa se iniciou. Pode ter começado quando tomei a primeira anfetamina. Ou quando comecei com o pó. Ou quando acelerei com o pó (se eu usasse canudos de plástico para cheirar, todas as tartarugas do oceano Atlântico acabariam mais cedo ou mais tarde com um deles em cada narina). Ou ainda quando acabei o meu namoro acreditando que isso me favoreceria profissionalmente. Ou quando abdiquei de ter uma vida pessoal em detrimento dos contratos, dos clientes, das promoções, dos elogios da Denise. Numa interpretação elástica, poderia até apontar o dia em que conheci, anos atrás, os carpetes fofos da Lennox, Székely & Königsberg Advogados como o momento crucial para a minha derrocada: o fim já estaria sendo gestado desde o início. Tem algo de tragédia grega aí. De uma coisa não tenho dúvidas. Cheguei ao meu ocaso no direito sem nunca ter passado pelo auge. E um final apoteótico é o que todo mundo espera, afinal.

A Meridional Foods decidiu adquirir o controle de uma importante empresa americana de proteína animal, a Chicago Yards. Era uma das maiores operações de aquisição do país, a maior do escritório nos últimos tempos. Denise estava absolutamente imersa no negócio, e, como sempre acontecia nessas operações mastodônticas, os sócios majoritários acompanhavam de perto, muito perto. Eu, claro, estava lá, pronto para a aventura, me regozijando com o canhão de luz no rosto. A pequena joia da Lennox, Székely & Königsberg Advogados havia se transformado numa faiscante coroa de brilhantes. E as portas da sociedade se abriam para mim oferecendo a visão de um jardim florido, ensolarado, abundante de delícias, o idílio na Terra. Eu não perderia essa oportunidade.

Por meses e meses eu havia articulado com sucesso anfetamina, cocaína e cafeína. Quando meu sistema digestivo soava o alarme, eu utilizava omeprazol, pantoprazol ou lansoprazol e parava de tomar café até as coisas se acalmarem. Também procurava reduzir as doses de Stavigile, e nesse caso abusava um pouco mais da coca. No momento em que a Meridional e a Chicago Foods iniciaram a operação, eu soube que deveria fazer mais uma visita ao Jefferson.

"Stavigile?"

"Claro."

"Rivotril?"

"Aham."

"Coca?"

"Desse vidrinho maior."

Mergulhei na operação. Mais uma daquelas vezes em que eu pedia pro mundo me esquecer, não que houvesse muita gente se lembrando de mim. Abrimos o data room e os estagiários e juniores começaram o trabalho. Era uma operação bem maior do que a da Sumo, eu e o Castro seríamos os seniores e a S.K. Silverman iria fazer a auditoria externa, o que sempre acontece quando grandes empresas com sedes em diferentes países estão envolvidas. Desta vez, os documentos e os contratos não iriam apenas pra cima e pra baixo na coluna hierárquica encabeçada pela Denise, também iriam de lado a lado, nas áreas de financiamento, propriedade intelectual, antitruste e compliance do escritório. De um jeito ou de outro, toda a Lennox, Székely & Königsberg Advogados estaria envolvida.

A essa altura eu já não ligava mais para o tique no meu ombro. Estava sempre rotacionando, alongando, contraindo, mexendo nele de algum jeito sem a menor intenção de resolver o problema. O escritório inteiro havia se acostumado com a minha mania do mesmo jeito que havia se acostumado com as mãos trêmulas do sr. Lennox, com as contrações no nariz da Rebeca, os estalos dos dedos da jovem Moira, os ruídos esquisitos que vinham da boca do Battisti e os movimentos involuntários e às vezes grotescos de muita gente da qual não me lembro o nome. Se por acaso surpreendessem todos nós com nossos trejeitos estranhos e esgares juntos numa sala:

"O que tá rolando aqui?"

"É o encontro anual dos sobreviventes de Fukushima."

Ou:

"Meu Deus, o que houve com essa gente?"

"É isso que o 5G faz com as pessoas."

Só o Reggie pegava no meu pé, sempre preocupado comigo.

"Você não se alimenta bem, não faz exercícios, não descansa, não tem namorada, não transa e ainda toma anfetamina e cocaína. Isso tudo tinha que explodir em algum lugar. Taí."

Sempre que podia, Reggie me falava do meu tique e tentava me convencer de todas as maneiras a visitar um médico ou um terapeuta. Chegou inclusive a marcar uma consulta em meu nome. Amassei o papel com o endereço do consultório e nunca pisei lá. Minha desculpa? Nenhuma. Não havia desculpa possível. Reggie estava correto e eu, errado. Acontece que a minha cabeça estava na Meridional Foods, isso quando não mais longe ainda, em Chicago. Eu estava trabalhando rápido, muito e bem, e era isso o que importava naquele momento.

À medida que avançávamos no cronograma da operação, mais os prazos se encurtavam, mais variáveis eram jogadas na mesa, mais as negociações se tornavam tensas e delicadas. Ligações de horas e horas para discutir vírgulas sobre participação acionária, termos de desligamento e quarentena de executivos eram sucedidas por reuniões intermináveis com os auditores. Székely Neto demandava relatórios diários, não por escrito, pessoalmente, de Denise, que demandava, de mim e Castro, acompanhamento segundo a segundo de todo o processo. Teoricamente, eu deveria cuidar de uma parte da operação e Castro de outra. Havia trabalho, e muito, para todos. Dá pra imaginar a trabalheira que é escrever um contrato de alienação fiduciária de imóvel numa operação dessa envergadura? Esses caras tinham fazendas, fábricas, prédios, casas, galpões em todo o país. Mas eu ignorava essa determinação e frequentemente invadia as atribuições do Castro, oferecia meus préstimos e o ajudava mesmo que ele não necessitasse de apoio. Às vezes ajudava até à revelia.

"Ei, Castro!"

Encontrei-o ajustando a gravata enquanto andava pelos corredores em direção à sala de reunião. Embaixo do braço, ele levava um laptop e uma pilha de documentos. Já era fim de tarde; o sol atravessava as janelas e chapava de frente no nosso rosto. Emparelhei. Meu ombro girando descontroladamente, como se eu fosse um pirata de tapa-olho e tentasse me livrar de um papagaio que estivesse me importunando.

"Reunião com a Silverman?

"Nesse minuto. Mas você tá convidado pra essa reunião?", ele me perguntou, estranhando o meu interesse.

"Não, mas acho bom participar. O que você acha?"

"Não se preocupe, está tudo sob controle."

"Imagina, Castro. Tô aqui é pra ajudar." E entrei na sala já cumprimentando todo mundo, olá, boa tarde, como vai. Com o papagaio ainda me enchendo o saco no ombro.

Os encontros com Denise na sala dela eram bem mais tensos do que em todas as operações anteriores. Ela se sentava em sua poltrona de couro e começava a fumar, ali mesmo diante de nós. Seu único cuidado era baixar as cortinas e borrifar purificador de ar a ponto de transformar a sala em São Bento do Sul depois de uma noite de geada. Eu e Castro ficávamos do outro lado da mesa, com os computadores no colo, repassando a operação, checando a agenda da semana e observando o seu novo ritual de tomar um comprimido com um pouco de água com gás todos os dias, pontualmente às sete da noite. Eu não sabia se era uma anfetamina ou um ansiolítico ou o que fosse. Só depois de medicada ela se dirigia à sala do sr. Székely Neto para fechar o dia.

Após uma reunião dessas, Reggie mandou uma mensagem me chamando para um jantar. Combinamos de nos encontrar no Glass dali a meia hora. Eu estava bem acelerado, enfiando o nariz no pó várias vezes ao dia e tirando o gosto com Stavigile, e imaginei que seria um jantar relaxante para pôr a conversa em dia e tirar a cabeça da Meridional Foods por alguns minutos, mas estava errado.

O maître me levou a uma mesa no canto do salão, perto da cozinha envidraçada, onde eu gostava de ficar. Reggie não havia chegado. Voltei minha atenção para a cozinha. A grelha com suas labaredas que iam até o teto, o chef com seu chapéu ridículo, panelas e frigideiras penduradas à espera do chamado. Melissa despontou na porta do restaurante. Ela com uma calça cinza escuro, camisa branca de mangas dobradas e uma bolsa verde no braço. Romy Schneider vestida de Jackie Onassis. Nossos olhares se encontraram e ela sorriu um sorriso tímido, que de longe eu vi com uma pontada de arrependimento. Ela ajeitou uma mecha de cabelo atrás da orelha e eu levantei a mão na sua direção, com o papagaio me incomodando outra vez. Tentei esconder o tique, mas em vão. O sorriso dela empalideceu e eu fiquei levemente envergonhado, enquanto ela se dirigia a uma mesa onde um casal a esperava perto da entrada. Chamei o garçom e pedi um dry martini. Antes que o drinque chegasse, Reggie havia se sentado à mesa.

"Desculpa o atraso."

"Não faz nem dez minutos que eu sentei."

O garçom trouxe o meu drinque. Reggie aproveitou e pediu uma taça de vinho.

"Ah, e o cardápio."

"Então, como vai a vida?"

"A minha vai ótima. Estou preocupado com a sua."

Abri um sorriso que escondia certa irritação.

"Minha vida vai ótima também, Reggie."

"Uma pena que eu não tenho espelho aqui. Eu poderia te emprestar. Ah, mas isso aqui resolve", ele retirou o celular e acionou a câmera no modo selfie e me ofereceu. "Dá uma olhadinha, por favor."

"Para com isso. Está tudo bem."

Reggie guardou a câmera, se ajeitou na cadeira.

"Não está nada bem, e você sabe. Olha o seu estado. Você está magro, esquálido. Nem pálido você está. Sua cor é quase esverdeada. E o que é isso no seu ombro, essa coisa horrível. Parece que tem um macaco de realejo pulando aí em cima."

"É um papagaio, Reggie."

"Papagaio, macaco, caspa... Foda-se! Eu falo isso porque eu me preocupo com você."

"Você está exagerando."

"O que acontece é o seguinte: você só tem cabeça para essa operação, só pensa na Denise, na Lennox, Székely & Königsberg Advogados e não nota a lama em que está se afundando. Nada além do seu trabalho importa. Às vezes eu observo você de longe e... Sempre elétrico, atropelando as palavras, interrompendo as pessoas, roendo as unhas."

Observei os meus dedos, as unhas comidas até o limite.

"E não é só esse ombro. Em alguns momentos você pisca os olhos como se estivesse tendo um ataque. Não é possível que você ache tudo isso normal."

"Reggie, eu sei o que eu tô fazendo. Quando fecharmos a operação da Meridional, falta pouco, eu dou um jeito nisso tudo. O Castro tá no meu pé, ele entra direto na sala da Denise, acho que talvez eles estejam, sei lá, juntos em alguma coisa e não querem me falar. Ele quer tomar o meu lugar."

"Isso é bobagem! Vocês dois podem ser promovidos."

"O Castro é um filho da puta."

"Nesse escritório, quem não é?"

Reggie descansou o corpo na cadeira, não fez nenhuma questão de disfarçar a irritação. Nesse momento o garçom trouxe o vinho e a carta. Então me levantei e fui ao banheiro, era uma maneira de esfriar os ânimos. Antes, pedi um filé com batatas e outro martíni, do mesmo jeito do anterior, por favor. Acompanhei a vidraça que separava o salão da cozinha até chegar ao toalete. Entrei na primeira porta e fui recebido por um aroma adocicado. Lá no alto, acima do vaso sanitário, um borrifador com temporizador dava mais uma baforada de alguma substância com o nome genérico de flores do campo. Tirei o vidrinho do bolso e delineei uma carreira de coca no mármore da pia. Não sei como é com as outras pessoas, mas, quando levanto os olhos depois de aspirar uma carreira de coca e dou de cara com o espelho do banheiro, bate um arrependimentozinho. Não sei se a palavra é essa, na real. Talvez seja uma tristeza, a tristeza da cocaína, dois décimos de segundo de depressão. De qualquer forma, qualquer que seja o sentimento, logo é substituído pelo tesão do pó. E tudo volta para o seu devido lugar com uma velocidade impressionante.

Saí do banheiro e dei de cara com Melissa na mesa do lado da entrada. Ela conversava, gesticulando com seus braços longos como se regesse uma orquestra. Cocei as narinas com a ponta dos dedos e voltei. Reggie tomava um gole de vinho com uma cara de não muitos amigos e por um instante ficamos os dois em silêncio, observando o movimento no salão do Glass, o papo das pessoas, o vaivém de garçons entre as mesas, reeditando um clichê de casais em um momento delicado da relação. Ele então olhou pra mim como se esperasse uma resposta.

"O quê?"

"Eu que quero saber. O que você vai fazer com isso tudo o que está acontecendo."

"Não há nada pra fazer. Isso tudo é bobagem. Quando acabar essa…"

"Você foi cheirar no banheiro?"

Reggie se inclinou para a frente e perguntou com mais ênfase, com uma raiva sussurrante. "Você saiu pra cheirar no banheiro?" Ele então começou a dar peteleocos na ponta do nariz, uma, duas, três vezes. "Desde que você voltou do banheiro você coçou seu nariz umas três vezes. Eu não acredito. A gente tava falando sobre isso. Você não consegue aguentar meia hora sem dar um teco."

Respirei fundo, bufei e senti o ar inflar as minhas bochechas e sair lentamente. Tentava ganhar tempo. Porque não havia nada de razoavelmente inteligente para falar, na verdade.

"Foi só uma carreirinha."

"Bom, eu não vou ver você se foder. Você perdeu a noção. Se quiser ajuda, me fala, a gente resolve isso junto. Mas eu não vou ficar do teu lado testemunhando tudo sem poder fazer nada. Um abraço."

Mal terminou a frase, Reggie se levantou da cadeira e saiu. Eu nunca tinha visto o Reggie tão puto da vida. Ele ainda acenou para a Melissa no meio do caminho. Esperei chegarem os dois pratos, pedi para devolver o do Reggie, inventei alguma bobagem como desculpa e comi um pouco do meu filé. Infelizmente não havia nada a fazer. Eu não poderia obrigar o Reggie a ficar do meu lado agora. Mas isso era algo que eu poderia resolver adiante. Primeiro vinham a Meridional, a Denise. Depois o bônus e a sociedade. O Reggie vinha em terceiro lugar.

Uma semana depois do almoço com o Reggie, desta vez foi a Denise que me chamou. Não para almoçar, mas para uma conversa ligeira na sua sala. Quando entrei ela ainda escondia o cigarro embaixo da mesa, como se o odor de fumaça misturado com Bom Ar não fosse mais evidente do que o brilho do sol. Ela pediu para eu me sentar, ofereceu uma água da sua geladeirinha. Declinei. Depois começou a elogiar meu trabalho, minha dedicação, meu empenho, minha assertividade nas reuniões, minha capacidade de organização, de conectar pessoas, de ter sempre a resposta certa para as perguntas mais cabeludas. Agradeci os elogios. Antes de prosseguir no assunto, ela perguntou se eu estava bem. Estava me achando diferente, mais nervoso e ansioso, bem mais inquieto do que o normal. Provavelmente já tinha sacado que eu estava todo trabalhado no pó. Respondi que estava tratando disso com um médico, um psiquiatra judeu que eu inventei na hora (não sei por que imaginei que pegaria bem um psiquiatra chamado Schwarz). Disse também que estava fazendo terapia; essas semanas estavam sendo muito estressantes, comentei. Ela se contentou com a minha resposta.

Após uma breve pausa para uma tragada que consumiu o cigarro inteiro, retomou a conversa anterior e me pediu para maneirar com o Castro. Eu estava sendo inconveniente com ele. Eu sabia do que ela estava falando. Já fazia algum tempo que eu tentava me inteirar de tudo o que ele estava fazendo para: 1, na versão fofa, poder ajudá-lo no que quer que fosse; 2, na versão honesta, saber o que diabos ele andava fazendo e tentar antever qualquer puxada de tapete. Quando ela falou sobre minha indevida intromissão nos assuntos do meu colega, vesti a minha melhor máscara de coitadinho, que mundo injusto, eu só queria ajudar. Ao mesmo tempo, confirmei a minha suspeita de que os dois estavam mais próximos do que eu gostaria. Senti inveja, ciúme, insegurança e raiva, tudo de uma vez só.

Mas a verdade é que eu estava com as pernas atoladas na paranoia até a virilha. Nem Denise estava com Castro, nem Castro com Denise. Eram apenas dois advogados fazendo o que deviam fazer no meio de uma operação que envolvia muita gente, muita responsabilidade e muito dinheiro. Mas na hora eu assumi que, sim, havia duas pessoas formando um time do qual eu não fazia parte. E o que eu poderia fazer? Denise, minha mamãe, havia me abandonado? Isso não poderia ficar assim. Eu iria retomar o meu lugar, e iria retomar com trabalho.

"Denise, eu acho que está havendo um mal-entendido."

"Em todo caso, você já tem trabalho demais. E a sua parte, como já disse, você está fazendo muito bem. Atenha-se a ela. Deixe a auditoria e os contratos de ações com o Castro. Ele é muito bom." E depois, como um recurso de ênfase, deu uma tragada calma e demorada e continuou logo após soltar uma enorme bolota de fumaça. "E, por favor, não quero mais ouvir falar nisso." Acatei com um gesto, pedi licença e me despedi um pouco contrariado.

Anfetamina era um aditivo family friendly, pode-se dizer assim. Se eu estivesse na casa dos meu pais ou numa festa de criança, poderia tranquilamente tirar minha cartela de Stavigile, pegar um comprimido e tomar. Já cocaína, não. Só em sonho ou em uma família muito disfuncional eu poderia pavimentar uma rodovia de pó sobre a mesa ao lado dos brigadeiros e mandar ver. Isso passou a ser um problema. Era bastante comum que a fissura pela droga me obrigasse a largar o que eu estivesse fazendo e me trancasse em um dos banheiros da Lennox, Székely & Königsberg Advogados. Tive que me ausentar ainda que momentaneamente de algumas reuniões importantes, o que pra mim era um tormento: eu havia embarcado na cocaína para que ela me deixasse mais produtivo, não para que me impedisse de trabalhar. Quando isso acontecia, eu inventava uma desculpa vagabunda e saía quase correndo da sala de reunião. Eu precisava cheirar. Então eu cheirava, voltava pra reunião, trabalhava, tomava anfetamina, trabalhava, cheirava, tomava anfetamina, tomava Rivotril, voltava pro escritório, trabalhava até a próxima reunião, que eu abandonava por alguns minutos para cheirar mais uma vez.

Nesse dia, Denise me olhou com uma expressão dura no rosto. Estávamos nos aproximando dos momentos mais críticos da operação da Meridional e dava pra ver que ela estava irritada pelas minhas ausências. Constrangido, baixei os olhos e me retirei. Entrei no primeiro banheiro do corredor, mas estava ocupado. Não era ninguém chorando, era uma das garotas da limpeza passando limpa-vidros no espelho. Entrei aos tropeços no segundo banheiro. Estava suando frio, com as mãos agitadas. Tranquei a porta com rapidez, enfiei a mão trêmula no bolso e retirei o vidro de coca. Estava tão ansioso que deixei o frasco escorregar e se espatifar sobre a pia de mármore. E enquanto dez ou doze carreiras do mais cintilante pó do hemisfério sul se espalhavam sobre a superfície, minha mão sangrava com um corte no dedão.

Uma onda de ódio tomou conta de mim. Eu repetia e repetia na minha cabeça como era idiota, como era idiota, como era idiota. Demorei alguns segundos para decidir se interrompia o fluxo que banhava o chão ou se arrumava logo uma linha de pó para me acalmar. Optei pelo pó, claro, eu precisava dar uma relaxada. Então, enquanto o dedão direito jorrava sangue, tirei o cartão com a mão esquerda, fiz o acabamento da linha com a mão esquerda e aspirei de uma vez. Olhei no espelho os meus olhos lacrimejando e o nariz avermelhado, mas pelo menos eu estava mais calmo. Respirei fundo e retomei o controle da situação; o que significava em primeira instância retomar o controle de mim mesmo.

Bom, ainda tinha que dar um jeito no corte e limpar o piso inteiro. À minha frente, a pia mais parecia uma bancada de confeiteiro, mas ela podia esperar. Peguei um bolo de papel higiênico e estanquei o sangramento. De alguma maneira consegui usar a mesma mão para pressionar o dedão enrolado de papel e impedi-lo de sangrar. Então, desenrolei vários metros de papel higiênico e passei a limpar o chão de sangue pisado. O suor começando a molhar a minha camisa. Liberei o botão do colarinho e afrouxei a gravata. Era difícil passar o papel enquanto eu tentava rotacionar e alongar o ombro, que subitamente ficou necessitado de atenção extra, mas consegui seguir adiante. Enquanto limpava o piso ensanguentado sentindo certa repugnância, eu pensava no olhar de reprovação da Denise e na reunião que eu estava perdendo, no tempo que passava, no Castro e sua nova intimidade com minha chefe. A tristeza da cocaína demorou mais um pouco dessa vez.

No entanto, quando terminei de enxugar o chão, com a camisa banhada de suor e a testa molhada, e de deixar tudo brilhando como se eu fosse um competente dono de casa, eu já era só alegria.

Me levantei cansado, esbaforido, mas satisfeito: o piso estava um brinco. Com um pouco de nojo, amassei o papel empapado de vermelho e joguei o bolo no vaso sanitário, cuidando para não pingar sangue no chão. Apertei a válvula de descarga a vácuo e em um instante entendi que os americanos chamavam cocaína de "snow" não apenas porque ela era branca.

"Se você apertar a descarga, vai voar cocaína pra todo lado."

Eu sei, Denise. Como pude esquecer?

Eu e a minha estupidez havíamos feito nevar dentro do banheiro da Lennox, Székely & Königsberg Advogados. As partículas de pó flutuavam lindamente, pequenos flocos prateados em suspensão no ar, como se eu estivesse em alguma passagem onírica de um conto de fadas, como se estivesse em um farol no meio do nevoeiro que vinha do mar, como se eu estivesse na Lapônia no dia de Natal. Retomei os trabalhos, não dava pra ficar parado sem fazer nada: não é todo dia que cocaína cai do céu. Empinei o nariz e comecei a girar a cabeça em busca das nuvens mais encorpadas. Como um touro alucinado, fiquei dando cabeçadas no vazio e cafungando as linhas que pairavam no ar. Cafunguei em cima, em baixo, cafunguei do lado esquerdo, do lado direito, na diagonal, na ortogonal, na ascendente, na descendente, em espiral, em círculos em todas as modalidades, cafunguei freestyle.

A mágica durou pouco tempo e o que restou foi um advogado empanado no meio de um cubículo em que cada centímetro da superfície interna estava polvilhado de cocaína. Tirei meu paletó, arregacei as mangas e tratei a limpar a bagunça. Nesse dia eu não voltei para nenhuma reunião. Fui para casa tentar dormir um pouco.

14

Oito meses e dezessete dias depois de iniciada a operação de compra da Chicago Yards pela Meridional, juntou-se boa parte dos envolvidos, para fechar o acordo. A claridade entrava pelas enormes janelas que iam de cima a baixo da sala de reunião na Lennox, Székely & Königsberg Advogados, aumentando a temperatura da reunião. As duas bancas de advogados já não se suportavam. Chegamos a um ponto em que até o alerta de novos e-mails dos advogados da Chicago Yards nos causava engulhos. E o que era aquela merda de "best regards" no final? Eu queria matar cada um deles, se possível várias vezes. Do outro lado, eles também deviam sentir o mesmo.

Alguém teve a ótima ideia de descer as cortinas e diminuir um pouco a luminosidade e o calor na sala. O objetivo daquele encontro, afinal, não era matarmos uns aos outros, era consolidarmos uma compra que havia sido iniciada meses atrás e consumido energia, saúde, alguns casamentos e, particularmente, minhas mucosas nasal e estomacal. No que se referia a minha pessoa, eu também tinha outros valiosos interesses: a tão sonhada sociedade, um aumento e um gordo bônus de final de ano.

A sala estava apinhada de gente. Székely Neto, Denise, nosso time, advogados americanos, representantes brasileiros, vice-presidentes das duas companhias, assessores financeiros, dois garçons, gente de TI. Mais de vinte pessoas se trombavam, gesticulavam e cochichavam no que parecia ser uma grande feira livre no nosso escritório, compactada entre folhas de vidro e painéis de madeira. Eu havia virado a noite, claro. Tive apenas uma hora para ir em casa tomar um banho e voltar direto para o almoço no Glass com a Denise, o Castro e mais três advogados do nosso time. Estava um trapo, um pano de chão de banheiro de boteco, mas turbinado com os aditivos de sempre.

Compra e venda de empresas é um negócio tenso por si só. É muito dinheiro envolvido, são muitas variáveis, detalhes que de repente tomam a proporção de um Kilimanjaro, cobranças de todo lado, compradores querendo comprar bem, vendedores querendo vender melhor. Isso é o dia a dia de um escritório de mergers & acquisitions. Mas a reunião de closing é um bicho diferente. É tudo isso comprimido em algumas horas. É o inferno. Contratos que foram revisados e revisados novamente são questionados, cláusulas sobre as quais as duas partes haviam fechado acordo, de uma hora pra outra, se tornam ponto de discórdia. Pelos começam a nascer descontroladamente em ovos, abrindo inúmeras possibilidades para a indústria cosmética descobrir a cura da calvície assim, do nada. Tudo isso em um contexto de beligerância extrema.

Nosso time se sentou de costas para os painéis de madeira, de frente para a paisagem dos prédios de São Paulo. Os convidados, no outro lado da mesa. Embora o momento fosse de tensão, não era difícil se deixar levar pela noção de que em algumas horas tudo isso estaria acabado. Assim, já era possível vislumbrar uma demão de alívio por trás da máscara de advogado determinado e implacável que todo mundo gostava de usar nessas reuniões. São só algumas horas, meus amigos, e logo, logo poderemos voltar para nossa rotina escrota e estafante, mas não tão escrota e estafante como essa.

Denise se sentou ao meu lado com um sorriso tenso, Castro se sentou no meu outro lado, os olhos fundos e a cara de quem havia se divorciado e não dormia bem há algumas semanas. Székely fez um breve discurso de boas-vindas aos americanos e aos representantes brasileiros enquanto os garçons serviam café e água. Ao fundo, havia frutas, sanduíches e pães de queijo que ainda levariam um tempo para serem incomodados. Todos haviam acabado de almoçar. Jefferson entrou e deixou pequenas tigelas de cristal recheadas com seus famosos biscoitos.

Então vários contratos surgiram do outro lado da mesa. Vários engravatados retiraram as suas canetas e começaram a passar uma última vista antes de assinar e rubricar cada página. Do nosso lado, tínhamos o VP de Finanças, o CEO e o presidente do Conselho da Meridional ao lado do diretor-executivo do Carlin Bank, convidado especialmente para enviar a TED assim que tudo estivesse revisado, assinado e rubricado. Pingando a grana, os contratos trocariam de mãos e, finalmente, estaria tudo acabado.

Claro que não é tão simples assim, nunca é. Logo começaram a aparecer as primeiras objeções. Denise e Castro se envolveram em uma pequena discussão tributária que durou uma hora. Do outro lado da sala, para onde eu havia me dirigido, havia uma querela sobre galpões de armazenamento incluídos no contrato de imóveis. E aí torna a reescrever as cláusulas alteradas, torna a imprimir todo o documento e torna a revisar tudo outra vez. Um trabalho de filho da puta. E quem ainda não estava envolvido em nenhum quiproquó continuava revisando os contratos para ver se conseguiam achar alguma bobagem que ninguém tinha notado após oito meses de trabalho obsessivo.

O tempo passava rápido. Todo mundo se segurando como podia à base de sanduíche, biscoito, café ou aditivos químicos. Consegui sair da sala para dar uma mijada e cheirar uma linhazinha. De frente ao espelho, passei um tempo girando o ombro na esperança de reduzir a frequência dos tiques. Quando relaxei, respirei fundo e voltei para a sala. Mal sentei na cadeira e o papagaio começou a me azucrinar novamente. Decidi pegar uma xícara de café. Foda-se a minha gastrite. Nesse momento, meu celular tremeu sobre a mesa. Voltei, abri o aplicativo de mensagens. Era Carmelo, um advogado do nosso time. Ele havia me mandado uma notícia da Bloomberg: a agência de proteção ambiental dos Estados Unidos havia multado a Chicago Yards em 260 milhões de dólares por contaminação de lençol freático devido a descarte ilegal de resíduos em um afluente do Green

River, em Illinois. Eu li duas vezes para acreditar. Depois busquei outra fonte. *Forbes*, CBS, *New York Times*. Apesar de mínimas diferenças em relação aos valores da multa, a notícia era essa mesmo. Chamei a Denise, mas, antes que ela pudesse ver do que se tratava, um burburinho já tinha tomado conta da sala. Advogados correndo pra lá e pra cá, ligações internacionais, gente cochichando em desespero, aquele clima de que havia estourado a bolsa amniótica de uma mulher num avião sobre o oceano.

Depois da notícia, o alvoroço, depois do alvoroço, a indignação. Que o acordo nos termos que havia sido combinado havia se evaporado, até Carmelo sabia. No entanto, isso não significava necessariamente que a operação não iria se concretizar. Por outro lado, ninguém era burro de imaginar que as coisas ficariam mais fáceis. Székely Neto estava se agarrando em um prognóstico mais otimista, de que isso era apenas um contratempo facilmente contornável (a piscina da mansão dele já devia estar vazia só esperando a tsunami de grana que iria entrar com a conclusão do negócio). Enquanto a turma da Meridional Foods se levantava da mesa sem nenhuma preocupação em disfarçar a raiva, o nosso sócio majoritário presente tentava manter as animosidades sob controle. Os americanos, bem, alguns continuavam mergulhados em seus computadores e celulares, outros catavam seus pertences e se levantavam constrangidos, como o CEO da Chicago Yards. Nem tentei imaginar o que ele poderia falar numa situação dessas, porque era óbvio que ele e todos os executivos da Yards já sabiam da multa e estavam tentando vender a empresa antes que a notícia viesse à tona. Bem, o problema era dele. CEOs são pagos e muito bem pagos para descascar esses abacaxis. Já eu tinha que lidar com os meus próprios problemas.

Foi como se estourasse um pequeno balão de festas no meu ouvido esquerdo. Um estampido rápido e seco, anunciando um novo mundo pra mim. Imediatamente após o barulho, a sala começou a girar. Fechei os olhos para me proteger da vertigem e a situação piorou. Eu estava rolando numa ribanceira dentro de um barril numa noite escura. Imaginei que estava sofrendo um AVC e o barulho no ouvido fosse o som de uma artéria estourando em algum lugar no meu cérebro. Sentei na minha cadeira, afrouxei a gravata e tentei manter a tranquilidade, ainda de olhos fechados. Plantei os pés no chão e descansei o corpo no encosto da cadeira. Eu procurava respirar calmamente, inspiração e expiração, tentava com isso induzir o meu corpo a um estado de relaxamento, mas era inútil. Eu sentia tudo girar mesmo com os olhos fechados, mesmo com os pés fincados no chão e as mãos agarradas aos braços da cadeira. Cocaína, anfetamina, cafeína, clonazepam, tudo isso passou pela minha cabeça junto com um arrependimento desgraçado. O que você fez com a sua vida? Sim, você vai morrer. Acabou. Pensamentos que só vêm à tona na cabeça de quem está com o cu na mão. Eu tinha fodido tudo.

Denise me chamou.

Abri os olhos e o chão trocou de lugar com o teto. E então, a apoteose: uma força vinda direto do estômago me obrigou a despejar o almoço inteiro sobre a mesa de sândalo indiano da Lennox, Székely & Königsberg Advogados. Um jato tirânico, intransigente e arroxeado de lagosta mal digerida e vinho tinto misturado com suco gástrico. Em resposta, um americano de rosto avermelhado catou o cesto de lixo e vomitou também. Denise olhou para o outro lado. Székely Neto aproveitou a minha intervenção para seguir os picas da Meridional Foods que estavam saindo irritadíssimos. Foi quando eu decidi me levantar para ir ao banheiro, mas não consegui dar sequer dois passos. Antes que vomitasse novamente, me deitei no chão e fiquei esperando as coisas se acalmarem e a sala parar de girar. Vi sapatos passando rente à minha cabeça, uma comoção assustada ao meu redor que se assemelhava a uma nuvem de insetos atraídos por uma lâmpada. Alguém se agachou ao meu lado e perguntou se eu estava bem, meu nome sendo chamado, a voz ecoando lá longe. Senti uma mão sobre a minha testa.

Eu ainda não sabia, mas ali, naquele momento, a minha carreira no direito tinha acabado. E uma outra vida estava me esperando.

PARTE 2

MEDIANISMO

PARTE 2

COMPANHISMO

1

Olávio já havia providenciado um saco plástico para os cubos de gelo e drenado o lago que ilhara a minha taça de dry martini. Tirei o olho direito da TV do César enquanto meu olho esquerdo com a pele cor de ameixa se acostumava com o contato do plástico gelado. Não demorou muito para o frio anestesiar o machucado. Do lado de fora do Bar do Zé Preto, o burburinho da multidão crescia e vez por outra alguém puxava o coro com meu nome, mas eu evitava dar as caras para manter as coisas sob controle. Por cima das cabeças, podia ver alguns cartazes e um pedaço da Joaquim Floriano tomada por gente.

Pedi outra água com gás para o Olávio e mais um martíni. Não era propriamente um vício; meu drinque preferido era apenas um prazer que transformei em rotina, como o suco de laranja com pão na chapa do café da manhã. Sêneca, o filósofo, costumava falar, enquanto passava o rodo na Roma Antiga:

"Tenham pressa em viver bem, e pensem que cada dia é por si só uma vida."

Como eu não imaginava passar uma vida sem meu martíni, eu seguia os conselhos do antigo filósofo e tomava ao menos um a cada 24 horas.

"O seu dry martini, Nilo. E a água."

"Valeu, meu querido."

Foi o Reggie quem me resgatou da famigerada sala de reunião após a crise e me levou até o pronto-socorro, onde recebi os primeiros cuidados. Passei uma hora com soro e medicação na veia enquanto mentia para o médico quando ele perguntava se eu estava tomando remédios controlados ou se era usuário de drogas ilícitas. Para ele, revelei que meu único problema era trabalhar demais e sob muita pressão. Ele acreditou. Depois falou alguma coisa sobre publicitários e gente do mercado financeiro sofrerem do meu mesmo mal: labirintite. Me receitou dois remédios e, por desencargo de consciência, escreveu um pedido de ressonância magnética, a ser realizada depois que a crise passasse. Eu só fazia que sim com a cabeça. Ele me cumprimentou e disse que assim que a enfermeira retirasse o soro eu podia ir embora.

A ressonância magnética de cerebelo foi a peça catalisadora de todo o processo que transformou um jovem, talentoso e descontrolado advogado no criador, autor e intérprete de um dos mais bem-sucedidos espetáculos de stand-up comedy do país, o *Medianismo*. E isso não teve nada a ver com ondas eletromagnéticas alterando os padrões cerebrais ou a constituição das minhas células, como se eu fosse uma dessas pessoas que passam a ter superpoderes depois de bombardeadas por radiação ou coisa que o valha. No meu caso tinha mais a ver com crises de pânico e distúrbios de ansiedade, combinados com o desenvolvimento da consciência de que a vida que eu levava e ansiava por viver pelos próximos anos era uma grande merda.

"Você não vai voltar?"

"Tirei umas semanas de férias, Reggie. Tenho um monte de exames para fazer. Essa ressonância tá me tirando o sono."

"Não vai ser nada, Nilo."

"É, vamos ver", falei desanimado.

O que eu fiz ninguém deveria fazer, e só abro o jogo porque toda estupidez merece ser documentada, no mínimo, para fins didáticos. Dois dias após a visita ao pronto-socorro, depois de noites maldormidas, com as palavras do médico operando coisas horríveis na minha imaginação, abri meu notebook e digitei "causas de labirintite" no buscador. Depois abri outra janela e procurei em quais situações era recomendável uma ressonância de cerebelo. Abri uma terceira janela e digitei "labirintite e ressonância magnética" e apertei "enter". Enquanto teclava no computador, o papagaio sapateava no meu ombro.

Pesquisar doenças na internet é um caminho sem volta: cada nova informação leva a outra, que abre inúmeras portas para diversos corredores que se entrecruzam até o infinito. É um modo eficientíssimo de desintegrar toda a sua crença em uma existência feliz e inculcar a ideia de que o único propósito da vida é o sofrimento. Passei os dias seguintes frequentando todos os sites de saúde e medicina da internet brasileira e alguns em inglês e espanhol. Com o passar do tempo, comecei a ficar íntimo de termos de que nunca havia ouvido falar: mioclonia, fasciculação, labilidade emocional... Após ver dezenas de sites, retornava ao primeiro da fila para confirmar as informações que estavam lá. Ato contínuo retornava ao último para voltar a empreender a minha pesquisa. Segundos depois voltava aos primeiros sites para reconfirmar pela terceira vez o que já havia confirmado duas vezes. E, à medida que refinava meu diagnóstico e retroalimentava minha paranoia, começava a sentir os sintomas que estavam sendo descritos na tela: tremores nas mãos, taquicardia, boca seca, espasmos musculares, fraqueza em membros isolados, cãibras, falta de ar.

Então eu me levantava, ia até a geladeira, abria uma cerveja e tentava relaxar. Instantes depois, ficava tomado pela curiosidade, pela morbidez, pelo desespero, e sentava ao computador para vasculhar as mesmas páginas com voracidade obsessiva. Os pensamentos tantalizantes se enredando entre as sinapses e revestindo cada impulso elétrico com o horror de um futuro degradante logo ali na esquina. Horas depois, assustado, eu ia até o banheiro, esticava uma carreira e cheirava. O sol descia na janela, as sombras se moviam na sala e eu dava voltas pelo apartamento.

Se alguém olhasse o histórico do meu notebook, poderia imaginar que eu era um estudante de medicina se especializando em neurologia. Eu havia vasculhado todos os recantos em que pudesse haver informações sobre doenças degenerativas: Parkinson, Alzheimer, distrofia muscular,

ELA, esclerose múltipla, atrofia muscular espinhal... Cruzando os sintomas que eu mesmo havia fabricado, a predisposição familiar e as informações de que dispunha depois de pesquisar em inúmeras páginas na internet, cheguei a uma conclusão aterrorizante: o vômito na sala de reunião e a labirintite eram provavelmente sintomas de esclerose múltipla ou esclerose lateral amiotrófica, ELA. A imagem de um prédio desabando em câmera lenta, bloquinho por bloquinho, a lentidão sendo um agravante da condição, como um torturador sem nenhuma pressa de infligir seu suplício, a fraqueza, as dores que não se sabe de onde vêm ou pra onde vão, a coordenação motora em curto-circuito, os ossos se entortando e se curvando, a memória e a fala regredindo até a fase intrauterina... As imagens, as sensações e o medo me atacaram. E eu não tinha nem 30 anos.

Liguei para o Reggie. Depois do incidente na sala de reunião da Lennox, Székely & Königsberg Advogados havíamos retomado a nossa relação. Ao telefone, ele tentou me acalmar dizendo que tudo era uma grande bobagem, que eu estava bem, que eu era apenas um cara impressionável.

"Parou com a anfetamina?"

"Aham."

"E o Rivotril."

"Raramente."

"E a coca? A cocaína é que está fazendo isso com você."

"Eu vou parar."

"Você tem que visitar um psiquiatra. Eu conheço uma muito boa."

E desligou falando para eu dormir cedo e me convidando para um churrasco no sábado. Acontece que no sábado eu faria a ressonância magnética de cerebelo.

Logo que saí do laboratório de imagem, atarantado e sem saber pra onde ir, tentei me convencer de que não havia nada mais a fazer a não ser esperar. Contenha-se, Nilo, e aproveite os próximos dias para não pensar nisso: se você de fato estiver doente, o que quase certamente é o que será revelado, serão os últimos dias tranquilos da sua vida. Ainda que estivesse tudo cagado no meu cérebro eu tinha que aproveitar os próximos dias como se o futuro fosse acolhedor e quentinho. O grande Sêneca também falava que o homem que sofre antes do necessário sofre mais do que o necessário. Sêneca manjava.

O mais impressionante é que eu consegui de fato relaxar. Por uns dias realmente agi com tranquilidade. Passei no churrasco do Reggie, fui ao cinema, vi vários shows de stand-up no YouTube, pedi martínis no Zé Preto. Abria a janela e sabia ver beleza no céu azul, nas pessoas indo para o trabalho pela manhã, coisas muito simples me davam muito prazer. Eu estava lambendo o fundo da taça de sorvete da minha vida. Curti dias de tranquilidade como se fossem de fato os últimos. Nem uma semana após a ressonância, recebi o resultado em casa. Um envelope pesado que demorei alguns minutos para abrir.

Normal, dentro dos padrões, sem alteração. Eu não entendia nada daquelas imagens, mas o laudo anexado era bastante claro: não havia nada de errado comigo. Enquanto meu coração se enchia de alegria, eu passava e repassava as folhas de papel brilhoso com espanto e curiosidade. Todas aquelas reentrâncias, a perfeição intricada da anatomia humana, cada pedacinho da minha cabeça banhada de radiação revelando sua perfeita constituição. Eu estava saudável, com tudo funcionando como meus pais haviam fabricado. E tudo isso assinado, atestado, referendado e validado por dois médicos cujos sobrenomes tinham muito mais consoantes do que vogais.

No entanto, a tranquilidade que o exame me trouxe durou apenas um dia, se tanto. Logo o meu cérebro começou a me sabotar com a astúcia de sempre. Na manhã seguinte, acordei com uma pulga atrás da orelha. Lembrei que antes de me deitar no aparelho de ressonância, um trambolho que lembrava um cenário de 2001: *Uma odisseia no espaço*, a enfermeira me pedira para retirar brincos, cordões, qualquer adereço metálico do meu corpo. Eu havia depositado tudo em uma bandeja de plástico, mas havia esquecido o cinto. O cinto com sua fivela. Então era isso mesmo. O que eu mais temia: a fivela havia corrompido o exame. Era óbvio. Eu havia identificado todos os sintomas, cruzado os dados, mapeado o histórico familiar para chegar ao diagnóstico preciso de esclerose. No entanto, a minha maldita fivela havia interferido no exame a ponto de enganar a radiação, a máquina e os médicos.

Passei o dia remoendo essa possibilidade, que à medida que o tempo passava se tornava mais plausível e se agigantava como a sombra de uma montanha no pôr do sol. Entre um teco e um gole de cerveja, eu via o futuro aterrorizante à minha espera: os músculos se atrofiando, o fio de baba pendendo do lábio flácido, meu esfíncter frouxo espalhando bosta liquefeita entre a bunda e a desmoralizante fralda que eu teria que usar antes de completar quarenta anos.

Já no final do dia, abençoado por um raio de lucidez momentânea, eu entendi que estava precisando de ajuda. Era admissível criar uma doença tenebrosa a partir de um evento traumático como o que havia acontecido comigo na Lennox, Székely & Königsberg Advogados. Daí a duvidar de um exame de altíssima precisão realizado por máquinas de filmes de ficção científica em um dos melhores hospitais do país já era demais. Eu estava parecendo um daqueles caras que não se conformam de não ser corno e passam a vasculhar a bolsa e o celular da esposa atrás de uma confirmação que nunca vem. E, caso não interrompesse o ciclo vicioso, eu continuaria a procurar um recadinho, um bilhete, um cartãozinho que revelasse o adultério até as portas da eternidade.

"Reggie, me passa o telefone daquela sua psiquiatra?"

2

Distúrbio generalizado de ansiedade, síndrome do pânico, transtorno obsessivo-compulsivo. Essas foram algumas das mazelas diagnosticadas pela minha psiquiatra, uma senhora miúda vestida sobriamente e com os olhos vivos e inquisidores de quem está prestes a pegar o seu interlocutor na mentira. O meu quadro se agravava pelo meu consumo destrambelhado de cocaína.

Já na primeira consulta, a dra. Margareth receitou dois remédios que eu deveria tomar todo dia: um antidepressivo e outro para ajustar o meu sono. Curiosamente, ela fez a mesma recomendação que Jefferson fez ao me vender as anfetaminas: haja o que houver, não leia a bula, há coisas que não são muito agradáveis de saber. E ainda pediu que eu tirasse licença do trabalho. Agora, em vez de queimar minhas férias, eu descansaria salvaguardado por um pedido médico.

Desse modo eu me preparei para a grande batalha química que iria ser travada no meu cérebro, mais uma, desta vez para me devolver ao equilíbrio dos anos pré-Lennox,

Székely & Königsberg Advogados. A artilharia de escitalopram e benzodiazepina ganhou o reforço de terapia e corridas de uma hora três vezes por semana, que logo se tornaram diárias. Depois de anos arregaçando com meu corpo e minha cabeça, eu estava passando por um trabalho de restauração, como se fosse uma tela renascentista encontrada após décadas no quarto úmido de uma pensão em Florença.

Mais ou menos por esses dias, recebi uma mensagem do Reggie. Nela, vinha anexado um arquivo de vídeo que trazia as cenas que as câmeras da sala de reunião da Lennox, Székely & Königsberg Advogados haviam captado naquela famigerada tarde. Meu jato de vômito estava documentado em detalhes. Eram três ângulos. A câmera acima da porta de entrada da sala me enquadrava pela esquerda. Uma outra câmera me pegava pelo ângulo contrário. E havia ainda uma terceira câmera, fora da sala, que captava o jorro através da vidraça lateral, lá longe, o que revestia toda a cena de uma casualidade comovente. O impacto pornográfico das duas primeiras câmeras, no entanto, parecia ter vindo de um filme do Darren Aronofsky, sem a menor finesse, nenhuma sutileza. Reggie já havia recebido a mesma edição de cinco pessoas diferentes. Provavelmente, advogados daqueles vilarejos do Nepal, onde nem existe energia elétrica, já tinham acesso ao meu filme, isso sem falar nos escritórios de advocacia do país inteiro. Mais um grande lançamento dos mesmos produtores de *Os últimos momentos de Fernandinho.*

Esse não foi o instante em que decidi abandonar a carreira no direito. Mas foi o instante em que a possibilidade se instalou na minha cabeça. Os diagnósticos, os remédios, a terapia, os exercícios e o jeito como larguei a cocaína ajudaram a pavimentar o caminho em direção à nova vida que eu iria levar. Teve também o lance da grana, quer dizer, o lance do processo. Eu havia dedicado uns bons sete anos à Lennox, Székely & Königsberg Advogados, havia renunciado boa parte da minha juventude e empenhado a minha saúde para o bem do escritório...

"Não seja hipócrita, Nilo", me corrigi.

Ok, eu havia feito tudo aquilo por mim também, principalmente por mim, aliás. Para ser sincero, eu havia feito tudo aquilo só por mim. Em todo caso, receber um vídeo como esse era aviltante, humilhante, todos os adjetivos deletérios que poderiam existir. Mas curiosamente não fiquei tão irritado quanto esperava, encarei até com certa tranquilidade e bom humor, como se quem estivesse estrelando o filme fosse outra pessoa. Após algumas sessões com a minha psicanalista, cheguei à conclusão de que esse sentimento já era evidência do movimento que me separava da minha existência anterior. Eu não estava trocando a pele, como fazem as cobras. Eu estava trocando o miolo, a carne, o tutano dos ossos.

E foi isso que me possibilitou pensar em processar a Lennox, Székely & Königsberg Advogados com tranquilidade. Fiz e refiz as contas de quanto eles deveriam me pagar caso eu decidisse sair: todas as horas extras, as férias devidas e tudo mais. Já era uma bolada, mas a grana que eu pretendia pedir de indenização em um processo contra danos morais e à imagem era o triplo. Embora eu estivesse planejando entrar em litígio contra o maior escritório de direito do Brasil, o processo seria uma barbada: eu tinha um vídeo com cenas aronofskianas e isso já bastava. Tanto bastou que nem precisei levar o caso ao tribunal; os advogados do meu ex-escritório, colegas meus, decidiram fazer um acordo e me pagar o que eu exigia, além das multas rescisórias. Ganhei uns setenta salários de uma hora para outra. E também de uma hora para outra estava desempregado. Vendo de longe, depois de tanto tempo, eu usaria um outro adjetivo: eu estava livre.

"Você vai parar de trabalhar?"

"Por enquanto, sim, Reggie."

Dei um gole no café. Estava tranquilo, sereno, feliz. O Bar do Zé do Preto se esvaziava após o almoço.

"Em algum momento eu vou ter que trabalhar. Mas não para a Lennox, Székely & Königsberg Advogados. Ganhei seis anos de salário, Reggie. Vou descansar um pouco. E ver o que faço. Sou novo, olha aqui essa pele de bebê."

"É difícil entender um cara que só pensava em trabalho desistir de tudo do dia pra noite…"

"Não desisti de tudo, e também não foi do dia pra noite."

Reggie se ajeitou na cadeira e olhou para a calçada. Depois pegou a xícara de café e aproximou lentamente da boca antes de dar um gole discreto. Dramático demais, o Reggie.

"Um dia eu estava andando pela Berrini quando notei um cara puxando um caixote de madeira com uma corda. O caixote não tinha rodinha nem nada, e quando o rapaz arrastava fazia um barulho desgraçado. Não era apenas um mendigo, era o estágio inicial de um mendigo. Eu nunca tinha visto isso: o exato instante em que uma pessoa deixa de fazer parte da sociedade para se tornar um pária. O que quer que tenha empurrado esse cara para morar na rua havia acontecido um, dois dias atrás. Um chifre, a morte de um filho, falta de grana, um surto de loucura... Estava com barba por fazer e com uma calça social e uma camisa branca levemente sujas e amarrotadas, uma sujeira e uma desarrumação recentes. Ainda não havia aquela indiferença de quem estava pouco se lixando para o mundo, para o tempo. O sujeito andava cabisbaixo, triste, envergonhado, ainda sentindo pena de si mesmo. Era um mendigo desabrochando... Em pouco tempo ele se tornaria um mendigo em todo o seu esplendor opaco. Aquilo me chocou."

Fiquei comovido com a história, mas logo depois abri um sorriso.

"Deixa disso, Reggie. Para de drama. Eu não vou virar um mendigo."

"Há momentos em que as pessoas passam a ver a vida de um jeito diferente, Nilo."

3

Se eu morrer, será que a minha consciência existirá de novo? Não o meu corpo ou a minha alma, mas a minha consciência. O jeito de pensar, de sentir, de articular ideias, de compreender o mundo, de errar e acertar, o jeito de preferir massas a carne, Beatles a Kanye West, calor a frio, o jeito de tentar entender a vida assim e não assado. E se ela existir de novo, essa consciência, será que serei eu a existir novamente ou será que ela estará vagando por aí no corpo de outra pessoa? A minha consciência em outra pessoa... isso não transformaria essa tal outra pessoa em mim? Pensei isso e também pensei no que eu estava fazendo: tentando trazer a minha antiga consciência de volta para o meu corpo a fim de tomar o lugar de uma consciência alienígena corrompida.

4

"Você quer o quê, Nilo?"

O Zé Preto me olhou desconfiado, como todo cigano dos Bálcãs. Na verdade, eu não sei se ciganos são desconfiados, talvez sejam. Em todo caso, se não forem, deixo aqui as minhas desculpas. Não que seja ruim ser desconfiado, claro. Enfim, sei lá, bicho. O fato é que Zé Preto, cujo nome de verdade é Borislav, me olhou com os olhos azuis quase escondidos pela marquise das sobrancelhas que descia de um jeito questionador.

Borislav comprou o Bar do Zé Preto oito anos atrás. Parte da grana veio do pai, um sérvio de 2 metros de altura que havia fugido com a família da guerra nos anos 1990. Com medo de ninguém parar para entrar em um boteco de rua que se chamasse Bar do Borislav, ele preferiu manter o nome original e o cardápio também, aperfeiçoado pelos fantásticos dotes culinários da sua mãe, que já estava aposentada fazia tempo. Assumiu a alcunha e virou um Zé Preto insólito, com a pele quase transparente, os olhos azuis e o cabelo amarelo-ouro. A cerveja sempre gelada e a feijoada apoteótica garantiram o sucesso do estabelecimento. O jeitão de mafioso russo com várias mortes nas costas também deu uma mãozinha, embora os mais chegados soubessem que ele de fato tinha um coração mole e até pagava a TV a cabo de uma garota de programa das redondezas.

"Boris, sabia que todo cigano responde uma pergunta com outra pergunta?"

"Quem disse isso?"

Então ele começou a rir, e eu também.

"Porra... Eu perguntei se eu poderia ficar com a noite de segunda para fazer um espetáculo. Posso ou não posso?"

"Você quer fazer um espetáculo?"

(Mais uma resposta que era uma pergunta... Que figura.)

"Sei que as noites de quarta em diante já estão ocupadas. Não que eu tivesse a ideia de substituir os músicos, mas eu estava pensando em montar um stand-up nas segundas, que tal?"

"O que é stand-up?"

(Ele não conseguia parar.)

"Um show de comédia. Eu contando piadas sobre a vida, sobre coisas do cotidiano, sobre as notícias da semana. Um show curtinho, de meia hora. E nem precisa de muita produção: apenas eu, um microfone e um banquinho. O que você acha?"

"Desde quando você sabe contar piada, Nilo?"

(Era mais forte que ele.)

"Descobri recentemente, Zé. Mas isso não importa. O que importa é que eu preciso das segundas. Não tem ninguém no bar. Fora os casais de adúlteros, um ou outro alcoólatra, pouca gente aparece. É perfeito para mim, que nunca fiz isso. E você não tem nada a perder."

"Mas não tenho dinheiro para te pagar, Nilo."

"Não precisa, trabalho de graça. Se der certo, a gente conversa depois. Se der errado, será como se nunca houvesse acontecido."

Ele jogou o pano de prato sobre o ombro e ficou ali pensando. E eu falando baixinho, quase sussurrando, tentando fazer as palavras entrarem naquela cabeça.

"Só segunda, Zé. Eu... Um banquinho... De graça..."

"Ok, tudo bem. Segunda é o dia mais fraco mesmo. Já estava querendo colocar algo pra animar a noite. Mas nada de piada de sexo, essas coisas. O Bar do Zé Preto é um lugar de família."

"Semana que vem eu começo, pode ser?"

"Já não lhe disse que tudo bem?"

5

A ideia me veio de repente, quando estava organizando meus livros. Os meus dias sem escritório eu ocupava arrumando o que fazer, limpando a casa, aprendendo mandarim num curso on-line, apertando parafusos soltos nas poltronas da sala, vendo vídeos na internet. Tinha que dar um destino a toda a minha energia. Eu estava tentando pôr em ordem meus livros da faculdade na estante em cima do sofá quando ela me surgiu, a ideia. A princípio gostei dela, mas não dei muita bola. Com o decorrer das semanas comecei a encará-la com mais seriedade. Eu havia passado sete anos da minha vida obcecado pelo sucesso, pelo desempenho, sem amigos, sem família, sem namoradas, sem fins de semana, sem vida. E já estava há tempos em casa lambendo as feridas, cuidando das sequelas, frequentando a terapia, fazendo exercícios, me alimentando decentemente, me ocupando com a casa, com a minha vida, pensando sobre tudo o que havia feito, deixado de fazer e o que fazer agora. Foi quando senti uma necessidade urgente de falar sobre o que havia vivido não só para a minha psicanalista, mas para quem se dispusesse a ouvir.

Eu poderia escrever um livro, fazer um filme, montar uma peça de teatro. No entanto, decidi criar um show de stand-up. Mas nada que se assemelhasse aos despautérios que se cometiam em cima dos palcos e com microfones pelo país. Na minha cabeça eu estava inventando uma espécie de manual de autoajuda subversivo, um programa de mentoria montado nas profundezas do inferno, o anti-coaching definitivo com as bênçãos do capeta. Uma revisão crítica, ácida e mordaz, assim eu pensava, sobre as ideias que me levaram a me jogar numa espiral de descontrole. E eu tinha tudo: tempo de sobra, o palco do Zé Preto, além, é claro, de sete anos de uma experiência brutal que fornece-ria inspiração suficiente para a minha empreitada. De uma hora para outra isso pareceu a coisa certa, e a única coisa certa a fazer, e me empurrou com uma força imparável. Mas, antes de convencer o Borislav a me ceder uma noite, eu teria que escrever o material e ver se aquilo funcionava de verdade. O nome eu já tinha na cabeça, me ocorreu do nada, como uma topada quando você está correndo atrás de um ônibus: Medianismo.

Eu nunca tinha feito nada parecido. Jamais havia feito teatro na adolescência ou escrito um conto, um roteiro ou algo do gênero. Sim, eu tinha experiência de falar em público que vinha desde os tempos da faculdade, mas nada parecido com subir num palco, iluminado por holofotes, na frente de bêbados indóceis com acesso a facas e garrafas de vidro vazias. Minha experiência no assunto se resumia a ver vídeos de stand-up norte-americanos na internet. Principalmente os do Louis C.K., o melhor de todos.

Resolvi aceitar a proposta que havia feito a mim mesmo. Como diria mais tarde ao Zé Preto, se der errado, será como se nunca houvesse acontecido. Fui para a sala, peguei o computador e comecei a escrever. Enquanto teclava, assistia a vídeos de Andy Kaufman, Sarah Silverman, Chico Anysio, José Vasconcelos, Amy Schumer, Chris Rock, Bill Burr... Vídeos que já tinha visto inúmeras vezes, mas nunca com uma curiosidade prática e profissional. Além do texto, eu reparava no jeito de se portar no palco, de segurar o microfone, de sentar na banqueta ou se levantar da banqueta, no uso dos pouquíssimos adereços — uma garrafa de água, um copo de cerveja, um leque —, nas pausas, nos silêncios. Sempre voltava aos vídeos do Louis C.K. para entender como ele terminava uma piada, como iniciava os shows ou mudava de assunto sem que ninguém sentisse, como se fosse um motorista que passasse as marchas com mãos de pluma.

Enquanto assistia a vídeos e escrevia, eu também lia. Jornais, revistas, tudo sobre o mal moderno da ansiedade fora de controle, da insatisfação generalizada, da exaustão física e mental que destruía a vida das pessoas, a desgraça da vida insalubre entre a fumaça, o barulho, o álcool, os aplicativos das redes sociais, a gordura saturada e a hiperglicemia nas metrópoles do mundo inteiro. Essas leituras me levaram a outras, gente que antes eu não fazia ideia de quem era mas que agora fazia minha cabeça pensar em outros termos, conheci Sêneca e o estoicismo e o elogio à moderação, um pouco de filosofia, um pouco de sociologia, um pouco de política.

Foram semanas e semanas de efervescência intelectual e trabalho. Eu acordava, corria, tomava café e já me sentava diante do computador. Me levantava apenas para ir ao banheiro, beber água e descer até o Zé Preto para almoçar. Reggie me chamava para a piscina, eu negava. Vanessa me chamou para jantar e me apresentar a sua nova namorada, finalmente uma com a boceta do mesmo tamanho que a dela, e eu disse que não podia. Nem nos tempos da Lennox, Székely & Königsberg Advogados estive tão empolgado — talvez porque somente nesse momento estivesse trabalhando em algo que envolvesse apenas a mim, nada de chefes, nada de clientes. E as ideias fluíam, uma após a outra, com assertividade e graça, eu imaginava. Havia molecagem, mas também havia dor e arrependimento, havia leveza, mas também havia raiva, tudo embalado em esquetes curtos, encadeados para não perderem ritmo.

Toda noite eu memorizava as falas e fazia um pequeno espetáculo para mim mesmo. Era preciso desenhar o discurso, saber quando parar, quando acelerar, quando hesitar, decorar até mesmo os passos que eu dava ao redor da banqueta da minha cozinha, que havia transposto para o meio da sala. Tive que ir lá embaixo comprar uma garrafa plástica de água mineral. Seria meu objeto de cena. Como Louis C.K. em um dos seus melhores shows, eu a usaria para sublinhar momentos mais importantes: antes de finalizar um raciocínio, um gole para gerar suspense; depois de uma punch-line, outro gole para esperar a reação da plateia.

Esses dias foram muitos, mas passaram voando.

6

"Reggie, me passa o controle remoto. Vou usar como se fosse um microfone."

Convidei Vanessa e a namorada e me convidei para fazer a première mundial de um trecho do *Medianismo* na sala de estar da casa do Reggie, o que ainda me faria contar com a presença do Ferreira, o churrasqueiro-mixologista, e da Carmem, a governanta.

Vanessa perguntou se eu estava nervoso. Respondi que sim. Sua namorada, executiva de uma empresa de cosméticos, estava genuinamente interessada no que estava acontecendo. Pedi para todo mundo tomar uma cerveja ou um drinque, já que a minha plateia do Zé Preto estaria bebendo alguma coisa. Carmem se recusou polidamente a beber em serviço, embora Reggie houvesse dado folga naquele instante para ela. Ferreira serviu drinques a quem era de drinque e cerveja a quem era de cerveja. Ao se sentar, trouxe um balde de gelo cheio de latinhas e abriu a sua.

"O lance é o seguinte, Nilo", Reggie falou, chamando a atenção de todos. "O importante é ter presença de palco.

E só tem presença de palco quem tem carisma e autoconfiança." As pessoas concordaram. "Lembro que, em 1976, o Julio Iglesias era o cara mais fodão do planeta e gravou uma canção francesa: 'La Mer'."

Nesse momento, Carola, a executiva, cantou um trecho do refrão com francês perfeito. A plateia aplaudiu não só a voz, como a pronúncia impecável.

"Como eu ia falando, antes da linda intervenção da nossa nova amiga, o Julio foi apresentar a canção francesa ao vivo em uma emissora também francesa. E o francês dele estava longe de ser bom. Mas o que ele fez?", Reggie perguntou para as pessoas ao redor. Ninguém soube responder. "Ele começou a falar, no francês dele, que o normal seria seus fãs espanhóis não entenderem a próxima música, mas, se os franceses não entendessem, aí sim ele estaria em maus lençóis." Reggie deu um gole na caipirinha e concluiu o raciocínio: "Classe, elegância, humor autodepreciativo."

"Você quer me comparar com o maior ser humano vivo, Reggie?"

"Só tô falando que se a pessoa tem carisma e autoconfiança..."

A Vanessa concordou.

"Você tem carisma, Nilo. E autoconfiança."

Sorri para a minha ex-namorada e me dirigi ao centro da sala, ao lado da banqueta, onde havia uma garrafa de água mineral. Eu não iria apresentar o texto inteiro, apenas alguns segmentos, os que eu tinha mais segurança. Segurei o controle remoto e comecei tranquilo, sereno, calculando os gestos e tentando dominar os espaços. As minhas cobaias já tinham começado com o rosto ornado por um sorriso, o que era uma bênção para mim: havia a predisposição para o riso, e o álcool ajudaria. Iniciei com um comentário sobre nossa infelicidade crônica. O mundo andava mal porque as pessoas andavam mal. E não parei mais. Minuto a minuto eu seguia adiante, às vezes perdendo o passo, às vezes indo rápido demais. Eu já esperava por isso. O interessante era ver a reação no rosto das pessoas. Os sorrisos, as caras de rejeição, os muxoxos. As melhores partes eram evidentes, todos riam, em alguns momentos consegui arrancar gargalhadas. Em outros, não. A história de um senhor de escravos do século XVII que fez MBA e contratou um serviço de mentoria para melhorar o seu desempenho foi um dos pontos altos. Algumas piadas eram engraçadas para todos, outras só para alguns. A Carmem ria de tudo, era uma governanta muito educada e profissional. Prestei muita atenção à Carola, que não tinha nenhuma obrigação de gostar do que eu fazia.

"... Não à toa a Organização Mundial da Saúde recomenda no mínimo oito horas de sono."

A plateia riu. Segui em frente. Bebi um pouco de água. Descansei o braço que segurava o controle remoto e dei dois passos à frente com displicência calculada e uma leve arrogância. Então girei e voltei para outro gole de água. Repousei a garrafa na banqueta e levantei o controle remoto em direção à boca.

"É por isso que não devíamos nunca subestimar o poder do instituto da desistência. Não é fácil, eu sei. Todo mundo fala para não desistirmos dos nossos sonhos. 'Nunca desista', é o que a gente ouve por aí, 'nunca desista'." Então eu dei mais dois passos rumo à plateia, só pra consolidar a ideia na cabecinha deles: "Nunca desista, nunca desista...". Nessa hora fiz uma pequena pausa para adicionar um novo capítulo na narrativa. "Todo mundo conhece a história do patinho feio. Uma linda história de uma ave que pensa que é um pato e no final descobre que é um belo e majestoso cisne." A plateia concordou, todos conheciam. "O patinho, que na verdade era um cisne, teve muita sorte. Ele descobriu que era cisne ainda a tempo de ter uma vida funcional e saudável. Ele parou, olhou ao redor, viu todos aqueles patos iguaizinhos e ele meio esquisito, meio estranho, não completamente diferente, mas um tantinho diferente, como se você fosse o único circuncidado numa sauna gay, e pensou: 'bem, deve ter alguma coisa errada aqui'... Depois casou-se com uma cisne bonita e interessante, teve filhos cisnes felizes, teve a possibilidade de deixar toda aquela antiga vida de dor e frustração para trás e abraçar uma maravilhosa e recompensadora vida de cisne." Respirei um pouco, deixei o texto ganhar peso na cabeça da plateia. "Mas há vários cisnes por aí que pensam que são patinhos — e sonham em ter uma vida de patinhos, sonham em casar com uma linda patinha, a família de patos se reunindo no Natal dos patinhos — e sofrem imensuravelmente por isso. Tem o caso do Dênis, por exemplo..." Faço uma pausa para introduzir uma advertência. "E aqui eu estou usando um nome fictício, não quero constranger o cisne em questão. Voltando: o Dênis é um cisne que pensa que é pato, mas, ah, que vida... é rejeitado pelos colegas patinhos desde o jardim de infância. Não tem nenhum amigo pato, cresceu colando pôsteres de patos roqueiros nas paredes, tem vários ídolos patos, patos que não estão nem aí pra ele. Não tinha namoradas patas, o pobre Dênis. Apenas conseguiu se relacionar uma única vez, por um breve período. Foi logo após a enésima tentativa de entrar na faculdade dos patos sem sucesso. O nome dela era Luana. Uma pata completamente desajustada, abandonada pelos pais, viciada em guimbas de cigarro que jogavam no chão. Adicta, desempregada, abandonada, sem perspectiva, Luana já tinha abortado vários ovos..."

Metade da plateia sorriu discretamente, outra metade fez uma cara feia.

"A relação foi turbulenta. Pois Dênis, o cisne que pensava que era pato, apesar de todo o amor que devotava a Luana, sentia que Luana só o queria por perto como uma muleta. Era como um mecanismo de autocompensação, ainda que inconsciente: ela precisava de alguém tão ou mais solitário, desprezado, destituído de amor-próprio para tornar a sua própria existência de pata desajustada minimamente aceitável. Duas almas em queda vertiginosa, Luana e Dênis, o que é um grande problema em se tratando de patos, porque pato voa mal, voa muito mal." A plateia gostou. "A situação do Dênis é até pior, porque ele é um cisne, que também voa mal, pensando que é um pato que voa pior ainda. Dênis tentou procurar ajuda, fazer terapia, mas nenhum terapeuta o aceitava... A desculpa era sempre a mesma: ele era muito feio. Não precisa ser gênio para imaginar que a situação ficou insustentável, e logo Dênis e Luana se separaram. Ela teve uma overdose meses depois. Ele continua vagando por aí... Triste, sozinho, tentando se encaixar num mundo que não o deseja, entrar num clube que não o aceita e jamais o aceitará como sócio. E sabe por quê? Porque ensinaram ao Dênis que 'ninguém desiste dos seus sonhos'."

Voltei para o banquinho e tomei um gole de água.

"Dênis infelizmente não entendia o conceito de desistência. Mas eu entendo e recomendo o uso. Quando você por algum motivo for derrotado, é bom tentar de novo, claro. Quando te disserem "não", vá atrás do "sim". Quando te derrubarem, levante-se. É assim que funciona. Levante-se uma, duas, três vezes. Mas quando te disserem "não" pela oitava vez, já não terá chegado a hora de desistir? Ou já na primeira vez mesmo? Dizem que se mede um grande homem pela capacidade de sempre se levantar após um tombo. Já a medida de um grande trouxa é quantas vezes ele acha que é preciso cair. Desistir pode nos poupar de um mar de lágrimas, noites de agonia, anos e anos de dor, frustração, disfunção erétil e frigidez, e não é nenhum demérito. Às vezes o que desejamos é impossível de alcançar mesmo. Talvez você não tenha talento para ser jogador de futebol, talvez você tenha talento para tocar trombone." Aqui eu parei para dar um respiro, passei a mão no cabelo e cocei o queixo, como se estivesse pensando no que iria falar. "Alguém aqui sonhou em ser astronauta?" Não esperei ninguém responder. "Oito em dez crianças sonham em ser astronauta. Mas somente uma ínfima parte das crianças que desejam ser astronautas realmente conseguirão alcançar o seu sonho. Nem 1% de todas elas. Nem 0,00000001%

delas. É um processo de seleção dificílimo. Para começo de conversa, crianças paraplégicas não podem se habilitar..."

Risos constrangidos, burburinho nervoso na plateia. Usar crianças paraplégicas como exemplo era realmente um golpe baixo, eles sabiam que era um golpe baixo, mas mesmo assim era um golpe baixo que surtia efeito.

"Só estou dizendo que as Forças Armadas, responsáveis por selecionar e capacitar os astronautas em todos os países que tenham um programa espacial, infelizmente não admitem aspirantes paraplégicos. E faz sentido, claro: como o Neil Armstrong daria o famosíssimo primeiro passo na superfície da Lua sofrendo de paraplegia? Ele rolaria da escada do módulo lunar, se jogaria lá de cima?" Nesse momento simulei a vocalização de uma antiga gravação, imitando a voz do Armstrong. "Este é um pequeno rolamento para o homem e um grande salto para a humanidade." Eles riram. Esperei um pouco e retomei o assunto para tentar livrar um pouco a minha cara. "Não sou eu que estou impedindo crianças paraplégicas de virarem astronautas! Por mim eu mandava todas para o espaço!"

Carola arregalou os olhos, outros franziram o rosto. E aqui houve um erro meu, porque a audiência entendeu que "mandar os paraplégicos para o espaço" era mandá-los se foder, mandá-los para a casa do caralho. Não era a minha intenção, coitadinhas das crianças. Mas a reação da plateia me deu a deixa para incorporar a piada involuntária.

"Para o espaço, que eu digo, é para a Lua, para Marte, para a Estação Internacional em órbita!"

Andei de um lado para o outro da sala, muito calmamente. E retomei o texto que havia decorado.

"Desistir também é uma vitória", falei com tranquilidade, como um velho professor que aconselhasse seus alunos. "Desistir, às vezes, é expressão de um profundo sentido de autoconhecimento, uma declaração de amor a si mesmo. É entender que você não consegue correr 100 metros em menos de nove segundos, é entender que você não será bilionário entregando caixas de Heineken numa bicicleta para um playboy ver a final da Champions League, é compreender que o seu caminho e o seu ponto de chegada ou não são percorríveis ou inalcançáveis. Desistir em certos momentos é entender que você não é trouxa."

Ainda continuei meu pequeno show por mais uns cinco minutos, me equilibrando entre risos de diversas voltagens, interjeições indignadas e gargalhadas agridoces. Quando acabei, Reggie gritou:

"Adorei! Vai ser um fracasso!"

Todos gargalharam, bem mais do que quando eu estava recitando o meu texto. Não pude deixar de rir.

"Uma ode à preguiça, um ataque ao status quo e à inconformidade conformista!", continuou Reggie. "Gostei muito, gostei demais." Então ele se virou para os outros como se quisesse um aceno de cumplicidade. "Mas ninguém vai pagar um centavo para ver uma estupidez dessas."

"Vai ser de graça, Reggie", eu respondi.

"Acho que as pessoas vão pagar para não ir, então."

Vanessa falou que Reggie deveria participar do espetáculo também, porque ele era muito engraçado, e começou a rir. Carola disse que não concordava com quase nada do que eu havia dito, mas adorou a minha atuação.

"Timing é tudo. Timing bom faz a gente rir até das piadas erradas."

Carmem me abraçou e se disse surpresa pelo meu jeito no palco improvisado, enquanto Ferreira preparava mais uns drinques para os que eram de drinque.

"E tem mais cerveja aqui, ó."

7

Nos meus tempos de advogado, eu diria que a première havia gerado mixed feelings por parte da plateia. Mas no final das contas gostei muito da minha apresentação. Gaguejei um pouco, esqueci de algumas gags e por duas ou três vezes me confundi com a garrafa de água: bebia no microfone e falava na garrafa. Mas, para quem nunca havia feito um stand-up, equivalia a seis "dez perfeitos" da Nadia Comăneci na Olimpíada de Montreal.

Ainda ficamos algumas horas na casa do Reggie falando sobre o espetáculo, comentando o texto. No meio da noite, entre uma cerveja e outra, Reggie disse que gostaria de filmar meus espetáculos. Seria uma boa para ele, que tinha as noites livres, e ainda me ajudaria a corrigir meus defeitos. Na manhã seguinte ele confirmou o que havia dito embriagado. Ponta firme, o Reggie.

Dias depois, fui ao Zé Preto. Encontrei-o na ponta do balcão reclamando dos fornecedores de frutos do mar para o

César, que esperava os clientes limpando a enorme superfície de madeira polida. Antes que eu me sentasse, o barman perguntou se eu desejava um café. Confirmei com a cabeça.

"Boris, preciso do seu palco para ensaiar o show. Pode ser hoje à tarde?"

"Ensaio? É o Bolshoi que vai se apresentar?"

Após uma breve conversa ele concordou em me ceder o espaço pelo tempo que eu quisesse. Horas depois subi no tablado. A plateia resumia-se aos garçons, aos cozinheiros e ao segurança. Denílson, um dos mais gaiatos, chegou da cozinha perguntando se eu ia tocar sertanejo.

"Hoje, você não precisa mais de ninguém te vigiando, exigindo, cobrando. Hoje você é seu próprio feitor e seu próprio escravo, sua mão chicoteia seu próprio lombo." Tomei um gole da garrafa. "Just do it, diz o comercial. Impossible is nothing, diz outro. Trabalhe enquanto os outros dormem, diz o seu primo que acabou de fazer um curso de day trade na internet turbinado com uísque e cubos de Red Bull congelados. Antigamente o dia era dividido em três partes: um terço para dormir, um terço para trabalhar e um terço para o resto. Eu já achava isso bem estranho. Dizer que as tais oito horas não dedicadas ao trabalho e ao sono eram o 'resto' já reduzia a importância desse um terço do dia. Para mim não fazia o menor sentido, visto que era nesse resto que estavam as coisas mais interessantes: comer, jogar futebol, tomar banho de mar, ver TV, ir ao cinema, ler, jogar conversa fora na mesa do bar." Parei um pouquinho para dar ênfase à próxima palavra. "Transar." A plateia se agitou. "Nada que comporte o ato de fazer amor pode ser qualificado de 'resto'." Eles sorriram. "E olhe que nem falei de deitar na rede e ficar empurrando a parede com o pé pra se balançar, o que, dependendo do seu namorado ou namorada, pode até ser melhor do que transar." Dei as costas para a plateia e fui até a banqueta. Imprimi uma certa depressão no próximo trecho. "Mas hoje as coisas estão piores, bem piores. Porque agora o dia se divide assim: seis horas para dormir, uma hora para as três refeições, duas horas para o trânsito e catorze horas e 58 minutos para o trabalho, sendo que, destas, oito horas de batente oficiais e seis horas e 58 minutos para o que se chama de desenvolvimento pessoal, uma expressão arrombada para designar algo que você faz para crescer no trabalho, ser promovido, ganhar mais dinheiro e um infarto: MBA, mestrado, coaching, leitura dirigida, curso de línguas, curso de liderança, curso de relações interpessoais, curso de etiqueta, consumo de cocaína. Até ayahuasca as pessoas consomem para ser melhores profissionais — todo dia o Brasil oferece um motivo para os indígenas ficarem putos." Aguardei um instante e finalizei: "Sexo? Use os dois minutos que sobraram daquela conta que eu fiz para bater umazinha no banheiro."

A turma riu.

"Vocês sabem o que é microdosing? É um jeito de consumir drogas psicodélicas de modo a ser mais eficiente e criativo no trabalho. Os picaretas do Vale do Silício usam, todos eles. Legalizar as drogas é o máximo de subversão que eles se permitem. Vocês compreendem a desgraça que é isso? Um mundo colorido de possibilidades para expandir a mente, para curtir a vida, para visitar lugares insondáveis da mente e da alma, pra ficar doidão, disfuncional e improdutivo temporariamente, sendo desviado para transformar liberdade em opressão... O que virá depois? Em breve, imagino que as livrarias do aeroporto de Congonhas venderão livros com títulos até ontem impensáveis: *Coming to Work: o poder da ejaculação na sua produtividade*; *Geração Siririca: como o feminismo se utilizou do autoprazer para ocupar importantes espaços nas grandes corporações.*" Não parei por aí. Ajeitei a calça, dei mais um gole na água, me virei pra plateia. "A verdade é que o nosso sistema capitalista é capaz de tornar qualquer coisa palatável se puder usar essa coisa para ganhar dinheiro. Se um dia descobrirem que pedofilia é bom para os negócios, em dois segundos a política de nudez do Instagram será revisada." Risos. "Poderia ser uma boa, aliás." Risos constrangidos, apupos de revolta. Não dei bola, mandei brasa. "Pensem bem, a pedofilia rentável e legalizada acabaria rapidamente com as filas de adoção de crianças no planeta inteiro. Ia ser uma loucura: gente adotando três, quatro crianças." Gargalhadas e suspiros de reprovação. "O sucesso seria tão grande que se bobear mudaríamos todos os protocolos de adoção e as pessoas poderiam adotar criancinhas em caixas 24 horas ou naquelas alamedas de serviços de shopping. Faça a bainha da calça, faça uma cópia de sua chave e adote uma criança. E então olharíamos para os nossos antepassados, tão zelosos da integridade física de meninos e meninas, e diríamos: ô, gentinha atrasada."

Ao final, aplausos e cumprimentos. Fiquei contente e Denílson foi rápido.

"Foi bacana mesmo, Nilo, mas era melhor um sertanejo."

8

Segunda-feira, o dia da première. De manhã, ensaiei mais uma vez de frente para o espelho que pus na sala. À tarde, repassei mentalmente o texto e meus movimentos. Eu visualizava as vírgulas de cada frase na minha cabeça, poderia falar o meu texto de trás pra frente. Antes de me dirigir ao Bar do Zé Preto, tomei uma dose de uísque e me vesti medianistamente: calça jeans, camiseta e Havaianas.

Reggie já havia chegado e montado duas câmeras: uma de frente para o palco e outra no lado, mais próxima. Como eu já esperava, havia apenas duas mesas ocupadas. Um cara com um laptop aberto tomava cerveja e trabalhava bem no meio do salão. Um casal de adúlteros ocupava a segunda mesa no canto, ao abrigo da iluminação e de garçons enxeridos. É claro que eu não sabia se eram adúlteros de fato, mas adoraria que fossem, e assim os conservei no meu coração: amantes. Seria um prazer apresentar o meu show em primeira mão para tão dileta plateia.

Eu não havia preparado nenhuma introdução e achei estranho subir no palco e começar a falar do nada. Zé Preto não estava no bar, Olávio não se sentiu confortável em me apresentar ao público e César estava ocupado vendo a disputa de pênaltis entre dois times na Copa da Uefa. Sobrou para o pobre Reggie, que estava de paletó cinza, lenço rosa no bolso combinando com a gravata, subir no palco e fazer as honras da casa. Essa era a parte boa de trabalhar na Lennox, Székely & Königsberg Advogados: o figurino de dono de circo desenhado e cortado pelo Ricardo Almeida.

Uíííííí!

A microfonia chamou a atenção dos três espectadores. Ao ver que alguém tomaria o palco usando microfone e amplificadores, o rapaz com o laptop logo se levantou e mudou para o salão da frente, perto da entrada. Minha plateia se reduziu em trinta por cento; no antigo Maracanã, equivaleria a 66 mil pagantes deixando as arquibancadas de uma hora pra outra. Apesar do ruído de estourar os tímpanos, o casal não pareceu se importar. Reggie ajustou a mesa de som e continuou.

"É com grande prazer que o Bar do Zé Preto traz até o público paulistano, sempre ávido por novidades, um dos mais importantes e controversos humoristas e, por que não dizer, pensadores do nosso tempo…"

Que bela peça estava me saindo, o Reggie.

"Senhoras e senhores…" Ele parou e refez o vocativo, se dirigindo ao casal de adúlteros no canto do salão. "Senhora e senhor, com vocês, Nilo e o *Medianismo*."

A mulher começou a bater palmas. Estava jocosamente maravilhada pelo fato de que alguém iria fazer um show só pra eles. O companheiro a seguiu no aplauso meio contrariado. Devia estar interessado em outros assuntos que não um zé mané como eu falando em cima do palco. Subi no tablado e peguei o microfone das mãos do Reggie demonstrando minha indignação. "Um dos mais importantes e controversos pensadores do nosso tempo..." Que filho da mãe. Dei um peteleco em sua cabeça enquanto ele saía serelepe para se sentar no fundão, ao lado da câmera principal. "Bom..."

Nos minutos seguintes passeei sobre o meu texto com segurança. Ajudava o fato de que apenas duas pessoas me assistiam e uma delas com muita atenção. A garota estava interessada no que eu tinha para falar e por várias vezes deixou o amante teclando no celular enquanto ria das minhas tiradas entre um gole e outro de vinho. De vez em quando, Reggie se levantava para ver como estava indo a câmera ao lado do palco. Depois retornava ao seu lugar para acompanhar o show comendo pastéis de camarão.

"É claro que a meritocracia funciona. É o melhor sistema seletivo inventado pela humanidade. Não há nenhuma dúvida acerca disso. A meritocracia funciona, sim." Esperei três segundos para continuar. "Para os bilionários. Não escolhe os melhores, os mais competentes, os mais capazes, os mais éticos, corretos, os mais inteligentes. Mas, sim, os mais aptos a fazer dinheiro para quem já tem muito dinheiro."

Modulei a voz e imitei o que parecia ser um milionário afetado indo às compras no supermercado e pegando com o indicador e o polegar alguns funcionários na prateleira como se fossem pacotes de bala: "Olha que fofo esse chinês que vai fabricar iPhones até se jogar do quinto andar da fábrica. E tá em promoção, olha o precinho! Vou levar! Esse jovem publicitário que terá duas crises de pânico por semana também. Uma gracinha, ele. E mais essa advogada que vai assassinar a colega e desovar o corpo na represa para assumir a diretoria no seu lugar." Dei uma volta em redor do banquinho e peguei a garrafa de água. A garota deu uma cotovelada no companheiro para que ele prestasse atenção. Continuei. "Não há nada que um meritocrata de ponta, um meritocrata premium, não faria para subir mais rápido e ganhar mais dinheiro." Só aqui eu dei um gole na água. "Vocês sabiam que as nadadoras da Alemanha Oriental engravidavam e abortavam para se encharcar de hormônios e melhorar o desempenho? 'Você é capaz de tudo por uma medalha olímpica? De qualquer coisa? De matar o seu futuro filho?'; 'Qual o problema? Na Bíblia, Abraão ia matar o filho e não ia ganhar nem um campeonato estadual por isso.' Houve também um famoso ciclista americano que treinava nas montanhas e retirava de si mesmo enormes quantidades de sangue com altas taxas de hemácias para poder injetar novamente no corpo às vésperas das competições e melhorar ilegalmente a capacidade respiratória. Esses caras, essas moças, eram tipo o Josef Mengele deles mesmos, faziam experiências muito loucas com o próprio corpo. E é um grande problema saber que há mais gente desse tipo no mundo do que a gente gostaria. Quem garante que o seu colega, o seu chefe, o CEO da sua empresa não é um alucinado desses? Ninguém faz exame psicotécnico antes de ser promovido a diretor ou a vice-

-presidente; não há teste antidoping pra escrotos do caralho. E se eles tratam os próprios corpos desse jeito, imagina o que fariam com corpos completamente anônimos." Aqui eu começo a falar como se fosse um desses despirocados, me referindo a outras pessoas e seus corpos anônimos e irrelevantes. "Esse teu corpo aí nunca me levou pra lugar nenhum. Nunca testemunhou um pôr do sol na praia por mim. Jamais processou uma feijoada com paio, linguiça e costelinha para o meu prazer. Em nenhum momento me franqueou a inestimável satisfação de uma bela cagada depois de um almoço de sábado. Nunca me deu um orgasmo. Então não há nada que eu não possa fazer com seu corpo, por mais louco e depravado que seja o que eu queira fazer com seu corpo. Peraí que eu vou pegar um galão de querosene e um fósforo." A mulher sorriu, começou a sorrir desde a parte do psicotécnico. Mandei bala. "Imagina ter um chefe como o Stálin. Imagina o estrago que aquele cara da Coreia do Norte faria se fosse, por exemplo, diretor-presidente da Amazon! Os funcionários teriam que, sei lá, fazer xixi em garrafas plásticas para não perder tempo indo ao banheiro." E, então, eu fingi surpresa. "Oh, eles já fazem isso? Desculpa." A mulher apontou para o amante. Talvez o cara fosse um louco desses ou tivesse um chefe louco desses ou talvez fosse fã do Jeff Bezos, vai saber. "O ser humano é capaz de cometer as piores baixezas para atingir os seus objetivos: puxa-saquismo, subserviência, traição, assassinato, mentira, conspiração, tortura, tráfico de armas, tráfico de escravos, chantagem, sequestro, sexo com Donald Trump." Depois de um segundo emendei, modulando a voz como se fosse uma pessoa mais velha e afetadamente rica: "Abram o armário de espadas, machados, porretes e armas medievais e deixem esses pobres coitados se matando ali embaixo. O que sobreviver a gente contrata."

Descansei os braços, dei um gole na garrafa.

"Mas a meritocracia não funciona para todo o resto da população, os outros 8 bilhões de pessoas." Desacelerei, cocei a bochecha, pressionei os olhos como se estivesse cansado. "É interessante, isso... Enquanto não há nenhum indício de que a meritocracia funcione para resolver os problemas de uma sociedade tão desigual como a brasileira, eu tenho uma prova contundente e irrefutável da sua ineficiência. Foi um longo estudo feito aqui no Brasil com dezenas de milhares de pessoas no final do século XIX, e que se chamou abolição da Escravatura. De repente, de uma hora para outra, assim do nada, da noite pro dia, esse montão de gente foi entregue ao deus-dará: sem comida, sem abrigo, sem futuro, sem décimo terceiro, FGTS ou férias remuneradas." Subi o tom, com uma pitada de indignação. "A princesa Isabel pegou a porra de uma caneta, assinou um pedaço de papel e disse pra essa galera: se virem, deem seus pulos, o que em português de Portugal queria dizer: fodam-se! E o resultado a gente está vendo hoje. Olhe ao seu redor, no seu trabalho, no seu clube, no seu restaurante preferido, olhem na TV... Eu estou fazendo esse show no Bar do Zé Preto. E o Zé Preto nem preto é! Ele é branco, o nome dele é Borislav, ele é sérvio, caralho! Este é apenas um dos inúmeros exemplos dos espaços dos afrodescendentes ocupados ainda hoje por nós, brancos." A garota riu, Reggie gargalhou, César bateu com a palma da mão no balcão, Olávio pôs a mão na boca e saiu correndo em direção à cozinha. Eu havia guardado essa parte para a estreia, quando não tivesse mais jeito. Foi mal, Boris.

Alguns minutos depois eu me despedi do público. A mulher no canto me aplaudiu de pé. Quando ela se levantou, o seu companheiro se viu forçado a fazer o mesmo. Acenei para os dois e me curvei para receber os aplausos. Reggie fazia sinal de positivo lá atrás antes de desligar as câmeras. Desci do tablado, sentei numa mesa no meio do salão, havia várias, eu poderia escolher à vontade. Olávio se aproximou e eu pedi uma cerveja.

9

Na segunda da semana seguinte, o mesmo casal estava presente, agora numa mesa com mais quatro pessoas. Toda aquela minha história de que eram amantes e na semana passada aproveitavam na penumbra a liberdade do anonimato caiu por terra. Então não sei por que motivo imaginei que eram todos participantes de uma confraria de swing ou coisa parecida. Além do grupo de suingueiros, havia outras duas mesas. Meu público havia crescido uns 500% de uma semana para outra. Ótimos números. Reggie havia comprado uma terceira câmera, que posicionou próximo ao palco, mas do lado oposto da outra câmera de apoio. Minha performance foi sensivelmente melhor. O timing foi aperfeiçoado, as paradas com a garrafa na mão ficaram mais naturais, desci alguns degraus no histrionismo. No final, a mesa de suingueiros aplaudiu e as outras duas seguiram o aplauso com entusiasmo. Bom trabalho, Nilo.

No dia seguinte, Zé Preto me chamou de lado.

"O faturamento das três mesas de ontem conseguiu pagar os quilowatts que você gastou de iluminação e som. Parabéns."

E saiu. Soou como um elogio.

No dia seguinte, Reggie me mandou os shows que havia filmado e me apontou os trechos em que eu não tinha ido tão bem ou havia feito alguma bobagem. Assisti a tudo e na maioria das vezes acatei a sugestão dele. Uma coisa que me incomodava era eu não ter como recompensar meu amigo pela ajuda que ele estava me dando. Conversei sobre essa questão com ele, que apenas me mandou relaxar. De fato, dinheiro não era problema pro Reggie, e, na segunda vez que levantei esse assunto, ele começou a rir e me mandou tomar no cu. Não me mandou catar coquinho, ver se ele estava na esquina ou plantar batata, me mandou tomar no cu mesmo. No final ficou tudo bem porque eu também não estava recebendo nenhum tostão do Zé Preto.

As duas segundas seguintes foram ainda mais animadas. Contei três mesas a mais em cada noite. A turma de suingueiros não apareceu, provavelmente foram à inauguração de algum clube dedicado à prática. A plateia se comportou muito bem nas duas noites, eram pessoas realmente interessadas no meu espetáculo, que tinham vindo ver o show e não apenas estavam de passagem quando foram surpreendidas por um cara com um microfone. Gargalhavam quando tinham que gargalhar, sorriam no momento adequado e aplaudiram no final, a combinação perfeita. Zé Preto acompanhou o show e logo depois do final me chamou no balcão para falar sobre o trecho em que fazia referência a ele. Ao contrário do que eu tinha imaginado, ele adorou e disse que ia contar para a mulher.

"Quer dizer que ciganos dos Bálcãs têm senso de humor?"

"Quem te disse o contrário?"

Uma das garotas que tinha assistido ao show esperou Zé Preto me deixar de lado para chegar e puxar assunto. Sorridente, ela pediu uma cerveja ao César e perguntou se eu queria outra. Ok, respondi. Conversamos sobre meu espetáculo e sobre o tempo, perguntei a ela sobre sua vida, coisas bobas, papo mole, e logo depois subimos para o meu apartamento. Em pouco tempo, isso se tornou um costume. Após o show, eu encontrava alguém no balcão, ou mais frequentemente alguém me encontrava, e a conversa se dava naturalmente.

"O que você gosta de fazer?"

"Transar."

Nas primeiras vezes fiquei surpreso com a assertividade das meninas, mas logo entendi que o palco é um afrodisíaco dos infernos. Na oitava semana, as coisas mudaram de vez. A casa estava cheia. E não fizemos nada especial para isso acontecer. Não anunciamos no rádio, nem penduramos faixas nas esquinas, nada. O Zé Preto só lotava às segundas quando havia algum jogo de Copa do Mundo, ou quando o prédio da esquina teve um falso alarme de incêndio e todos os funcionários tiveram que descer no final da tarde e aproveitaram para enveredar noite adentro. Cheguei sem entender o que estava acontecendo, imaginando que um prédio comercial havia pegado fogo ou a Fifa tinha mudado o calendário internacional de uma hora pra outra. Mas, quando me aproximei do palco e as cabeças começaram a se virar em minha direção, entendi que aquele povo todo estava ali para ver o *Medianismo*.

"Foram os escritores de autoajuda, os picaretas da neurolinguística, os gurus do mundo corporativo que criaram essa bobagem de evitar a zona de conforto. Eu nem sabia que existia essa expressão: zona de conforto. E a primeira vez que eu a ouvi já era alguém me informando que eu precisava evitá-la." Respirei só um segundo para incorporar a voz de um afetado guru: "Você tem que sair da zona de conforto, aceitar os desafios, abraçar o risco, o imponderável." Depois retomei a minha própria voz: "Primeiro de tudo, se você mora no Brasil, está bem longe da zona de conforto. É como se a zona de conforto fosse o Japão, do outro lado do mundo, com doze horas de fuso nos separando." Nesse momento, manifestações de aprovação tomaram conta do ambiente. "Especialmente se você mora numa favela no Rio de Janeiro, no interior do Tocantins ou em alguma reserva indígena. Nesses locais é mais fácil você levar um tiro do que fazer um exame de raio X. Na verdade, uma coisa de que o brasileiro precisa, e urgentemente, é encontrar a zona de conforto. E, depois de encontrá-la, entrar, sentar no sofá, abrir uma cerveja e jogar a chave no vaso sanitário." Tomei um gole de água e esperei a plateia parar de se manifestar. "Mas tirando a questão socioeconômico-geográfica da zona de conforto, eu ainda me pergunto: por que alguém desejaria sair de uma zona confortável para ir para uma zona desconfortável? Não faz nenhum sentido isso. A zona é... confortável!" Aqui, modulei a voz para parecer uma tia chata, daquelas que respondem aos apresentadores de telejornal quando eles desejam boa noite: "Você precisa sair da zona de conforto para crescer como pessoa, como ser humano". Em seguida retornei à minha persona. "Crescer como pessoa? Crescer como ser humano? Sabe como você cresce como pessoa e como ser humano? Levando chifre e vendo seu time perder jogando melhor." Aplausos, assobios, gritinhos animados de apoio. Fui em frente. "Frank Sinatra lançou seus melhores discos quando a Ava Gardner estava saindo com Deus e o mundo, era tanto chifre que a cabeça do coitado parecia uma almofada de costureira. E a turma que controlou a inflação e criou o Bolsa Família foi a mesma que viu o Paolo Rossi encher o rabo do Waldir Peres de gol na Copa do Mundo de 1982."

Saí do palco sob aplausos calorosos. Antes de chegar no balcão do César para tomar meu dry martini, parei em algumas mesas, recebi os cumprimentos, falei bobagens com as pessoas no salão e tirei fotos. O doce sabor do sucesso. Zé Preto estava com sorriso de orelha a orelha. Tinha mais gente nessa segunda do que às sextas. E eu mesmo me perguntava que diabos havia acontecido para tanta gente se dispor a sair de casa numa segunda para vir me ver.

10

O Reggie teve a brilhante ideia de fatiar o show em pequenos clipes de três, quatro minutos, e criar um canal no YouTube. Toda semana ele postava um vídeo novo. E cada vídeo novo atraía mais espectadores. O canal já tinha 10 mil inscritos. Um assombro, ainda mais tendo em conta que ele havia sido criado quatro semanas antes. Da oitava semana em diante, não havia mais espaços vazios no salão de dentro do Bar do Zé Preto, e o salão de fora, que dava para a calçada, estava ocupado por gente que desejaria estar vendo o show.

O início promissor havia jogado carvão na minha fornalha. As atividades paralelas que ocupavam meu tempo desde a minha licença médica, como arrumar a casa, estudar outra língua, organizar os livros, arrumar as gavetas, a terapia toda semana, tudo aquilo havia perdido importância. Meu foco passou a ser o espetáculo. E eu estava perfeitamente confortável no meu papel de escritor e ator. Reggie se tornou o meu apresentador oficial, cada vez com uma apresentação mais extravagante. As palavras que ele

223

usava lembravam os fogos de artifício em Copacabana na virada do ano.

"Senhoras e senhores, espero que vocês já tenham se despedido dos pais, das esposas e dos namorados, já tenham dito adeus aos amigos, pedido as contas no emprego. Porque as suas vidas irão mudar após este show. O Bar do Zé Preto tem o prazer de trazer até vocês..."

Ou:

"Senhoras e senhores, São Paulo, este vilarejo que insiste em desprezar a cultura e o pensamento crítico, nem merecia, mas o Bar do Zé Preto traz até vocês uma das vozes mais contundentes desde que Martin Luther King Jr. disse que havia tido um sonho. Com vocês..."

Ou ainda:

"Senhoras, senhores, várias das palavras que vocês ouvirão nos próximos sessenta minutos deveriam ter sido gravadas no disco de ouro que a Voyager levou para o espaço em 1977 junto com as composições de Mozart e Bach. Com vocês, Nilo e o *Medianismo*."

Como Reggie bem disse, o meu show havia engordado com o passar do tempo. Tinha começado com quase quarenta minutos e já estava passando de uma hora. Eu não gostava de repetir o mesmo espetáculo todas as segundas, e, de semana em semana, sempre trazia um novo trecho. Com o passar do tempo comecei a retirar os segmentos menos empolgantes e a substituí-los por outros, que acreditava serem mais engraçados. Manter a máquina sempre azeitada e em funcionamento era bom para o espetáculo em si, que sempre oferecia novidades, e era melhor ainda para os vídeos na internet. Em pouco tempo, meus 10 mil seguidores se transformaram em 50 mil. Perfis de outras pessoas começaram a repostar meus vídeos, que agora chegavam em um público que eu nem imaginava que poderia se interessar pelo que eu falava. Até o Reggie, que havia previsto um fracasso monumental, estava empolgado.

Não era como se eu fosse Bono Vox, claro. Meu sucesso era um sucesso econômico, um sucesso 1.0 a álcool, um sucesso quitinete em Cabul, mas ainda assim um sucesso. Conversamos eu e o Borislav sobre a possibilidade de expandir o *Medianismo* para as terças-feiras também. Na verdade, foi ele que veio até mim após um show lotado para propor o rearranjo.

"Mas eu vou receber alguma coisa por isso?"

"Você já quer um aumento?"

Aumento? Como se eu ganhasse alguma coisa... E, antes do que eu imaginava, passei a ter um trabalho novamente. Desta vez, bem diferente do que eu tinha na Lennox, Székely & Königsberg Advogados. Eu ia de camiseta e Havaianas ou ficava lendo, escrevendo e ensaiando em casa, não prestava contas nem exigia nada de ninguém. Acordava, dava minha corridinha de uma hora, tomava café e sentava em frente ao computador. De vez em quando passava no YouTube para responder comentários, agradecer os elogios, ignorar as ofensas e bloquear os haters, seus xingamentos e, por incrível que pareça, suas destrambelhadas ameaças de morte. Nas segundas, terças e quartas — depois de um tempo, às quartas também —, os dias em que eu subia ao palco, eu escrevia menos. Nos outros dias, ia até a meia-noite batucando no teclado, uma, duas da manhã.

Minha câmara de combustão estava em chamas novamente.

Um ano depois do lançamento do *Medianismo*, as coisas iam muito bem. As noites continuavam cheias, o canal no YouTube já tinha 900 mil seguidores e o Borislav havia criado um sanduíche chamado Medianismo, que consistia em meio hambúrguer alto, duas metades de fatia de tomate, metade de uma fatia de queijo emmental, metade de uma fatia de queijo gouda e meia porção de molho de alho ensanduichados por duas metades de fatias de brioche; só o preço vinha inteiro. E era um sucesso, saíam uns oitenta no fim de semana. Ajudava o fato de que metade do valor arrecadado com as vendas era doado para o trabalho assistencial da Igreja de Santa Teresa, ali do lado.

Se continuasse assim, eu provavelmente passaria mais alguns meses, quem sabe um ou dois anos, fazendo shows no Bar do Zé Preto até que a euforia passasse, até que a modinha se exaurisse, como aconteceu com o petit gateau e o Ricky Martin, e eu tivesse que 1) talvez voltar para o direito, abrir meu próprio escritório ou gastar os sapatos no carpete do departamento jurídico de alguma empresa, ou 2) sei lá. Acontece que essa escolha eu nunca tive que fazer. A minha vida e o meu futuro foram surpreendidos por um acidente e por uma agressão.

11

O acidente não aconteceu comigo, aconteceu com um senhor de 70 anos em Natal, Rio Grande do Norte. Um acidente vascular cerebral, para ser preciso. Ele havia cortado as unhas, tomado banho e se sentado no sofá em frente à televisão para esperar o jantar que sua mulher estava preparando na cozinha. Isso tudo de acordo com as palavras da própria senhora, sua companheira de toda vida, dona Dulce, casada com seu Lima desde 1981. Após o jantar, ele lavou a louça — era assim que faziam lá, um cozinhava e o outro lavava — e se acomodou na cadeira giratória em frente ao monitor do computador, que ficava no quarto ao lado da suíte do casal, enquanto sua senhora se refestelava em frente à TV. Após meia hora de gargalhadas espalhafatosas que atrapalhavam a novela da dona Dulce, ela foi envolvida por um silêncio que só era maculado pelos cochichos eletrônicos que vinham da sua TV. Preocupada, se dirigiu ao quarto e encontrou o marido caído no chão já sem vida. Na tela do computador, um vídeo do meu canal do YouTube, no histórico do computador vários vídeos meus.

"Morreu de rir", estampou um portal na internet. A notícia correu o país e soprou meu nome a um público do tamanho do Brasil. Não importava se o velho Lima de guerra fosse hipertenso, diabético, cardíaco (duas pontes de safena) e fumasse escondido da dona Dulce, que havia estranhado o súbito interesse do marido por incensos nos últimos meses, logo ele que não tinha nada a ver com Buda, com coisas do Oriente e tal. Não importava nada disso. Para quem soube do ocorrido, para o editor que havia aprovado a manchete, o seu Lima havia morrido de rir, de tanto ver vídeos do *Medianismo*.

Duas semanas após o acidente em Natal aconteceu a agressão. Essa aí rolou comigo mesmo. Era uma noite de quarta-feira e já fazia uns quinze minutos que eu havia subido no palco. Estava solto, relaxado, dono da plateia, e já havia identificado nas imediações da mesa de som uma garota que tinha me cortado em cubinhos e me comido semanas atrás. Eu já antevia a noite de amor enquanto as palavras do meu texto se formavam no cérebro e eram expelidas com precisão pela boca.

"... Todos os sonhos esmagados como insetos no para--brisa de um ônibus. Muito tempo atrás, vi o pôster de um filme chamado *Fique rico ou morra tentando*. Um filme sobre um rapper que era traficante e acabava vendendo não sei quantos milhões de discos. Eu olhei para o cartaz..." Então fiz cara de pensativo e cocei o queixo, a plateia já se alvoroçou. "E pensei: 'Acho que passou do ponto.'" A plateia gargalhou. Eu também ri um pouquinho. "Achei muito,

muito radical mesmo. Sempre houve uma galera que fez de tudo pra enriquecer. Mas a moda mesmo, quando ficou socialmente aceito você se esfolar, ser mau-caráter, vender a mãe para ficar milionário, a moda pegou de vez ali nos anos 1980. Os engravatados do mercado financeiro, *Wall Street: poder e cobiça*, vamos fazer tudo o que custar para ficar rico, porra!" A plateia balançava a cabeça em aprovação. "Então eu vi o pôster: *Get Rich or Die Tryin'*. E confesso que achei exagerado até para os padrões oitentistas. *Fique rico ou morra tentando...* Vocês não acham demais?" Cabeças balançaram novamente. Fui adiante. "Não poderia ser *Consiga 99% do CDI ou perca as estribeiras com o seu gerente tentando*?" Risos, risos, risos, risos, gargalhadas, gargalhadas, gargalhadas. Esperei um pouco para que as coisas acalmassem, tomei um gole de água. "Entendo que o cinema dependa de histórias extremas, que mobilizem e emocionem, mas morrer tentando ficar rico acho que foi além da conta. Eu toparia no máximo *Financie um apê de dois quartos ou tenha um infarto tentando*. E desde que o infarto não fosse fatal, claro. E deixasse pouquíssimas sequelas."

Fechei a boca e uma long neck vazia acertou a minha cabeça. As luzes do palco frequentemente me ofuscavam, não vi nada. Só senti a pancada surda acima do meu olho esquerdo e o barulho do vidro se espatifando no chão logo depois. Passei um tempo desacordado. Uma parte da plateia veio em minha direção, me acudir. Outra parte se virou para o agressor. Enquanto Robson e Luciano, os seguranças, tentavam chegar no tumulto, uma turma caiu matando no cara ao mesmo tempo que ele gritava: "Comunista, comunista! Vocês acabaram com o país!" Tudo isso eu vi na filmagem do Reggie. Depois começaram a pipocar mais imagens de gente que estava gravando aquele momento, a muvuca, a gritaria do arremessador de garrafa. "Esquerdista de merda!" E ele levava porrada, e os seguranças tinham que abrir caminho no meio da turba dando cotoveladas, e o César apareceu levando gelo para o palco, e o Olávio tentava conter os ânimos, e o Reggie gargalhava para a câmera com as mãos na cabeça e devia estar pensando que porra é essa. Acordei no escritório nos fundos do Bar do Zé Preto. A camisa toda encharcada de sangue. Olávio me trouxe uma garrafa de água e Denílson veio da cozinha para fazer um curativo.

Ao meu lado, tomando uma cerveja em goles rápidos, ainda bastante alterado, Reggie passava a mão pelo rosto, passava a mão pelos cabelos.

"Que filho da puta! Que doidice! Alguém sabe o nome dele?"

E depois continuava, gritando:

"Você tá bem, Nilo? Olha, tá todo cheio de sangue! Puta que pariu!"

E aí prosseguia, sorrindo:

"Tu vai ficar grande, Nilo. Vai ficar grande! Nilo, você vai ficar grande!"

Nas semanas seguintes, após centenas de milhares de compartilhamentos dos vídeos, das notícias no jornal, do senhor do Rio Grande do Norte, da garrafada em cima do palco, depois de matérias nos telejornais locais, nos grandes portais de notícia, inúmeros textões sobre intolerância, os ovos das serpentes, a cadela do fascismo no cio, meu sucesso deixou de ser um carro 1.0 a álcool, uma quitinete em Cabul. Eu tinha ficado grande.

12

Mandei uma mensagem no celular.

"Olá! Faz um tempão que a gente não se vê. Como vai você? Tudo bem?"

"Quem é?"

"Eu, o Nilo! Você deletou o meu contato?"

"Não. É que eu troquei o celular."

"Ah... Bom, e aí, como vai?"

"Estou bem. Trabalho demais."

"Sempre muito trabalho nesse escritório..."

"Vou entrar numa reunião agora. Depois a gente se fala. Tá?"

"Ok."

13

Eu estava inquieto, mordendo os lábios ressecados pelo ar-condicionado. Ao meu redor uma bagunça com gente entrando e saindo, pessoas com headphones andando com muita pressa, partes de um cenário de madeira tomando poeira no canto e fios de todos os calibres espalhados pelo chão, uma verdadeira macarronada elétrica. De onde eu estava, dava para ver a plateia animada, esperando a próxima atração enquanto distribuíam refrigerantes em lata e batatinhas em pacotes para matar a sede e a fome de todo mundo. No espelho do meu lado, conferi o figurino que costumava usar nos shows: calça jeans, camiseta básica e Havaianas. Fiz uma graça diante do reflexo, que denunciava o meu nervosismo, e me preparei para quando chamassem o meu nome. No palco, o apresentador gritou para a produção reclamando da luz sobre os olhos. Depois de tudo ajustado, ele começou a ler no teleprompter o texto que me introduzia. Errou a primeira vez quando disse o nome do espetáculo e errou a segunda vez quando parou para ajustar a gravata e pigarrear. Na terceira vez deu certo, e eu invadi o palco emulando a naturalidade de quem entrava em cadeia nacional toda semana, embora fosse apenas a minha primeira vez.

"O nosso próximo convidado é o jovem autor e intérprete de um dos espetáculos mais badalados da atualidade, o *Medianismo*. Com vocês, Nilo!"

A plateia me acolheu com empolgação. Entrei acenando, de bem com a vida, a tranquilidade em pessoa. O apresentador deu a volta na sua mesinha e me recebeu com dois beijos, falou que estava feliz por me receber e indicou a poltrona logo atrás para que eu me sentasse. Então retornou ao seu lugar.

"Pelo que eu vi, o corte já cicatrizou."

"Ah, sim. Nem deixou marca."

"Faz quantos dias?"

"Faz dois meses. Dois meses da garrafada."

O entrevistador se virou pra plateia e falou:

"Para quem não sabe, o Nilo sofreu uma agressão..."

"Atentado."

"Atentado. Claro, atentado. E nós temos as imagens."

Num telão, surgiram as cenas gravadas do dia. Briga de bar é uma desgraça. Gritaria, desespero, violência, a mais imprevisível aleatoriedade, meu Deus. O clipe termina com o Reggie levando as mãos à cabeça feito um louco com aquele sorriso de puta-que-pariu-o-que-está-acontecendo. E depois aplausos, muitos aplausos da plateia.

"Esse aí com as mãos na cabeça é o Reggie, meu amigo, meu grande amigo."

"Ele foi um dos primeiros a te socorrer..."

"Não, ele só ficou rindo, com a mão na cabeça, o filho da mãe."

Gargalhadas no auditório.

"A que você deve o sucesso do *Medianismo*?"

"As pessoas precisavam de alguém que verbalizasse o que elas sentiam. Vivemos em um ambiente tóxico, e muitos parecem nem se dar conta disso. A gente precisava de alguém que apontasse para o ar que a gente respira e falasse que ele está contaminado e que mais cedo ou mais tarde vamos morrer por causa disso. Essa pessoa fui eu."

"Mas o show vem recebendo algumas críticas, não?"

"Sim, sim. Tenho uma multidão de odiadores nas redes sociais."

"Não só nas redes. Alguns críticos também não foram muito receptivos…"

"Verdade."

"E como você lida com isso?"

"Eu acho que os críticos que me elogiam são mais inteligentes do que os críticos que não gostam de mim."

"Você não tem medo de estar criando uma legião de medíocres?"

"Eu?"

"É, você."

"Mas eu nem tenho esse poder..."

"Ok, mas o show não é uma ode à mediocridade, a um certo conformis...?"

"Não, jamais, nunca, pelo contrário."

"Como não, Nilo? O nome do espetáculo é *Medianismo*..."

"Vamos fazer o seguinte..."

Tomei um gole de água na caneca que estava na mesinha à minha frente.

"Se der ruim, eu volto e faço o 'Escrotismo', pelo direito das pessoas de escrotizar a si mesmas e umas às outras, seguindo escrotamente o modelo da escrotização vigente, até que o mundo todo esteja absolutamente escrotizado."

"Você é muito crítico em relação ao atual estado das coisas."

"Não dá pra não ser."

"Isso, mas principalmente muito crítico ao mundo corporativo."

"O Sérgio Porto dizia que a TV era uma máquina de fazer doido. Não sei o que ele diria do mundo das grandes empresas. Aliás, faço aqui o apelo para que vocês continuem indo ao meu show, continuem visitando meu canal no YouTube, toda semana tem material novo, porque, se der merda, eu não arrumo emprego em lugar nenhum. Queimei todas as pontes."

"E se você tivesse... Se você tivesse, não! Você tem! Olhe aqui para qualquer uma das câmeras e mande uma mensagem para quem você quiser mandar."

"Posso mandar pra qualquer um?"

"Fique à vontade."

"Então vou mandar um recado para todos os seus telespectadores. Um conselho que recebi de um conhecido meu que me vendia uns lances…"

"Que lances?"

"Uns lances aí."

O apresentador fez uma careta pra plateia, que respondeu com risos.

"O nome dele é Jefferson."

"Grande Jefferson. E qual o conselho do Jefferson?"

"O Jefferson me disse algo que nunca vou esquecer. E não vou esquecer porque fui bobo de não seguir o conselho que ele me deu, e acabei me dando muito mal."

"E o que o Jefferson falou? O Brasil quer saber."

"Não seja trouxa."

14

Certa tarde, após algumas horas de conversa com o Borislav e antes de uma sessão de fotos no bar para uma matéria no suplemento cultural de um jornal, decidimos adicionar os sábados na minha escala semanal de shows. Ele não precisou utilizar o seu reconhecido poder de persuasão sérvio. Apenas propôs e eu aceitei sem piscar.

Depois dos incidentes, minha vida mudou. Fiquei grande, e a grandeza exigia muito esforço e mais dedicação. Eu trabalhava dia e noite para cumprir todas as demandas. Quando não estava no palco, ou visitando emissoras de rádio, dando entrevistas para jornais, aparecendo em canais de outras pessoas no YouTube, cumprindo uma agenda de divulgação e exposição, eu estava escrevendo o *Medianismo*. Mas escrever é apenas uma parte do trabalho. Representar o que eu escrevia era talvez até mais importante. Então eu subia no meu palco improvisado no meio da sala e contava a piada, repetia, mudava, ajustava, descartava, recuperava, tornava a contar e repetir até que ela estivesse pronta. E para piorar, ou melhorar, a situação eu tinha essa mania, vontade, loucura, estupidez, curtição de sempre acrescentar uns minutos e trazer alguma novidade no meu show toda semana. Afiava a minha navalha, encantava o público e ainda fornecia material para as minhas redes sociais. Meus vídeos eram vistos por 500 mil pessoas, o equivalente a 2 mil salões do Bar do Zé Preto cheios até a tampa, e com gente do lado de fora querendo entrar.

Tudo isso já dava um trabalho do inferno. Mas, a partir de um certo momento, começaram a rolar as festas. Ah, as festas. Havia sempre alguma coisa acontecendo em algum lugar. A emissora tal estava completando 25 anos de atividade, o colunista tal estava celebrando aniversário, a empresa tal estava lançando um produto tal, o São Paulo Fashion Week, o Prêmio Multishow, a Festa da Uva de São Bento, o réveillon em Trancoso. Algumas eram bem pagas, muito bem pagas. Outras eram excelentes para divulgar o meu espetáculo. Eu não tinha como dizer não. Para mim, essas festas também eram trabalho. E eu arregacei as mangas mais uma vez.

15

"Eu tava pensando em você. E sei que não aconteceu nada do jeito que eu queria ou que você queria ou que a gente queria. Mas afinal o que é que a gente queria? Sei lá se era o que você queria."

Então enviei a mensagem. E no instante seguinte me arrependi do tom autocondescendente. Mas que tom eu iria usar? Arrogante? Indiferente? Estúpido? Acabei por me convencer de que tinha usado mesmo o tom adequado. De toda forma, agora não adiantava lamentar, a mensagem havia sido enviada. Duas horas depois ela visualizou. E não respondeu.

16

Acabei de batucar no teclado e decidi mandar uma mensagem para o Reggie com uma parte nova do texto. Havia trabalhado o dia todo nesse bit, algo sobre o mercado financeiro. Após ler e reler o trecho algumas vezes, comecei a achá-lo brilhante, mas podia estar enganado, então precisava que meu amigo, diretor de cena, fotógrafo, editor, sonoplasta e conselheiro confirmasse o brilhantismo. Voltei várias vezes ao celular, mas nada de resposta. Não aguentei a ansiedade e resolvi ligar. Atende, Reggie.

"Alô."

A voz veio pastosa.

"Te mandei um trecho agora, Reggie. Você precisa ver."

"Nilo... São três horas da manhã."

Olhei para o relógio, arregalei os olhos, passei a mão sobre o rosto. Eram três horas da manhã. Foi mal, Reggie, nem me toquei. Pedi desculpas. Ele perguntou se meus planos eram me tornar o maior standupper do planeta ou bater algum recorde de palavras tecladas. Sorri sem saber o que responder e descansei os ombros. Ele me perguntou

245

se eu estava bem, estava me achando meio pra baixo. Respondi que era o cansaço apenas. Nesse momento, ouvi uma voz feminina ao lado dele. Reggie estava acompanhado. Meu amigo se despediu, mandando eu ir descansar e dizendo que no dia seguinte a gente se falava. Não me esperou dar tchau e desligou o telefone.

Olhei para o computador sobre a mesa da sala. O spot de luz iluminando o meu lugar e todo o resto mergulhado na escuridão. A solidão sabe abraçar e beijar. Da rua não vinha nenhum ruído além do ronco longínquo de um ou outro carro perdido na madrugada, ou o latido de um cachorro. Pus o celular sobre a mesa, fui andando até a cozinha. Encaixei mais uma cápsula de café na máquina. Ainda tinha trabalho pela frente.

17

Desci os lances de escada que davam para a rua. Ouvi o ruído elétrico da fechadura da porta sendo acionada lá da portaria. Brrrrr, tlec! Estava cansado, havia passado muito tempo na cama tentando encontrar um caminho de volta para o sono após outra noite ouvindo os roncos distantes dos carros e os lamentos dos cachorros da rua se misturando ao barulho das teclas do meu notebook. Bocejei e fiquei esperando o trânsito dar um descanso para poder atravessar a rua e chegar ao meu local de trabalho. São dois minutos que jamais podem ser entregues à contemplação, à admiração das pessoas e seus jeitos de se locomover, conversar ou esperar o ônibus, são dois minutos que qualquer ser humano foi ensinado a dedicar à tela do celular. Mas não consegui nem tirar o aparelho do bolso. Antes disso, ouvi alguém falar o meu nome. Respondi ao chamado com um sorriso inofensivo e levei alguns segundos para entender o que estava acontecendo.

Eram cinco pessoas segurando cartazes na calçada, a poucos passos de onde eu estava. Pareciam um posto avançado em território inimigo, com cadeiras dobráveis, isopor com água e outros mantimentos. Olharam pra mim com desprezo e raiva, um olhar oferecido usualmente a malfeitores, corruptores de menores, ladrões pegos em flagrante. Viraram os cartazes na minha direção. "*Medianismo* é comunismo", "Nilo, vergonha nacional", "Chega de *Medianismo*", "Mimimidianismo". Um dos acampados tinha um olhar assassino e usava uma camiseta com o rosto da Margareth Thatcher aplicado no corpo reluzente de um halterofilista.

Me veio uma vontade incontrolável de rir. Gargalhei por dois motivos. Primeiro porque não imaginava que o show estivesse indo tão bem a ponto de ter angariado detratores dispostos a passar horas de um dia quente em uma calçada para protestar contra ele. Segundo porque eu me sentia muito à vontade para rir na cara dos cinco militantes, que não pareciam oferecer risco à minha integridade física. Nenhum deles veio ao meu encontro, apenas gritaram algumas palavras de ordem que se perdiam no ar. As pessoas que andavam na calçada aceleravam o passo como se quisessem evitar um bêbado inconveniente ou um maluco carregando uma placa de "O fim está próximo".

Falei em tom de provocação que eles precisavam trazer mais gente. Para o movimento ganhar tração tinha que ter mais gente como eles, mais barulho; eles tinham que lotar a calçada. Me pareceu uma ótima ideia que esse protesto tomasse corpo, que a rua ficasse interrompida, que a Guarda Civil fosse chamada, que a PM chegasse para conter os mais exaltados. Também me pareceu uma ótima ideia tirar onda deles nos meus shows. Sim, eu iria tirar onda deles nos meus shows. Eles responderam com mais gritos de ódio e indignação. Não demorou muito e eu acenei um adeus para eles, um tchauzinho. Os carros pararam no sinal e atravessei a rua triunfante. Cheguei ao Zé Preto com um sorriso leve no rosto e completamente alheio ao novo peso que carregava nas costas.

18

Moto-contínuo é o sonho dos engenheiros, uma máquina de funcionamento perpétuo, uma utopia tecnológica que jamais será realizada pelos seres humanos ou por nenhuma forma de vida que obedeça às leis da física. Pensei nisso quando finalmente terminei mais um segmento do meu show, duas páginas inteiras que me consumiram dois dias de trabalho. A noite avançava, em não muito tempo já seria amanhã. Arrotei o amargo do café e me peguei a contar quantos cafés havia tomado no dia, mas não cheguei a um número exato. Imaginei que fosse algo entre oito e mil. Olhei para as xícaras com seu fundo abaulado, manchado pelo pó de café residual. Mirei a imagem que se formava como se tentasse, tal qual os ciganos, adivinhar o futuro. Antes de identificar o que o destino preparava para mim, senti o coração apertar, o mesmo incômodo que aflora quando temos um pressentimento ruim.

Eu não saberia dizer quando isso começou, esse sentimento. Também não sabia dizer por que sentia isso. Nem o que era exatamente isso. Quando não estava trabalhando ou pensando no *Medianismo* ou aproveitando a popularidade do *Medianismo*, eu era invadido por uma espécie de tristeza sutil, um sentimento clandestino que se escondia no meu coração e do qual eu só podia apreender a sombra ou uma intenção, algo que me incomodava e machucava mas que eu não sabia nomear. E, por não saber nomeá-lo, como fazem os botânicos, que nomeiam as flores até com sobrenomes, o incômodo era ainda maior. O único remédio que eu tinha para me livrar desse sentimento era trabalhar.

Reggie havia me mandado novos trechos dos meus shows com apontamentos. Deixei meu computador baixando todos os arquivos. Nesse pequeno intervalo morto, fui até a cozinha para levar as xícaras sujas e pegar mais uma dose de cafeína. O barulhinho mecânico da cápsula de café sendo perfurada se enveredou pelas brechas da minha cabeça enquanto uma mensagem acendia o meu celular. Meia-noite e uma garota perguntando se poderia vir me visitar... O fio da bebida desceu até que a superfície adquirisse um tom acetinado de marrom-claro. Eu precisava trabalhar, mas também desejava uma companhia. O aroma de café tomou conta da cozinha. Segurei o celular na mão sem saber o que fazer. O nome da mulher ao lado da imagem do seu rosto encoberto pelo cabelo balançando ao vento. Mais acima na tela o relógio informando a hora. No computador, os arquivos estavam sendo baixados. No suporte, o café esfriava. E eu continuava sem saber o que fazer.

Olhando em retrospecto, depois de tudo por que passei, não é tão difícil entender o que estava acontecendo. Mas só fui me tocar disso tempos depois. O que era irreconhecível para mim era também indizível, e assim permaneceu por muito tempo.

19

A noite estava quente como se fosse dezembro, era um daqueles dias em que tudo está dando certo e as pessoas riem largadas nas cadeiras. O calor fazia a cerveja fluir e expandia o ar, talvez por isso as gargalhadas ressoassem mais alto e mais longe. No entanto, eu estava um caco. Como de costume, já havia sido vaiado espalhafatosamente pelos manifestantes do outro lado da calçada, e este já era o quarto show da semana. Eu estava dormindo pouco e mal, e fazia meses que não tinha nenhum dia de folga. Encerrei o show e parei em algumas mesas antes de seguir até o banheiro para me refrescar. Reggie passou pelas câmeras, retirando os pequenos cartões de memória, e logo depois se sentou a uma mesa com um pessoal que eu não sabia quem era, e talvez nem ele. O banheiro era uma sauna. Enchi duas mãos e joguei água no rosto, depois levei as mãos ao cabelo e à nuca e senti meu corpo relaxar um pouco. Mas não muito, porque eu ainda tinha que marcar presença em uma festa.

Sim, as festas.

As festas eram de dois tipos: as chatas e as bacanas. Que por sua vez se dividiam em dois subgrupos: as remuneradas e as não remuneradas. Geralmente, quando eram festas de emissora de TV ou jornal, eu não recebia nenhum tostão, mas ao mesmo tempo elas eram as mais legais, a comida era boa e eu encontrava gente de todo tipo: atletas, atores, músicos, políticos, jornalistas, apresentadores, modelos. As chatas pelo menos costumavam gerar dividendos. Eram aniversários de fábricas de cosméticos e revendas de carro, convenções de empresas de proteína animal, festas de fim de ano em fábricas de cerveja, celulose e por aí vai. Acontece que poucas empresas me contratavam para fazer shows, uma vez que a maioria considerava o meu material estranho ou inadequado. Quando me convidavam era apenas para dar uma passada, ficar uma hora flanando pelo salão, sorrindo para desconhecidos e batendo fotos que sairiam nos comunicados internos ou nas colunas sociais. A desta noite seria uma dessas: dê uma voltinha, abra um sorrisinho, embolse uma graninha.

Saí do banheiro com a barra de energia já se aproximando do terço final e com os olhinhos tendo que fazer força para se manter abertos.

"Reggie, você vem?"

"Vou!"

Na calçada, quando apareci, o grupo que protestava do outro lado da rua gritou palavrões enquanto agitava cartazes. Eu era vaiado na entrada e na saída, religiosamente. De vez em quando, os espectadores também recebiam sua dose de xingamentos, coisa de que até gostavam, e que a partir de certo ponto passou a ser mais um atrativo no meu show. Ser vaiado por idiotas era chique, era cool. Nessa noite, os idiotas eram uns trinta jovens, bem mais do que os cinco gatos pingados da primeira vez. Aquela raiva estampada no rosto. Que vida miserável, a dessa turma. Mandei um beijo. Reggie respondeu com gestos que não caíam bem com seu terno. Então entramos num táxi, deixando a gritaria e os xingamentos do lado de fora. Reggie pôs o paletó no colo para não amassar e logo começou a falar sobre as possibilidades que a noite reservava. O carro se dirigia lentamente ao Alto de Pinheiros — talvez o motor também estivesse sentindo os efeitos do calor — e meu amigo já pensava no pós-festa: jantar no Gino's, dar uma passada no Blue Skies ou no Cienfuegos ou ainda no Urbe. Você precisa se divertir, Nilo, está trabalhando demais. Falou tudo isso com os braços agitados, como se fosse uma criança contando aos pais uma história incrível que havia acabado de acontecer. Depois me olhou por alguns segundos e perguntou se os xingamentos e as vaias em frente ao bar estavam me afetando. Ou o ódio nas redes sociais. Eu neguei. Disse que tinha uma entrevista marcada para as oito da manhã do dia seguinte e que estava cansado, apenas isso. Ele continuou me encarando como se procurasse alguma coisa dentro dos meus olhos, depois voltou às especulações sobre a noite. Aproveitei a menção aos bares do tempo da Lennox, Székely & Königsberg Advogados para perguntar sobre a Melissa.

"O que tem ela?"

"Como ela vai?"

"Faz umas duas semanas que não a vejo."

"Ela saiu de férias?"

"Não, eu é que não piso no escritório faz um tempão."

E arregalou os olhos para mim para projetar a surpresa que eu deveria sentir no momento.

"Larguei minha carreira de advogado para ser operador de câmera, sonoplasta, editor, diretor de cena e conselheiro."

"Admiro você bastante. E muito da minha admiração vem do fato de você saber ser rico."

O táxi nos deixou no final da quadra, logo após passarmos em frente ao casarão cujo passeio estava tomado por manobristas. Na fachada lateral da banca na calçada, a capa ampliada de uma revista mostrava uma modelo com um vestido de veludo azul. Nas chamadas das matérias ao lado da fotografia, Reggie apontou o meu nome: "Nilo e o *Medianismo* contra o sucesso."

"Você vai ser grande, você vai ser grande!"

E então vestiu o paletó na noite mais quente do ano. Milionários de verdade não suam. Entramos no casarão e passamos por um grande tablado, que tinha ao fundo um painel com pequenos logos de uma marca de uísque que estava comemorando cinquenta anos de Brasil. Evitamos poses constrangedoras enquanto fotógrafos disparavam flashes capazes de desencadear um câncer de pele. Sorrimos para pessoas que não conhecíamos e seguimos em direção à música acompanhados por uma garota de uns 20 anos.

Nos fundos da casa, havia um salão de festas. Tendas de plástico erguidas a uns 8 metros de altura cobriam o assoalho de madeira instalado sobre a grama. Assim, por cima, calculei umas quatrocentas pessoas comemorando o meio século do uísque de puro malte escocês. Nas laterais do espaço, dois bares com enormes balcões despachavam copos de uísque, energético, cerveja e água. A garota que nos acompanhava tomou a frente e nos levou até uma roda onde estavam cinco caras engravatados e um monte de desengravatados. Reconheci o presidente da marca de uísque e o cumprimentei. Ele era daqueles que ainda suava. Dois fotógrafos se aproximaram e registraram a cena. Em seguida, os demais convidados se aproximaram e tiramos uma foto. Reggie ficou batendo papo com a garota que havia nos conduzido até lá.

Após uns quinze minutos de conversa sobre o mercado de alcoólicos no Brasil, a diferença entre o malte escocês e o nacional e o fato de Recife ser a maior praça consumidora da marca no planeta inteiro, eu e o presidente nos desencontramos e consegui escapar com vida. Olhei para o salão como se estivesse divisando alguns milhares de hectares de uma fazenda. A música era ruim e o DJ tocava de boné. Deixei Reggie ali e me dirigi ao bar mais próximo tentando não esbarrar nas pessoas dançando. Meus olhos ardiam, pareciam estar cheios de areia. Ou eu tomava um uísque ou caía no sono. No meio do caminho, algumas pessoas me reconheceram. Gritavam o meu nome, acenavam, davam pequenos urros histéricos, mas sem se aproximar, como adolescentes tímidos. Uma algazarra. Eu apenas cumprimentava de volta. Estava várias doses atrasado. Pensei em ir para casa, curtir o desânimo e descansar para a entrevista do dia seguinte.

No bar, um cara serviu uísque com muito gelo. Ele apontou pra mim e falou:

"Medianismo."

Acenei com a cabeça tentando não parecer antipático.

"Fodam-se esses escrotos!"

Concordei com ele, ergui o copo num brinde e me virei para o salão. Um cara desabou no chão e ainda não era nem meia-noite. Seus amigos o levaram para algum lugar longe dali. Lá perto da entrada, Reggie ainda conversava com a garota que havia nos conduzido até a roda do presidente. Consegui vê-los sobre o mar de cabeças. A moça provavelmente não receberia o cachê da noite: abandono de emprego.

Dei uma bicada no meu uísque e quando levantei a fronte meu olhar foi capturado. Eu conhecia aquela mulher, eu conhecia aquele cara, eu conhecia aqueles todos. Eram os meus primeiros fãs, a mesa de suingueiros, ali reunida, como se uma entidade metafísica houvesse transplantado seus corpos da velha mesa do Bar do Zé Preto para o casarão com música ruim no meio do Alto de Pinheiros. Eles me reconheceram também e vieram na minha direção. Vinham fluidos, festeiros, diáfanos, elétricos. Logo entendi que estava com déficit de álcool no sangue e teria que me apressar se desejasse entabular uma conversa decente. Virei o copo de uísque e fiz sinal para o barman que havia me servido minutos atrás: ele já me entregou um copo cheio. Os suingueiros me abraçaram, se abraçaram, fizeram uma festa pra mim. Eu embarquei na onda. Ficamos ali conversando sobre bobagens enquanto todos do grupo reabasteciam seus copos. Descobri que trabalhavam para a marca de uísque, uns no marketing, outros em vendas, e gostavam de sair juntos para se divertir todas as noites da semana. Era uma turma animada. Relutei bastante em ser arrastado para o meio da pista, mas não teve jeito, eles eram muitos. Havia uma efervescência no bando, como se o estado de hiperfelicidade fosse uma necessidade física ou até mesmo espiritual. Nara, a mais sorridente de todos, se aproximou e perguntou se eu não iria junto com eles para outra balada. Festa de empresa é muito caída, a gente tá pensando no que vai fazer depois daqui, ela quase gritou no meu ouvido. Olhei as horas no celular. Nesse momento, Reggie chegou com Paloma, a hostess. Nós nos apresentamos: eu, a turma de suingueiros; ele, a Paloma.

"Então, vamos?"

"Acho que vou passar, estou muito cansado."

Reggie se intrometeu.

"Ele vai, sim! Ele vai, sim!" E continuou: "Pra onde?"

Nara falou o nome do lugar, mas não entendemos nada. A música, além de ruim, soterrava os ouvidos. Ela teve que berrar.

"Quéops! A gente tá indo na Quéops!"

E depois voltou a atenção para os amigos ali do lado.

"Quéops?" Consegui ler nos lábios do Reggie a palavra desenhada com um ponto de interrogação no final. Vasculhamos em nossas cabeças atrás de algo que pudesse ser batizado com o nome de um faraó.

"Quéops é nome de suíte de motel!", o Reggie falou.

Então, como se alguém houvesse ligado o disjuntor simultaneamente nos nossos cérebros, lembramos ao mesmo tempo.

"A casa de suingue!"

E não é que eles eram mesmo suingueiros, bicho.

Reggie se virou para falar com a Paloma. E eu fiquei dividido entre ir pra casa dormir e me arrepender de ter perdido essa oportunidade ou ir para o programa com todo mundo e aparecer na entrevista do dia seguinte com a cara amassada de quem não dormiu, isso, claro, se tivesse forças para aparecer. Fiz o que toda pessoa com bom senso faria e segui com os demais para a Quéops.

Embora eu tenha criado do nada essa história de que eles eram suingueiros no dia em que apareceram no Bar do Zé Preto para o meu segundo show, eles não tinham nada a ver com a imagem do suingueiro clássico catalogada na minha cabeça. Eram jovens, com a pele reluzente de colágeno, e se vestiam de um jeito bem atual e descolado, nada padronizado. Sempre achei que os frequentadores de suingue fossem homens e mulheres mais velhos: eles, pançudos, decadentes, vermelhos de tanta vodca e gim; elas, lutando contra o tempo e perdendo. A entrada da Quéops também me pegou de surpresa. Nada de portinha discreta em uma rua pouco iluminada de um bairro afastado. A fachada tinha no topo um busto de uns três metros de altura do próprio Quéops. Embaixo da estrutura feita de fibra de vidro havia um letreiro com o nome do lugar em uma tipologia que se assemelhava aos hieróglifos que víamos nos livros de História.

Parei na calçada e fiquei observando o monumento kitsch todo iluminado por holofotes enquanto o resto do grupo desembarcava de outros dois táxis. Quéops estava tranquilo, sereno, com seu jeitão de rei cujo rosto havia sido copiado de um verbete na Wikipédia. Ele era famoso por, dentre outras coisas, ter construído a Pirâmide de Gizé no Antigo Egito. Agora, séculos depois, era patrono de uma casa de suruba. A gente nem precisa se esforçar, às vezes a piada já vem pronta. Anotei a ideia no meu celular para encaixá-la em algum novo segmento do meu show.

Reggie, Paloma e os suingueiros se dirigiram à entrada da Quéops. Nara veio ao meu encontro. Só era permitida a entrada de casais e mulheres, e ela fez o favor de me acompanhar. Entramos numa espécie de antessala onde fomos revistados com detectores de metal. Só depois que passamos pelo cadastro e recebemos nossos cartões de consumação é que finalmente atravessamos a cortina grossa com a imagem do Quéops estampada no centro que nos separava da pista.

Era uma boate como todas as boates. Uma pista central cheia de gente, pufes com mesinhas espalhados nas laterais e um bar ao fundo. Os barmen estavam todos vestidos como se fossem egípcios dos tempos em que Quéops mandava prender e mandava soltar. Uma túnica clara com cinto cor de terra e um arranjo na cabeça que lembrava um adereço de carnaval. As garotas usavam o mesmo figurino, mas o arranjo tinha a figura de uma serpente, o que imaginei ser uma referência a Cleópatra.

Olhando mais atentamente a pista de dança, compreendi que minha ideia original de um suingueiro e uma suingueira estava correta. O espaço era tomado por homens mais velhos com sobrepeso e cabelos escassos que se mexiam na pista como se fossem isso mesmo: homens mais velhos com sobrepeso e cabelos escassos, pouco ligando para a própria decadência. As mulheres eram mais produzidas, com anéis, colares e maquiagem tentando disfarçar a inclemente obra dos anos. A grande maioria deles, eu podia apostar, eram engenheiros, contadores, administradores de empresa, cabeleireiros, taxistas, gente que você vê nos elevadores do seu prédio, nos shoppings, renovando a carteira de motorista ao seu lado no Detran. Havia também prostitutas e michês, imaginei, e marombados, dublês de atores, uma fauna diversa e colorida como a Mata Atlântica, antes de a exploração e a especulação imobiliária estragarem tudo.

Segui a minha turma atravessando o salão em direção ao bar. No meio do caminho, uma senhora animadíssima de uns 70 anos, com peitos redondos e um decote generoso, chamou a minha atenção. Mais adiante deu pra reconhecer um pequeno grupo de turistas da noite que, como eu, havia entrado apenas para conhecer uma casa de suingue com aquela mesma abordagem irônica de quem vai a um karaokê para cantar música brega.

Era tudo muito divertido e coisa e tal, mas até aquele momento não havia nenhum sinal de putaria. Enquanto serpenteávamos pela pista, comecei a investigar ao redor para saber onde as pessoas trocavam de parceiros e faziam sexo. Não que fosse a minha intenção, mas me perguntei como deveria ser feita a abordagem a um casal naquelas condições. Coloquialmente? Educadamente? Quão educadamente?

"Jovem senhora, seria possível vossa senhoria conceder vossos serviços sexuais a este acanhado admirador?"

Ou eu deveria adotar um approach mais machista, que talvez fosse o padrão, como é padrão o uso do francês em conversas diplomáticas, e me dirigir em primeiro lugar ao marido?

"Augusto cavalheiro, permitir-me-ia desfrutar alguns momentos ao lado de vossa consorte de modo a introduzir meu túrgido pênis nos seus — dela, não teus — mais diversos orifícios reiteradas vezes?"

Na minha frente, Reggie não parava quieto, olhando de um lado para outro, conversando com a Paloma, que também estava alvoroçada. Os dois, talvez, também tentando descobrir onde afinal a galera se pegava pra valer. Quando chegamos mais perto do bar, vi ao lado do balcão uma porta cerrada por uma cortina preta. Sobre a tal porta um pequeno aviso em neon, o mais discreto que um aviso em neon pode ser: Suíte de Quéops. Bom, então era ali que as coisas aconteciam.

Decidi não dar muita bola, para não dar bandeira da minha inexperiência. Pedi um uísque, que já estava diluído na minha corrente sanguínea. Nara pediu uma cerveja, Reggie e Paloma acompanharam a minha escolha. A senhora de peitos enormes e decote extravagante dançava no meio da pista como se estivesse no Studio 54. "E aí, tá curtindo?",

Nara perguntou. "Já tinha vindo aqui?" Eu respondi que sim e que não. "O pessoal tá animado", completei. "Vai ficar mais", ela sorriu. Nos afastamos um pouco do bar em direção aos casais dançando. A música era tão ruim quanto a que tocava na festa do uísque, coisa que qualquer DJ decente só põe pra tocar no final da noite para ajudar a turma da faxina a limpar a pista. Bom, pensei, talvez ele quisesse exatamente isso, que as pessoas deixassem a pista, atravessassem o portal mágico e se entregassem à Suíte de Quéops. Reggie se aproximou querendo saber do que realmente importava. Fiz um sinal com o queixo na direção da portinhola ao lado do bar. Os seus olhinhos brilharam.

Durante um tempo a nossa turma ficou bebendo, conversando aos berros e se divertindo como se não estivesse acontecendo um festival apoteótico de pirocas, bocetas, peitos e bundas de todos os tamanhos e formatos atrás do bar. Olhei no celular, já eram duas da manhã. Lembrei da minha entrevista dali a seis horas. Eu deveria estar em casa dormindo... Quando levantei os olhos, observei vários casais entrando finalmente na Suíte de Quéops. Reggie e Paloma cruzaram o meu campo de visão quase correndo e acompanharam o fluxo. O restante da turma parecia estar se contentando com a música ruim e a bebida. Deixei meu copo de uísque sobre o balcão e segui para os aposentos íntimos do faraó.

Entrei pela fresta da cortina, uma cortina de cor preta e pesada, como se fosse um tapete pendurado. Do outro lado havia uma antessala toda forrada de tecido preto com dois espelhos nos lados e uma poltrona no canto onde um segurança tentava se manter acordado. Logo adiante, uma outra cortina, igual à primeira. Passei por ela e cheguei finalmente à Suíte de Quéops, que nada tinha de suíte: era um corredor na penumbra, parecia a entrada de uma sala de cinema. Fui andando devagar cercado por paredes que não chegavam ao teto. Não havia música, a não ser as pouquíssimas notas que conseguiam sair da boate lá fora e atravessar as duas cortinas. Mas havia gemidos, gritos, suspiros de êxtase, respiração ofegante, palavrões, grunhidos animalescos, risadas. Então entendi que as paredes não tocavam o teto exatamente para deixar os sons com trânsito livre entre todos os cômodos. Continuei seguindo o corredor quando ele virou à direita. Ele se estendia por mais uns 20 metros. Vários casais estavam parados olhando por pequenas janelas, frestas e treliças o que acontecia nas salas e nos quartos. Enquanto espiavam, se bolinavam e se beijavam. Do lado esquerdo havia buracos grandes o suficiente para que alguém enfiasse o braço; atrás da parede com orifícios, dava para ouvir um casal — ou dois casais, ou um trio, quem poderia saber? — aprontando as maiores confusões. Não tive coragem de pôr meu braço e tatear no escuro. À medida que eu adentrava os interiores da Suíte de Quéops, os gemidos aumentavam de volume e pareciam vir de todos os lados, um bombardeio sonoro de sacanagem. Antes que eu chegasse ao final do corredor, um dos nossos companheiros de noite passou por mim. Nara veio em seguida, dando um tapa na minha bunda. Depois olhou para mim e sorriu o mesmo sorriso malicioso de instantes atrás. Seguiu em frente e passou por outra cortina.

Passei pela cortina e dei de cara com um grande salão com uma enorme cama redonda, um latifúndio de 8 metros de diâmetro. Sobre o colchão, diversos casais se pegavam e se exibiam. Gordos, magros, bonitos, feios, negros, brancos, amarelos, a maravilhosa diversidade humana respirando em conjunto, a pele subindo e descendo, os músculos descansando e se estressando, um organismo ofegante como um grande animal abatido, à espera da morte que nunca vem. Em volta do palco, dezenas de pessoas observavam o espetáculo. Os olhos vidrados, a boca seca, a respiração entrecortada. Talvez imaginando que perder um parceiro de vista numa cama dessas fosse como voltar para pegar o carro no estacionamento de um shopping na época do Natal.

Procurei por Nara. Passei os olhos pelo salão, mas não consegui encontrar nenhum rosto familiar. Comecei a circular a cama pela direita, como se desse a volta ao mundo, meio hipnotizado pela encenação, meio atordoado pelos gemidos e suspiros, pisando nos invólucros de preservativos que estalavam como cascalho. Uma bunda muito branca e redonda, duas bandas de uma lua cheia, se destacou. Subia e descia como aqueles enormes trambolhos prospectores de petróleo nas planícies americanas. Embaixo da bunda mecânica, Paloma se extasiava. Reggie, seu danado. A visão de um amigo transando me deu um calafrio. Eu deveria estar dormindo... Virei a cabeça e segui circundando o palco até sair por outra cortina tão pesada quanto as anteriores.

Um novo corredor surgiu, com paredes devassadas por buracos, frestas, brechas, janelas, orifícios de vários tamanhos. Nara havia desaparecido, se enfiado em algum cômodo. Pessoas vasculhavam os quartos e salas com os olhos ávidos por drama, por comédia, a exuberante e extraordinária, a decadente e ridícula encenação do sexo. Em uma sala uma garota tirava a roupa enquanto chupava o pau do parceiro. A calça não colaborava. Ela teve que interromper o ato para se despir inteiramente. Arremessou o jeans longe enquanto o seu par tentava manter o pau ereto e pronto para a ação. Olhei as horas no relógio mais uma vez e desejei ter um copo de uísque na mão.

Falando em uísque, eu precisava mijar. Abri a porta do primeiro banheiro que encontrei e entrei na primeira cabine vazia. Mijei caudalosamente, a testa apoiada na parede. Fechei os olhos e senti a bexiga se esvaziar. Eu deveria estar dormindo, o pensamento sempre voltava. Dei descarga e deixei o cubículo.

Reconheci Nara de costas, inclinada sobre a pia. Ela me viu refletido no espelho. Sobre o granito, estirou uma carreira de coca e abriu caminho para mim. Fazia quanto tempo que eu não dava um teco? Dois anos? A minha cabeça cheia de álcool não me deixou calcular. Nara sorriu um sorriso que me desmontou. Ou provavelmente eu quisesse ser desmontado e o sorriso dela tenha sido apenas uma agradável desculpa. Ou talvez eu precisasse do coice da cocaína para ficar acordado até a manhã, para me manter acordado a semana toda, o mês inteiro. Me aproximei da Nara e a beijei. Enfiei a língua em sua boca até sentir o metálico da droga. Então desci e cheirei a carreira de pó. Reconheci a tristeza no espelho, mas logo ela passou, deixando apenas a energia, o poder e a autossuficiência. Quando tudo acabou, ela limpou o meu nariz, como uma mãe que tira uma mancha de chocolate do rosto do filho, me pegou pela mão e me levou para fora. Eu tinha pouco tempo até a entrevista.

20

Embora continuasse sendo uma presença constante nos meus shows junto com os demais suingueiros, só estive sozinho com Nara umas poucas vezes. Fazíamos sexo e ela se mandava. Não durou muito. Quando você está acostumada a um buffet de cinquenta pratos, não vai se contentar em comer o mesmo filé com fritas todo dia. Daquela noite na Suíte de Quéops, o que ficou mesmo foi o pó.

Antes de sair da casa de suingue, com o dia já raiando, Nara me serviu mais uma linha. Fui para casa, tomei um banho e me apresentei para a entrevista no estúdio da emissora como se tivesse dormido às nove da noite depois de um relaxante banho com sais na banheira, e olha que eu nunca tive banheira. Lembrei-me de como a substância me deixava alerta, focado. Então pensei que não seria uma má ideia retomar o velho hábito de me turbinar para dar conta do trabalho, dos novos segmentos do *Medianismo*, dos ensaios, da escrita, dos vídeos semanais que o Reggie subia no meu canal, dos convites para participar de outros vídeos, das entrevistas, lives e festas. Se eu fosse com jeitinho, sem deixar a coisa descambar, daria tudo certo.

Mas a verdade é que isso era apenas um pedaço da história, mesmo que inconscientemente, como se fosse algo que eu não quisesse admitir nem para mim mesmo, eu achava que o pó também poderia dar conta do que eu estava sentindo, do peso que eu levava nas costas e ignorava, da comichão na minha alma, do inomeável, do indizível. Contando uma meia-verdade para mim mesmo e acreditando nela, fui em frente.

O problema era que o pó que eu tinha em casa era apenas o que descansava em cima dos móveis. Eu tinha que marcar um encontro com um velho conhecido meu.

"Eu assisti ao vídeo, todo mundo assistiu. Pensei que você tivesse morrido."

"Desculpe decepcioná-lo."

"Eles fizeram uma versão em 3D da cena toda, sabia? Quando a gente usa aqueles óculos de lentes coloridas parece que a sua boca é uma comporta da usina de Itaipu. Mas aí eu soube desse novo lance, como chama?"

"Medianismo."

"Grande nome. Então eu pensei: esse Nilo vai longe de verdade."

"Estou tentando."

"Bom, você pediu, aqui está."

O ar dentro do carro estava úmido e gotículas de água começavam a se formar no para-brisa. Jefferson me entregou dois vidrinhos de cocaína. A melhor do hemisfério sul. Olhei para os lados como se estivesse fazendo alguma coisa errada, mas o estacionamento do prédio da Lennox, Székely & Königsberg Advogados estava escuro e vazio como nos antigos filmes do Charles Bronson.

"E pra não perder a viagem..."

Jefferson me entregou uma caixa de Stavigile.

"Ah, as pílulas mágicas... Acho que não vou precisar delas."

Assim que palavras saíram da minha boca, já se revestiram com o véu ocre da mentira. Não que eu imaginasse que fosse precisar delas como havia precisado anos atrás, ou como a Terra precisa da gravidade para que as casas, os oceanos e os guardas de trânsito não saiam flutuando por aí. Precisar, para mim, nesse contexto, era mais no sentido de que "se estiver ao meu alcance e em determinado momento eu entender que cai bem, provavelmente tomaria, ou não". E, mesmo nesse contexto, minha frase soou como uma inverdade. Então parei de me justificar e estendi a mão. Em seguida, passei o cartão na maquininha, que conseguiu funcionar até no segundo subsolo. O capitalismo sempre dava um jeito de não perder dinheiro — anotei essa ideia para um novo bit.

Nós nos despedimos, eu saí do carro dele sem perguntar nada sobre o escritório, a Denise, a bolsa de colostomia do sr. Lennox, um suicida ocasional ou a confraria de punheteiros. Não queria exumar esse passado. Estava de olho no futuro, e o futuro chegou com um telefonema.

21

Carlos Roberto Moroder era vice-presidente do maior serviço de streaming do país, e antes disso alto executivo da quarta maior rede de TV aberta do planeta. Um senhor de rosto redondo e rosado que parecia sempre ter acabado de sair do banho. Na maioria dos dias, era um lorde, muito educado, dulcíssimo no trato. Mas, algumas vezes por ano, perdia a compostura e atirava um computador pela janela envidraçada do escritório, o que fazia com que funcionários evitassem a qualquer custo estacionar seus carros nas vagas embaixo da sua sala. Dos primeiros 386 ao último iMac, ele havia destruído mais carros e custado mais às seguradoras do que qualquer motorista nesse caótico trânsito brasileiro. Eu já havia sido apresentado a ele em uma dessas festas que me faziam frequentar. Conversamos alguns minutos e sempre que nos encontrávamos trocávamos ideias ou cumprimentos amistosos. E agora ele havia me telefonado e dito que queria que eu fizesse um projeto para ele.

"E o que você respondeu?"

"Eu disse que sim, podemos conversar."

"Você vai conseguir dar conta de tudo?"

"Acho que sim. Ele quer que eu faça um especial para o fim de ano. Na verdade, ele quer levar o *Medianismo* para o streaming. Uma versão de uma hora e meia. E depois quer vender pra América Latina, pra Espanha, Portugal e Itália. Grana preta."

Reggie me abraçou, segurou minhas bochechas com as mãos rechonchudas, os polegares quase furando meus olhos, e me deu um beijo na testa.

"Eu disse pra você, meu querido, eu disse que você ia ser grande."

Moroder se despediu com cordialidade, e quando desliguei o telefone me levantei do sofá e fui dançando até o banheiro para tomar banho e sair para tomar café no Zé Preto em seguida. Uma hora e meia de show. Eu não planejava reescrever o show inteiro, mas ainda assim era tempo que não acabava mais. O vapor embaçou o vidro do armário sobre a pia. Abri o basculante e a porta para arejar o ambiente. Enquanto escovava os dentes, já comecei a eliminar os segmentos de que não gostava tanto, esquetes muito antigas e já compartilhadas demais nos smartphones e plataformas de vídeo. A cabeça a mil revirava o *Medianismo* de cabeça pra baixo, o dilacerava, deixando os ossos expostos, os músculos e, o mais importante, a gordura. Em seguida, vesti o jeans e a camiseta, peguei o vidrinho de coca e comecei a me preparar para ser internacionalmente grande.

22

A noite estava linda e a plateia estava acesa. Nara e os suingueiros ocupavam a mesa no canto depois de uma longa ausência. Vanessa também pediu que eu arrumasse um lugar na plateia para ela e Liliana, uma advogada que havia conhecido na academia e gostava de levá-la para viajar todos os fins de semana para velejar em Camburi. Quando subi no tablado de madeira, vi Vanessa acenando para mim no fundo, perto do Reggie. Mandei beijos enquanto Robson, um dos seguranças que Borislav pôs ao lado do palco após a célebre garrafada, ia até a primeira fila de mesas para tentar empurrá-las um pouco para trás.

"A posteridade está morta. Sinto dizer. Os homens e mulheres que se preocuparam em deixar uma marca indelével na vida das pessoas, como se o tempo fosse uma onda que chegasse à praia mas fosse incapaz de apagar as palavras rabiscadas na areia, esses homens e mulheres devem estar chateados onde quer que estejam. A não ser que você seja Beethoven, Cervantes ou Galileu, temo que o seu impacto não seja tão duradouro." Sentei-me no banquinho no meio do palco e continuei. "E aqui eu não estou me referindo particularmente ao Steve Jobs ou a um desses malucos que planejam colonizar Marte." Risos esparsos na plateia. "Estou me referindo a pesos-pesados, faixas pretas, terceiro dan. Vejam o caso de Hitler, Himmler e Göring, três nomes capitais do século XX. Eles até que foram modestos. Queriam criar um Reich que durasse mil anos, e todo mundo sabe que mil anos é muito menos que a posteridade." Risos. "Mil anos não é nem 10% da posteridade." Falei com ironia, com aquele jeitão de seriado de comédia. "Pois bem, esses caras não aguentaram um inverno russo mais parrudo." Gargalhadas. "Mas não riam, não. Porque o inverno russo que já havia derrotado Napoleão e tempos depois transformou o exército germânico em Haferflocken, que é mingau de aveia em alemão, esse impiedoso inverno russo já não é mais o mesmo. Mês passado a temperatura na Sibéria bateu os trinta graus Celsius. Trinta graus Celsius, bicho! É Cuiabá no mês de junho. Se tá difícil pro inverno russo, imagina para nós, pobres mortais." Me levantei da cadeira e dei uma voltinha lenta pelo palco. Olhei momentaneamente para os rostos dos espectadores. Todos com aquele riso congelado na face esperando um sinal, uma inclinação de cabeça para que desatassem a gargalhar. "Alguém aqui conhece Quéops?" Ninguém levantou a mão. "Qual é, pessoal? Ninguém? Não é possível..." Então uma garota no meio da plateia levantou a mão.

"Uma casa de suingue!"

A pobre garota falou com o rosto em brasa e a casa veio abaixo.

"Exatamente", respondi. "Como é o seu nome?"

"Bianca."

"Muito prazer, Bianca." A plateia aplaudiu. "Mas antes de ser uma casa de suingue, Quéops era um faraó. E não era qualquer faraó, não. Ele construiu para si mesmo, como próprio túmulo, a maior das pirâmides do Egito, aquela que é conhecida como a Grande Pirâmide de Gizé, uma das sete maravilhas do mundo. Pois pouco tempo atrás eu fui à Quéops..." Gritinhos, uivos, grunhidos engraçadinhos vieram da plateia. "Não, eu não encontrei a Bianca..." Voltei ao banco e continuei. "Antes de entrar eu fiquei na calçada admirando um enorme busto do faraó sobre a fachada. Será que em seus mais delirantes sonhos de imortalidade, 4.500 anos atrás, Quéops imaginava que deixaria de ser o grande monarca que construía obras inimagináveis à custa da vida de milhares de escravos e passaria a ser uma casa onde um engenheiro elétrico vê a própria esposa dando para um gerente de RH?" As pessoas gargalharam. "É triste encarar isso, mas a verdade é que a única coisa que sobreviverá intacta à eternidade é o tempo. Porque ele mata tudo ao seu redor." Tomei mais um gole de água, desci do banco e dei uma passeadinha, dei um respiro à audiência fingindo que estava dando a mim mesmo. "John Lennon era o mais politicamente ativo, o mais ácido; Paul McCartney era o mais lírico e criativo; mas George Harrison era o mais inteligente. Quando os Beatles se separaram e todos pensaram que o legado da mais famosa banda de música popular da história ecoaria pela eternidade, o Harrison fez um álbum chamado *All Things Must Pass*, ou para quem não sabe inglês: tudo passará. George Harrison já passou desta pra melhor, ninguém mais fala em John Lennon, que foi assassinado em 1980, e depois que Paul e Ringo morrerem pouca gente falará sobre eles também. É assim que as coisas são."

23

Não tive problemas para regular a cocaína com o Stavigile, que, sim, voltei a tomar. (Nada como um traficante que conhece suas necessidades.) Reduzi o consumo de café para não cair na velha armadilha e passei a consumi-lo só nos fins de semana. Os dias passavam na velocidade de um trem-bala, vultos deixando borrões na minha retina. Eu estava trabalhando com a mesma gana dos velhos tempos. Ia dormir às duas, às três, escrevendo novos bits para o *Medianismo* ou, quando dava, transando com as garotas que eu conhecia no Bar do Zé Preto. Algumas voltavam, outras não, e eu não estava muito preocupado com isso. Meu foco era outro. Embora me pegasse às vezes lembrando de Melissa, também parei de mandar mensagens que jamais eram respondidas. Eu não teria mais tempo para ela, afinal.

Depois de seguir noite adentro metralhando o teclado, eu acordava cedinho para correr e antes de sair de casa abria uma linha de pó para ter mais energia para os 6 ou 7 quilômetros de percurso, e também para afugentar os pensamentos incômodos que minha tristeza sem nome poderia gerar enquanto dava minhas passadas. Moroder me ligava várias vezes por semana para ajustar os detalhes do contrato; eram várias cláusulas sobre assuntos tão díspares quanto negociação de royalties, plágio eventual e carros disponíveis para o meu transporte. Para negociar com Moroder eu estava contando com o melhor advogado que conhecia: eu mesmo.

Arranjei um tempo na minha caótica agenda para falar com Reggie e Borislav sobre a proposta do Moroder. Tanto ele como eu queríamos o mesmo clima informal e intimista das minhas apresentações transplantado para o especial que seria filmado e vendido para um monte de países. Bati o pé, dizendo que só o Reggie poderia dirigir o espetáculo. No entanto, e compreensivelmente, Moroder não queria entregar um investimento de milhões de reais na mão de um cara que nunca tinha usado nada além de câmeras embutidas em smartphones. Eu poderia ter falado:

"Ok, ele vai ser apenas um consultor, então."

Mas eu marquei posição:

"Ou ele faz ou ninguém faz."

Não foi difícil convencer Moroder. Ele havia comprado a ideia de fazer o show vendo apenas os trechos que haviam sido filmados e editados pelo Reggie. Se o Reggie podia fazer aquela maravilha sem dinheiro, sem fotógrafo, com luz de quinta, imagina com a produção do melhor streaming do mundo.

"Vai ser demais, Nilo. A gente vai abrir com 'La Mer', na versão ao vivo do Julio Iglesias. A gente ouve a música enquanto a câmera acompanha você saindo do seu apartamento, atravessando a rua, os créditos sobrepostos às imagens, e você entrando no Zé Preto. O Julio cantando com aquele francês dele, você de camiseta e Havaianas. Coisa fina."

A ideia era boa, mas não rolaria. O ideal era que gravássemos o show no próprio Bar do Zé Preto, mas, como o próprio nome diz, tratava-se de um bar, não de um teatro. Cabiam pouquíssimas pessoas ali, e também não havia recuo adequado para as enormes câmeras nem fornecimento de energia o bastante para iluminar o palco decentemente. Bom, na verdade não havia nem palco, era só um tablado de madeira um pouco maior do que uma mesa de bilhar. E, para completar, o que a gente faria com todos aqueles haters carregando cartazes e cuspindo xingamentos na calçada?

"O que você acha, Boris?"

"Não vai ser aqui?"

"A gente vai reproduzir o seu bar em um teatro. O tablado, o balcão, a cozinha, os quadros, as estantes com as garrafas... Vai ser o Bar do Zé Preto, só que em cima de um palco. O que você acha?"

"Quanto eu vou ganhar nisso?"

24

Recebi a ligação de uma editora. Houve um momento, antes de decidir escrever o *Medianismo*, que eu havia considerado escrever um livro. Melhor falando, houve um tempo em que o *Medianismo* seria um livro em vez de um espetáculo de stand-up. Fiquei feliz de ter escolhido o palco: era mais rápido, mais quente, mais livre. Mas aí recebi a ligação de uma editora. Queriam que eu escrevesse um livro. Já tinham tudo calculado, eu venderia 100 mil exemplares em menos de um ano, embolsaria uma grana pesada, daria mais entrevistas, apareceria outras vezes nos cadernos culturais, o pacote clássico de divulgação cultural, seria vendido para os EUA, a Europa, a América Latina. Aceitei a proposta, fechamos acordo, e como se não bastasse escrever o especial do Moroder e apresentar shows quatro dias por semana, também comecei a escrever o meu primeiro livro: *Há um lugar quentinho no inferno para quem vende as férias*.

Ainda era cedo quando atravessei a avenida em direção ao Zé Preto. O bombardeio químico no meu cérebro cobrava o seu preço na base de olheiras profundas e alguns possíveis danos invisíveis pelo lado de fora. A calçada estava limpa de manifestantes, nada de faixas, nada de gritos, senti o sangue fluir mais tranquilo por causa disso. Entrei no bar e pedi um suco de laranja com um pão na chapa. Olávio anotou tudo e me deu os parabéns pelo especial que seria filmado. Como assim, bicho? Ele deve ter notado a minha surpresa. Pelo que eu sabia, ninguém deveria ter conhecimento do especial a não ser os envolvidos nas negociações. Fiquei surpreso também quando ele disse que seria filmado no Bar do Zé Preto. Eram muito detalhes, mesmo que fossem detalhes errados. Sorri, agradeci, recebi os cumprimentos e perguntei como ele sabia que eu ia lançar um show para o streaming. Saiu no jornal, disse ele, depois foi até o balcão e voltou me entregando a pilha de cadernos desarrumados.

Moroder ficou chateado, mas não tanto. Gostaria de ter anunciado o lançamento com toda a pompa, com entrevista coletiva, distribuição de releases, fotos nos jornais e revistas especializadas, e o vazamento foi um balde de água fria. No entanto, a notícia de conversações adiantadas entre as partes tinha o poder de manter possíveis concorrentes afastados. Como ainda não havíamos assinado o contrato, a nota na coluna social funcionou como um seguro contra atravessadores.

Passei a manhã recebendo cumprimentos e ligações. Borislav também havia sido surpreendido pela notícia, fora avisado pelo César logo de manhãzinha. Reggie havia sido acordado pela irmã, que queria saber detalhes da participação dele no especial. Quando e em que planeta você se transformou em diretor de televisão, Janine havia perguntado a ele sem conseguir disfarçar o orgulho.

Isaac Newton revelou uma lei fundamental da mecânica: a toda ação há sempre uma reação oposta e de igual intensidade. Não devo ter sido o primeiro a considerar que a descoberta poderia ser extrapolada para muito além das fronteiras da física. A notícia do meu especial havia gerado comoção no bar, alguns amigos me ligaram e mandaram mensagem, mas a notícia também havia excitado com a mesma energia os meus detratores, a turma hidrófoba das redes sociais e os soldados do posto avançado na calçada do meu prédio, de quem eu sempre fazia troça nos meus shows. Eu mesmo tinha alimentado o monstro, passado talco no bumbum do monstro, vacinado o monstro e educado o monstro para que ele chegasse forte e saudável à idade adulta, mas, olhando para seus rostos encharcados de ódio e para o aumento considerável do número de pessoas no outro lado da calçada, comecei a me preocupar de verdade. Que belo e apavorante monstro ele havia se tornado.

"Será que não é melhor dar férias para o espetáculo, Boris?"

"Eu já sobrevivi a uma guerra. Você acha que eu tenho medo disso?"

Depois de atravessar a rua alvejado por agressões verbais e insultos de todos os quilates, eu me trancava em casa, sentava o dedo no teclado e ia trabalhar até alta madrugada. Às vezes me lembrava de Melissa e me culpava por ter desistido dela tão facilmente. Antes de dormir, tomava um

Rivotril para esquecer Melissa e soterrar a insistente melancolia que me cercava como um zumbido de um inseto que não sabemos onde está. Na manhã seguinte haveria mais visitas a programas de rádio, haveria mais entrevistas para jornais querendo saber do novo especial, nos dias seguintes haveria mais talk shows, mais olheiras, mais danos invisíveis do lado de fora e mais monstro.

25

E se a minha consciência contaminada apenas tivesse dado uma volta, tivesse ido ao cinema, à praia ou viajado para a África, para Jericoacoara, em busca de algum descanso? E se essa minha consciência deturpada tivesse saído para dar uma banda na cabeça de outra pessoa ou de um novo ser humano que houvesse acabado de nascer, tudo isso enquanto a minha consciência limpa e bem asseada estivesse de volta à minha cabeça por um tempo, apenas uns meses e só? E se depois de tanto tempo vagando por aí, como uma revoada de estorninhos, minha consciência avariada, contaminada e deturpada tivesse retornado devagarinho, paulatinamente, como uma doença traiçoeira, para tomar o lugar da minha consciência ingênua e se reacomodar em meu corpo, em minha cabeça, em meus neurônios, nos intervalos das minhas sinapses? Eu era eu e já não sou mais? Ou não era e agora sou?

26

Vanessa se sentou na mesa com seu sorriso, me pegando de surpresa. Meu coração ainda estava aos pulos quando me levantei para abraçá-la. Ela também se ergueu, se desvencilhando das mãos da nova namorada, que me foi prontamente apresentada depois do nosso abraço.

"Sara, Nilo. Nilo, Sara."

Era uma garota ainda mais jovem do que nós dois. Uma garota de vinte e pouquinhos anos, branca e frágil como o vento; uma artista plástica que havia estudado pintura na Inglaterra e virado assistente de um pintor famoso. Hoje, ela já tinha uma carreira própria e estava animada, o máximo que uma jovenzinha artista, frágil como o vento, poderia estar, por encaixotar suas obras para expor na Bienal de Veneza.

"Não é só encaixotar", disse Vanessa enquanto dava beijinhos na mão da namorada. "Tem que fazer o seguro de todas as obras, elas vão de navio pra Cabo Verde, depois pra Itália, um saco..." Nesse momento, o celular de Sara tocou e por uns bons minutos ela ficou apartada do encontro enquanto conversava com o seu representante brasileiro na Itália na calçada do Bar do Zé Preto.

Antes que retomássemos a conversa, Reggie apontou na entrada do Zé Preto. Quando me achou, veio em minha direção quase correndo. Deu um beijo na Vanessa e se sentou ao meu lado, com o celular na mão. Vocês viram isso? Então ele pôs o aparelho sobre a mesa de modo que eu e a Vanessa pudéssemos ver. Apresento a vocês a Igreja Medianista!

Entortei o pescoço para ver melhor a página que ele havia aberto. Uma comunidade numa rede social com mais de 2 mil membros. Na foto da capa, uma estátua com o que presumi ser uma representação da minha pessoa sentada num banquinho alto de madeira e segurando um microfone. Uns raios amarelos e prateados saíam da imagem até as bordas da página como se eu emanasse o brilho divino, a verdade ancestral, o espírito de todas as coisas boas e belas da existência. Embaixo da estátua e de seus raios, em letras delicadas que iam de um lado a outro, podia-se ler a frase: "A mente quieta, a espinha ereta e o coração tranquilo."

"Meu Deus...", Vanessa estava de boca aberta.

As fotos mostravam os membros vestindo calça jeans, Havaianas e camisetas pretas ou brancas em churrascos, lendo, ouvindo música no sofá, na rede, em rodas de samba, jogando futebol, truco, xadrez e até dando bombas na piscina. Ou simplesmente dormindo. Eram imagens de todas as partes do país. Havia também "filiais" da Igreja Medianista e fiéis no Chile, na Argentina e no Uruguai. Duas garotas inglesas postaram uma foto fumando um baseado do tamanho de uma flauta transversal; ao fundo a bandeira do Reino Unido e um quadro onde se via bordada a letra de "I'm Only Sleeping", dos Beatles. Entre essas fotos, apareciam vários vídeos meus, fotos minhas em cima do palco, capas de revista e entrevistas, charges, quadrinhos, longos textos escritos pelos próprios membros medianistas, notícias sobre economia, luta de classes, feminismo, racismo, entrevistas com intelectuais, personalidades, Laerte, Mano Brown, Angela Davis e textos traduzidos do Eduardo Galeano, Noam Chomsky e Byung-Chul Han.

Havia também um comunicado oficial, escrito pelo "primeiro medianista", como se intitulava o rapaz de no máximo 30 anos chamado Dorival Carvalho. Uma espécie de sermão, algo endereçado aos irmãos e fiéis, contendo uma crítica explosiva ao show que eu iria fazer para o streaming sob o título *Deus hipócrita*. A comunidade parecia estar bem coesa quanto à posição, pois havia tantos likes na postagem quanto o número de inscritos na comunidade, dezenas de comentários, alguns até mais veementes e agressivos do que o texto do Primeiro Medianista. Nessa novíssima religião, o papa e o rebanho de fiéis estavam putos, realmente putos, com Deus.

"Eles não parecem muito satisfeitos, hein, Nilo?"

"Eu não ficaria satisfeita também", Vanessa emendou.

Olhei para ela sem entender, como se a sua declaração fosse uma traição, como se ela estivesse jogando do outro lado. Antes que minha indignação se revelasse de todo, ela apontou com o queixo para o texto do Primeiro Medianista.

"Eu acho que o texto do papa Dorival faz um apanhado bem completo dos argumentos todos. E esse título é forte, hein? *Deus hipócrita*."

Reggie interveio: "A igreja eu adorei: os caras criaram uma igreja para o teu espetáculo! Já essa bula papal é uma bobagem sem tamanho. Quanto mais gente conhecer o *Medianismo*, melhor, ora! Como diria algum apóstolo na Bíblia, *spread the word!*"

"Em inglês?"

"Em aramaico, hebraico, sei lá. Você entendeu, Vanessa."

"O problema, segundo o papa Dorival, não é divulgar a Palavra, Reggie. O problema é como divulgar. Tá aqui, ó", ela pegou o celular e apontou o local exato no texto. "'Assinar o contrato é capitular.' Você nunca vai ver o Greenpeace assinar uma parceria com a Ford ou a Boeing."

Reggie contra-atacou. Falou que tudo era uma infantilidade. Sabe quantas pessoas vão ver o especial do Nilo? Milhões. Ele mesmo perguntou, ele mesmo respondeu. A gente teria que esperar uns dez anos pra alcançar essa turma nas nossas redes sociais. E olha que nem tô falando da audiência nos outros países, a Europa, os Estados Unidos. Eles não estão vendo direito o que nós temos na mão.

"Eles não estão nem aí para isso. O papa aqui tá falando de outra coisa. Vocês estão sendo engolidos pelo mainstream, pelo mesmo corporativismo de que vocês tiram sarro no show. Eu concordo com eles."

"Do que você tá falando?" Reggie agarrou a própria cabeça com as mãos. "Todo mundo já foi engolido, Vanessa, o planeta inteiro já foi engolido. Nossos vídeos estão no You-Tube, no Facebook, uma das corporações mais horríveis da história, a ponta de lança do novo capitalismo informacional, transmidiático, filhadaputístico e sei mais lá o quê; o Nilo vai pra TV falar em talk-shows, ele vai toda semana no rádio, vai em festa de empresa com ações na bolsa. Não dá pra ser mais enquadrado do que a gente é!"

"Só acho que, assim como os fiéis da Igreja Medianista também acreditam, talvez essa possa ser uma oportunidade de marcar um ponto. Era o que vocês deveriam fazer, seus enquadradinhos. É o que eles pensam. E eu tendo a concordar." Vanessa se recostou na cadeira e continuou. "Na verdade, eu concordo plenamente."

As palavras de Vanessa me irritaram, senti um gosto ácido na boca, um refluxo que vinha da alma. Reggie cruzou os braços entre a indignação e o desespero. Limpei a garganta e interrompi a conversa. Imaginei que cabia a mim dar a palavra final do que havia lido, visto e ouvido.

"Eu não criei nenhuma religião, Vanessa. Não sei de onde eles tiraram essa ideia, mas, de onde quer que tenha sido, essa ideia é deles. Não tenho nada a ver com isso. Eu não quero e nem posso ser Deus de ninguém. Também não quero ser responsável pelo que as pessoas pensam sobre meu espetáculo. Eles que arrumem outro Deus ou outra religião, porque a verdade é que a Igreja Medianista vai ter que conviver com o meu *Medianismo Live at Zé Preto's* traduzido para várias línguas."

"É disso que eu tô falando!", Reggie suspirou satisfeito.

Depois esboçou um sorriso para Vanessa enquanto dava tapinhas nas minhas costas. Vanessa não fez questão de continuar a conversa, já havia marcado sua posição e mantinha sua certeza protegida por um sorriso mais ostensivo do que o do Reggie. Eu pedi licença e fui ao banheiro ansiando por estirar uma linha de coca.

27

A madrugada de domingo havia corrido ligeira. Uma chuva insistente transformava as camas de São Paulo no lugar mais desejável de todo o continente. No entanto, eu já estava acordado e em pé desde as três da manhã, empurrado pelos aditivos de sempre. A tristeza do pó no espelho me pareceu mais triste do que de hábito, mas eu tinha que trabalhar no especial. Já tinha material para três horas de show e lutava desesperadamente para cortar trechos, reduzir esquetes épicas que duravam dez, quinze minutos, longas como os discursos do Fidel Castro, e enquanto segurava uma foice grande e afiada como a da Morte, mais ideias para outros trechos estouravam na minha cabeça, uma convulsão de ideias, pipocos de ideias para todos os lados. Antes de descer para tomar o café da manhã, vi novos comentários na minha página, vários deles me parabenizando pelo especial que seria gravado, novas e repetitivas ameaças de morte.

Tomei um banho, vesti um moletom e desci para o Zé Preto. Saí do prédio com o vento arremessando gotas que pareciam pedras de gelo no meu rosto. A rua ainda estava vazia, não havia ninguém, a não ser eu. Um carro despontou ao longe e preferi esperá-lo passar para só depois atravessar a rua; não tinha pressa. Era uma perua, dessas que mães de classe média usam para fazer compras do mês no supermercado, só que em vez de pacotes com biscoito, sabão, feijão e bananas estava cheia de garotos. Uns seis meninos vindo da noite. Eu não ia para a noite na minha época de 18, 20 anos. Ou, se ia, ia bem pouco. Eu estava na faculdade mais preocupado em ser aceito nos melhores escritórios de São Paulo. Mas esses garotos vinham de lá, do escuro da noite, e dava para sentir de longe a energia decadente e feliz de um grupo de jovens adultos após algumas horas de diversão, música alta e coisas que seus pais prefeririam não saber. O carro diminuiu a velocidade e os garotos lá dentro pareceram me reconhecer, consegui ver a agitação. Olhei para o sinal e o farol estava verde para eles. Um garoto pôs o corpo magro para fora na porta de trás e olhou pra mim.

"Ei, Nilo! É uma cilada!"

Então todos eles gritaram ao mesmo tempo que era uma cilada, Nilo. Uma cilada, Nilo! O garoto que dirigia acelerou para aproveitar o sinal verde enquanto o garoto que pendia na janela apontou pra mim e olhou com seus olhos vermelhos e embriagados nos meus olhos antes de voltar para dentro. Vi os garotos sumirem numa esquina adiante.

Eles nem tinham ideia de que Moroder estava vindo de uma viagem a Nova York para assinar o contrato comigo algumas horas depois, logo ali, no Bar do Zé Preto.

PARTE 3

O INFERNO LÁ DO ALTO

Pedi meu suco de laranja com pão na chapa e um café para esquentar. Olávio me entregou o jornal de domingo, cada vez mais pobre de páginas. Lá fora a chuva fina continuava a atirar contas de vidro no chão e acompanhava os poucos que haviam tido coragem de se levantar ou os que ainda não haviam ido dormir. A missa de domingo na igreja do bairro ainda estava a alguns minutos de começar, e em breve apareceriam as primeiras senhorinhas com seus guarda-chuvas e terço na mão, ao lado dos seus senhorzinhos, seguidas por outras senhorinhas e senhorzinhos, como se a prática religiosa fosse algo que acometesse apenas os mais próximos do caixão. Seus netos estariam chegando da noitada.

A cilada não saía da minha cabeça. O garoto magrelo com o corpo de fora apontando para mim com toda a autoridade de um jovem de 20 anos. A energia, a juventude, a certeza. Mastiguei o pão com sua casca crocante enquanto também mastigava ideias na minha cabeça. Dali a oito horas, às quatro da tarde, Moroder entraria por essas mesmas portas e me estenderia um calhamaço de folhas impressas com letras pequenas como pulgas com serras elétricas para eu assinar e rubricar.

Eu estava cansado e com sono; e a barriga cheia me empurrava pra cama com força. Paguei a conta e devolvi o jornal ao Olávio do jeito que ele me entregou, intocado. Lá fora o tempo continuava cinza e frio e provavelmente permaneceria assim o dia inteiro. Seria bom mesmo tirar uma soneca. O bar estava se enchendo para o café da manhã de famílias e solitários. Decidi voltar para casa e dormir até a hora de encontrar Moroder.

Dei bom dia para o segurança. No outro lado da rua, um rapaz esperava para atravessar também. Segui em frente, contra o vento e os chuviscos. O rapaz do outro lado olhou para mim enquanto eu cortava a rua e não se moveu. Ao passar acenei com a cabeça, mas ele não se dignou a responder. Não me incomodei com a grosseria, vai ver o rapaz tinha levado muito toco na noite anterior, vai ver ele havia acabado um relacionamento, vai ver ele havia perdido um ente querido, vai ver ele tinha sido demitido ou coisa parecida. Fui até o portão. Soou o ruído elétrico, ouvi a tranca estalar. Antes de entrar, o rapaz chamou o meu nome.

"Nilo?"

Eu me virei com a mão apoiada na porta de alumínio. Estava cansado, mas me senti no dever de atender o rapaz. Talvez ele tivesse caído em si e entendido que eu não tinha a ver com nenhum dos seus problemas.

"Você é o Nilo do *Medianismo*?"

"Sim, sou eu mesmo."

O soco me atingiu abaixo do olho esquerdo. Não tive tempo de me desviar, mas consegui diminuir o impacto deslocando o rosto para trás antes de ser atingido. Larguei meu corpo no chão esperando pelo coice que sempre vem depois da queda. Ele veio em forma de palavras.

"Me demiti por sua culpa e até hoje não arrumei emprego, seu babaca."

Ao longe ouvi gritos e exclamações. Olhei por entre as lágrimas e vi Luciano, o segurança, correndo em minha direção. Algumas pessoas se levantaram das mesas no Bar do Zé Preto e desceram até a calçada. Antes de se mandar, meu agressor deu outros coices, esses em forma de chutes e de palavras, intercalados. Ele sabia ser eloquente.

"E você aí…"

Chute.

"… ganhando dinheiro…"

Chute.

"… com programa…"

Chute.

"… na televisão."

Chute.

"Medianismo é o caralho!"

Na verdade, não era na TV, bicho, era no streaming. Quando Luciano chegou, ele já havia escapado sob os gritos das poucas pessoas que estavam na rua. Ainda permaneci uns segundos deitado, sentindo a umidade da calçada tomar conta da minha roupa antes de me sentar, a cabeça latejando, as pernas tremelicando. O porteiro chegou logo em seguida para ajudar o segurança a me levantar.

Embora Luciano e Álvaro, o porteiro, insistissem para que eu prestasse queixa na delegacia, meu único desejo era a minha cama e seus lençóis, que me prometiam paz, descanso e conforto. Meu rosto estava apenas dolorido, eu não havia quebrado nenhum osso. Nada que algumas horas de sono não resolvessem. Consegui levar minha carcaça escadaria acima e de lá para o meu apartamento. Tirei a roupa com cuidado e deitei devagarinho pensando em estar inteiro e apresentável para o Moroder à tarde.

Abri os olhos, minha boca estava seca. A luz que vinha da janela era cinza e pesada. No relógio na mesa de cabeceira, o mostrador iluminava uma hora da tarde. O lado esquerdo do meu rosto estava muito dolorido. No entanto, das dores no resto do corpo havia apenas uma sombra, uma pálida e esfumaçada lembrança.

Era como uma rosquinha coberta de piche. Um círculo escuro rodeava o meu olho esquerdo, fazendo com que metade do meu rosto parecesse com a metade do rosto de um dos irmãos Metralha. Só o leve roçar da polpa do dedo sobre a pele bastava para provocar tanta dor que eu tinha calafrios. Abri o armário do espelho no banheiro e peguei o vidrinho de coca para dar uma animada e tentar reduzir as dores. Entrei no chuveiro e a força da água foi outro soco. A dor e o ardor misturados. Decidi fazer conchinha com as mãos embaixo do jato quente e mergulhar o meu olho avariado suavemente nesse ofurô. Fiquei ali por alguns minutos cuidando do meu hematoma com o mesmo carinho e delicadeza com que uma mãe polvilharia talco no bumbum do seu bebê.

Antes de me vestir, ouvi um zum-zum-zum vindo lá de baixo. Fui até a janela secando os cabelos com a toalha. Do oitavo andar eu podia ver a frente do Bar do Zé Preto apinhada de gente, e mais uns três seguranças além dos dois que costumavam trabalhar nesses dias. A essa hora de domingo não era muito comum toda essa animação. Joguei a toalha na cadeira e catei a cueca na gaveta, a calça e a camiseta que estavam em cima da cama. Enquanto vestia tudo, tentava imaginar o que significava todo aquele carnaval e ao mesmo tempo intuía que alguma coisa não estava indo muito bem.

Não demorei para entender o que estava fora do lugar. Quando apareci na calçada do prédio, as trinta, 35 pessoas que estavam diante do bar se viraram na minha direção, e aconteceu um pequeno alvoroço. Algumas vieram até mim, se desviando dos poucos carros. Ao nos encontrarmos no meio da rua, a primeira surpresa foi a deles: o que aconteceu com o seu olho? A segunda surpresa foi a minha: alguns falavam que eu deveria assinar o contrato, outros diziam que não. Fui sendo empurrado para a calçada pelas buzinas dos carros e puxado por mãos e braços. Ao completar a travessia, os demais me cercaram. Eu estava atordoado, confuso e enraivecido. Puto da vida. Luciano e outro segurança vieram em meu socorro e me tiraram da bagunça em meio a protestos. Outros dois seguranças chegaram com grades de alumínio que só eram usadas nos dias de carnaval ou nos espetáculos mais cheios e fizeram uma pequena barricada em frente às portas do bar.

Lá dentro, fui recebido pelas mesas com euforia. Tentava manter o sorriso no rosto embora estivesse quase me desintegrando de ódio; imaginava meu corpo explodindo e todos os pedacinhos, os retalhinhos, imprimindo sangue na parede e no rosto de todos os filhos da puta que estavam naquele bar naquela hora, incluindo, obviamente, o mais filho da puta de todos, Boris. Encontrei-o saindo das salas na parte de trás onde ficava a administração.

"Que merda está acontecendo aqui, Boris?"

"Que merda aconteceu com o seu olho, Nilo?"

Eu insisti, mas às vezes é muito difícil conversar com o Boris, vocês sabem.

"O que está acontecendo aqui?"

"O que você acha que está acontecendo?"

Então ele me explicou que tinha vazado a notícia da assinatura do contrato, de que o contrato seria assinado ali, e agora as pessoas estavam se acotovelando diante do bar como se quisessem estar na primeira fila de um show de rock. "Não faz nem meia hora que começaram a chegar; uma emissora de rádio, aquela que você sempre vai, estava fazendo uma enquete perguntando se você deveria ou não assinar. Aquele cara ali", ele disse e me apontou um rapaz com cabelo vermelho, um tédio ancestral e crachá pendurado no pescoço, "tem um link ao vivo com a emissora para dar a notícia em primeira mão. Isto aqui vai se tornar um pandemônio."

"E por que você vazou a informação?"

"Quem disse que fui eu?"

"Não daria tempo pra chamar todos os seguranças em meia hora."

"Você tem um bom ponto."

"Borislav!"

O dono do Zé Preto vestiu sua versão de mafioso russo e me mandou sentar na mesa do canto. "Estamos preparados para tudo. Já pedi mais cerveja e Smirnoff Ice. Relaxe e curta o seu momento."

Não havia nada a ser feito. Moroder estava dentro de um avião vindo de outro hemisfério, uma caixa de aço impermeável a ondas de celular e telepatia. Eu tinha apenas que esperar. Sentei a bunda na cadeira e olhei o celular pela primeira vez. Dezenas de ligações e mensagens do Reggie. Não esquentei, ele provavelmente queria apenas me contar o que eu havia acabado de saber. Em breve surgiria esbaforido de uma das enormes portas à minha frente. Pedi meu almoço, um filé com fritas, arroz e feijão, mas que viesse um dry martini antes, gelado de doer no juízo, eu estava precisando. Não era o jeito ideal de assinar um contrato, não com toda aquela gente lá fora, não com pessoas votando em enquetes, não era nem o momento ideal para assinar um contrato, mas eram o jeito e o momento que me ofereciam. E ainda tinha a porra do olho.

Olávio se aproximou perguntando se eu desejava um pouco de gelo para o meu olho. Aceitei de pronto. Olávio era um gentleman. A única pessoa filha de três pais que eu conhecia. Sua mãe havia mantido um relacionamento com dois homens por anos em uma comunidade hippie no interior de São Paulo. Entre bichos-de-pé e toras de maconha, Olívia, Lauro e Sávio praticaram o amor livre. Quando descobriram que Olívia estava grávida, decidiram aceitar que o menino a ser gestado era filho dos três, daí o nome: O de Olívia, La de Lauro e Vio de Sávio. Eu acho essa história linda, e talvez tenham nascido aí a generosidade e a fofura do Olávio. Não demorou dois minutos e ele me trouxe um pano de prato com pedras de gelo e o meu drinque.

Reggie chegou com um paletó azul-claro dobrado junto ao corpo, o rosto vermelho em brasa. Parece que milionários também suam, ora vejam só. Ele se assustou ao me ver com o olho inchado e da cor de ameixa. O que foi isso?, perguntou. Um ex-fã, respondi. Pus o meu parceiro a par da agressão enquanto aplicava gelo com delicadeza maternal e dava pequenos goles no meu drinque. Eram como agulhinhas de acupuntura geladas curando minha ansiedade e o sentimento de impotência por dentro. Lá fora, ele disse que ninguém conseguia andar pela calçada, que em breve as pessoas ocupariam a primeira faixa da Joaquim Floriano, que uma garota segurava um cartaz onde se lia "faz um filho em mim" com purpurina vermelha.

"Ela não tem nem 18 anos, Nilo!"

As caixas e caixas de cerveja que entravam pelos fundos enchiam os espaços vazios das geladeiras que ainda há pouco eram ocupados por garrafas que já estavam sendo distribuídas à turba sedenta e borbulhante lá fora. Pratos e cumbucas descartáveis com pasteizinhos de camarão, croquetes, dados de tapioca com pimenta adocicada passavam pelo salão deixando rastros de fumaça no ar. Além de bandejas, os garçons levavam maquininhas de cartão e dinheiro trocado nos bolsos dos aventais para cobrar os clientes na hora. Aqui se come, aqui se paga. A família do Borislav não havia sobrevivido à guerra por acaso.

Olávio chegou com uma caipirinha para o Reggie e meu almoço, e informou que a enquete da FM Cidade dava 43% a favor da assinatura do contrato e 57% contra. Eu olhei para Reggie, ele olhou para mim. Não dissemos nada, embora o seu rosto me perguntasse o que eu pretendia fazer, se ia fechar o negócio ou não, se estava realmente certo do que estava fazendo, se tudo isso havia afetado ou não a minha decisão. Meu rosto, ainda que avariado pela agressão, deveria estar estampando as respostas: claro que vou assinar, claro que vou pôr esse especial no ar para milhões de pessoas, claro que esses caras que são contra devem ter comido carne suína de procedência duvidosa nos últimos meses e agora seus miolos estão tomados de cisticercos, Reggie.

Meu celular não parava de tocar. Ignorei todas as chamadas e mensagens, só atenderia alguém se esse alguém fosse o Moroder, com sua pasta cheia de documentos para eu assinar e rubricar. Guardei o aparelho e pedi um saco plástico para o gelo. A mesa tinha virado um pequeno lago. Depois, fui até a frente do bar para esticar as pernas e ver a quantas andava a bagunça do lado de fora. As pessoas se alvoroçaram e aumentaram a pressão sobre as grades. Os seguranças tiveram que usar a força para recolocar as estruturas de alumínio nos seus devidos lugares.

Havia nitidamente uma divisão de torcidas. Do lado direito, os entusiastas do especial. Um garoto levantava uma cartolina com o letreiro: "Espalhe a palavra." Também vi a garota que desejava ter um filho meu. Do lado esquerdo, os que desprezavam o contrato. "Proteja o medianismo", "Mantenha o medianismo medianista". Eu conseguia ver nos olhos deles, entre a alegria juvenil e o cinismo de fachada, uma névoa de desespero, como se essa situação fosse algo capital no curso de suas vidas.

Embora todos estivessem muito excitados e o número de pessoas na calçada só aumentasse, tudo parecia sob controle. Não havia animosidade, só algazarra, diversão e a sensação de pertencimento. Borislav tinha contratado mais dois seguranças de emergência que se apresentariam em pouco tempo, e um par de policiais militares havia estacionado suas motos ao lado de um carrinho de cachorro-quente que estava vendendo a rodo na esquina da quadra ao lado. O tempo havia colaborado, já não chovia mais e a brisa fresca servia para manter os ânimos sob temperatura e pressão amenas.

Minha paz de espírito, um broto que se levantava do chão em direção ao sol, ainda muito longe de se tornar uma árvore frondosa, foi pisoteada quando vi na calçada do outro lado da Joaquim Floriano um volume inédito de detratores chegando para se instalar com faixas e cartazes em seu posto avançado. Eu havia marcado a assinatura para um domingo justamente para me livrar deles... Não era um bom sinal. A única coisa que separava os dois grupos era a Joaquim Floriano e o seu trânsito esquálido de domingo à tarde. O que aconteceria quando o grupo da calçada do Zé Preto desse conta dos antimedianistas do outro lado carregando as faixas que diziam "Medianismo = Comunismo" ou "Mimimidianismo" ou ainda "Medianista Vagabundo"? Não demorou muito. Os dois grupos logo começaram a trocar olhares desconfiados, como cachorros que se observavam de longe. Uma hora eles começariam a rosnar e latir. E daí para morder bastaria o quê? Ainda que a ansiedade me começasse a roer os ossos e as cartilagens, me lembrei do velho Sêneca. Era ele quem dizia, entre um gole de vinho e umas bocadas de pepino e queijo de cabra com azeite, tudo com moderação:

"Nada é tão lamentável e nocivo como antecipar desgraças."

Logo depois outra frase dele me invadiu a cabeça:

"Infeliz é o espírito ansioso pelo futuro."

Daí eu pensei, 1) que ele era um senhor coerente; 2) que eu teria que me consolar e me segurar em palavras escritas 2 mil anos atrás e no meu dry martini. Apalpei o bolso, todos os bolsos, e não encontrei o meu vidrinho de coca. Não tinha conversa, era Sêneca e gim mesmo. Voltei para a minha mesa. Reggie conversava com Paloma no celular enquanto comia um pastel. Olhei no relógio o tempo passando mais lentamente do que o usual. Outro martíni, Olávio.

O garoto magrelo com o corpo para o lado de fora apontando para mim. Os olhos meio cerrados, os cílios protegendo a membrana dos cristais gelados que a chuva fina jogava. É uma cilada, Nilo, é uma cilada. Desconversei de mim mesmo. Moroder havia acabado de pousar em São

Paulo e no celular pipocou a mensagem avisando que no máximo em uma hora estaríamos juntos. Perguntei se ele estava trazendo a champanhe que havíamos combinado. Arrume um balde de gelo, ele respondeu. Borislav surgiu apressado com um celular no ouvido, no ombro o pano de prato de quem estava ajudando na cozinha. Ele pedia mais camarão, mais robalo, mais salmão, mais tudo. O bar não dava indicação de que iria diminuir o ritmo e a cozinha se preparava para um turno extra.

O toque do plástico na pele lacerada era mais suave do que o pano de prato, e mais frio. Fechei os dois olhos e apliquei o gelo demoradamente, sem pressa. Procurei me acalmar, lembrando das palavras de Sêneca, tentando respirar profundamente e com tranquilidade. E por alguns instantes consegui limpar a cabeça de tudo. Como se o tempo parasse, como se o tempo não existisse. Permaneci lá por não sei quantos segundos ou minutos. A cabeça desligada, todos os sentidos desconectados. Uma tranquilizadora morte momentânea que me afastava de tudo e de todos, do passado, do presente e do futuro. Apenas eu e o silencioso nada. Desse mundo sem cor, sem forma, sem cheiro, sem pensamentos, eu lentamente me arrastei de volta para a consciência. Reconheci os cheiros do bar, o barulho das vozes e da cozinha, as cores ao meu redor. Ao mesmo tempo conseguia antever um desfecho harmonioso para o dia. As coisas iriam se encaixar, não há nada com que se preocupar, tudo estava pronto, você merece isso, Nilo. Respirei com vagar e senti uma onda de tranquilidade me envolver.

Fui retirado do transe por passos que chegavam pelo janelão da rua lateral perto da minha mesa, passos de uma pequena multidão. Os policiais militares que comiam cachorro-quente na esquina pararam de mastigar para observar, a boca entupida de pão e salsicha. A expressão bovina dos dois homens atiçou a minha curiosidade enquanto o ruído dos calçados na rua lembrava o de uma procissão com pés arrastados, o som abrasivo das solas sobre o pavimento. Reggie também se virou após desligar o celular. Fixou os olhos na janela, juntando-os aos meus, que estavam vidrados no que surgiria em breve na moldura logo adiante.

Primeiro, apareceu um homem vestindo calça jeans e camiseta preta, nas suas mãos o cabo de um estandarte que se erguia a uns 3 metros de altura sustentando uma flâmula dourada onde se lia "Igreja Medianista" e logo abaixo o lema: "A mente quieta, a espinha ereta e o coração tranquilo." Quando ele sumiu do enquadramento da janela, apareceram em seguida os demais medianistas com suas camisetas neutras, calças jeans e Havaianas. Eu não estava errado, era uma procissão religiosa. A tropa fez a curva à esquerda e entrou na Joaquim Floriano. Deu para ver o estandarte atravessando as portas na parte da frente do bar, acima das cabeças, e se deslocando para a esquerda até sair do meu campo de visão. Imaginei que eles estivessem posicionados logo ao lado dos meus fãs contrários à gravação do especial. Também consegui ouvir as vaias e os apupos vindos do outro lado da rua.

Encapsuladas em alguns metros quadrados, havia quatro forças bem delimitadas, algumas confluentes entre si, outras contrastantes, outras contrastantes e confluentes a depender do viés de análise escolhido. Se observássemos por certo ângulo, a Igreja Medianista se associava aos meus detratores, por motivos diferentes, na ojeriza ao especial do Moroder, e se distanciava dos meus fãs que adoravam e incentivavam a ideia de uma peça eletrônica que atravessasse o éter, a barreira do desconhecimento e da língua e chegasse aos mais profundos recantos da América do Norte e da Europa levando a palavra medianista. Já estes fãs discordavam dos meus outros fãs não devotos da Igreja Medianista pelo mesmo motivo. Era uma panela de pressão poucos momentos antes de o vapor sair assobiando pela válvula da tampa.

A faixa de rua mais próxima do bar já estava completamente interditada à circulação dos carros; a faixa mais afastada, a que ficava próxima dos meus críticos, com suas camisetas de Thatcher marombada, estava também obstruída. Aos carros, ônibus, vans e motos só eram facultadas as duas faixas do meio. Por quanto tempo? Eu não saberia dizer. Olhei para o Reggie e vi o medo.

Nesse momento, Denílson saiu da cozinha com uma caixa de giz e uma pequena escada dobrável nas mãos. Se dirigiu até a lousa verde que tomava a metade superior da parede lateral do salão da frente e começou a apagar os avisos sobre o prato do dia, os pratos especiais do chef, o preço do famoso pastel de camarão e da luxuriante feijoada. Quando a superfície estava completamente limpa, o cozinheiro se pôs a desenhar as letras com talento de calígrafo. Escreveu com capitulares o nome da emissora que estava fazendo a enquete: FM Cidade. Era só o que faltava.

"Denílson, o que está acontecendo?"

"O Zé Preto mandou eu escrever o resultado parcial da eleição."

"Acho melhor deixar isso quieto."

"Mas ele mandou, né? Eu só trabalho aqui, Nilo."

Ele desenhava as letras apenas com um giro do punho. E logo o placar surgiu do pó de giz: Sim com 48% e Não com 52%. A Igreja Medianista se animou, junto com meus fãs que eram contra a assinatura do contrato. Uma gritaria tomou conta da calçada e do interior do bar como se comemorassem um gol. Do outro lado da rua, meus inimigos levaram alguns segundos para entender o que estava se passando. Quando a notícia os alcançou houve outra comemoração, que foi replicada novamente do lado de cá da Joaquim Floriano. Críticos e adeptos irmanados na euforia. Denílson ainda completou sua obra anunciando uma promoção de long necks: quatro pelo preço de três. Dessa vez, até quem era a favor do meu especial comemorou junto.

"Boris..."

"Espera um momento, Nilo."

O dono do bar entrou na cozinha e passou alguns minutos lá dentro. Voltou cansado, suado e com um sorriso no rosto. Sentou na nossa mesa e se inclinou para iniciar a conversa.

"Vou cancelar a assinatura do contrato, Boris."

"Por quê?", ele fez uma cara de surpresa, uma surpresa que antecipava a indignação, como se eu fosse maluco.

"Esse povo todo lá fora. Eu não acho seguro a gente continuar."

"Não estou vendo nenhum problema, temos dois policiais militares ali do lado. Já liguei para a CET pedindo ajuda. E ainda temos cinco seguranças."

"Imagina o que vai acontecer quando eu assinar o contrato! Temos uma igreja aqui do lado de fora, Boris. Igrejas parecem ser da paz, do amor, mas quando entram numa guerra, bicho... Você já viu o que acontece em uma guerra religiosa? Eles esquecem de tudo o que falavam nas missas. E os animais do outro lado? Eu recebi ameaças de morte, Boris, você sabe. Esses caras querem me matar."

Borislav se virou para o Olávio: "Mais um martíni aqui pro Nilo, ele está precisando." E voltou a falar comigo: "O tempo até melhorou, Nilo, o sol está saindo, a tarde está agradável, as pessoas estão se divertindo, e quando o seu amigo Moroder entrar por aquela porta e tudo se resolver, todos nós comemoraremos, eu, você, o Reggie, o Moroder, as pessoas que estão lá fora, todo mundo. Um dia glorioso!" Ele continuou: "E tem mais: se você acha que eles vão quebrar tudo caso você assine o contrato, o que você acha que eles farão caso você não assine, caso você cancele esse show?"

Ele continuou, mais soturno.

"Se você desistir, cancelar ou sei lá o quê, eles também podem ficar alucinados e o pau vai cantar lá fora, não vai sobrar nada, Nilo. Mas será lá fora, do lado de lá das portas do Bar do Zé Preto. Aqui dentro, vou continuar servindo o seu martíni, bem seco e gelado, como você gosta, enquanto essas pessoas se matam lá na rua, quebram ossos uns dos outros, esmagam crânios no meio-fio. Mas será lá fora, bem longe da minha jurisdição."

Ele viu o meu rosto tenso e começou a gargalhar. Reggie começou a rir de nervoso. Eu não sabia se ria ou se chorava. Mas o próprio Borislav veio em meu socorro.

"Tá louco, Nilo?", ele deu um tapa na mesa. "Você acha mesmo que vai acontecer alguma coisa lá fora? Ah, corta essa! Tem gente fantasiada de Nilo, com calça jeans e chinelos! Isso aqui é um carnaval, as pessoas estão aqui pra paquerar, dar uns beijos e aproveitar a promoção da cerveja." Depois se encostou na cadeira e recobrou o fôlego. "Vocês brasileiros me matam de rir. Faz o seguinte: toma seu drinque, arruma uma Bic para assinar as coisas todas e se prepare para celebrar. Está tudo sob controle, meu amigo."

Ele saiu, mas antes deu um beijo na minha cabeça e me disse para ficar tranquilo. Reggie e eu ficamos olhando um para o outro. Havia um pastel de camarão sobrando no prato. Comi. Olávio trouxe meu drinque, tomei um gole que eu daria numa long neck de cerveja. Nesse momento, Paloma, namorada do Reggie, entrou pela janela lateral e me deu um beijo. Olhou nos nossos rostos preocupados e perguntou o que estava acontecendo. Reggie demorou para começar a explicar, parecia tentar retirar forças de algum lugar para transformar o medo em palavras. No relógio, o tempo brincava comigo.

Embora o dia lá fora estivesse fresco, com o ar limpo e afiado depois de horas de chuva, dentro do Bar do Zé Preto a atmosfera era úmida e pegajosa, uma floresta tropical encaixotada. Borislav suava, eu suava, Paloma tinha desenvolvido um discreto bigode de suor e Reggie passava o lenço para enxugar as gotículas que porejavam na testa. O calor e a umidade tornavam a espera ainda mais angustiante, ainda que eu não soubesse exatamente pelo que esperar. Uma convulsão social? Briga generalizada? Intervenção policial? Um atropelamento? Nada? Nos fundos do bar, Zé Preto conversava com um dos policiais militares.

Dentro de mim havia uma esperança de que toda aquela movimentação diante do bar fosse dispersada pela força da lei. No entanto, o resultado prático da deliberação foi enviar alguns garçons lá fora para tentar espremer os clientes na calçada, liberando uma faixa a mais para os carros. Houve pouca reclamação e as pessoas toparam se encaixar no passeio, ocupando a frente de algumas lojas que estavam fechadas no domingo. Uma parte dos manifestantes teve que dobrar a esquina, para a alegria do dono da barraquinha de cachorro-quente, que agora tinha clientes bem mais próximos. Como não parava de chegar gente, imaginei que o arranjo não iria durar muito tempo.

Denílson surgiu novamente com a caixa de giz. Apagou os números e atualizou o placar: Sim com 53% e Não com 47%. Desta vez, foram os apoiadores do meu especial que fizeram barulho. Dei outro gole no drinque e tentei digerir e me conformar com o cenário e a situação ridícula na qual me encontrava. Denílson passou ao meu lado, deu um sorriso compungido, reconhecendo o meu sofrimento. Eu ainda pedi uma água com gás e muito gelo e limão, além de outro martíni. Já tinha perdido a conta, estava navegando em mares desconhecidos.

De repente, um burburinho lá fora; gritos, aplausos e vaias se misturavam em partes volumosas e iguais. Logo entendi que só podia ser Carlos Roberto Moroder chegando. De fato, dali a pouco, surgiu Moroder em pessoa com seu rosto redondo e aquele jeito de quem tinha acabado de tomar banho. A camisa estava um pouco amassada; ele tivera que parar no limiar da entrada para enfiá-la de novo dentro da calça, enquanto assentava o cabelo com a concha da mão direita. Não deve ter sido fácil atravessar a muralha de gente.

Ao seu lado, vinha um rapaz miúdo com uma pasta na mão e uma caixa de Taittinger na outra. Tímido e subserviente, o tipo de personalidade, o único tipo de personalidade, que se encaixaria perfeitamente ao caráter inconstante e gravitacional de quem eu imaginava ser seu chefe.

Moroder espalhou os olhos pelo ambiente e encontrou os meus no fundo, perto do balcão ao lado da janelona que dava para a rua lateral. Passou os polegares pelo cós para ajeitar a calça e logo veio em minha direção, com um semblante que eu não saberia dizer se era decidido ou irritado, provavelmente um pouco dos dois. Me levantei e trocamos cumprimentos, fazia alguns meses que não nos víamos pessoalmente.

"O que é isso, Nilo?"

Não entendi se ele estava se referindo ao meu olho arroxeado ou à bagunça na frente do bar. Apresentei Reggie e Paloma e respondi que havia levado um soco pela manhã, mas que já estava tudo bem. Depois expliquei sobre a multidão na calçada, sobre o vazamento da informação, sobre a enquete no rádio. Moroder pegou uma cadeira e se sentou.

"Não é o melhor jeito de se assinar um contrato."

Moroder pediu um uísque com gelo e relaxou o corpo na cadeira, que estalou com o seu peso. Bufou como se tivesse vindo a pé de Nova York. Discretamente, seu acompanhante pediu uma água também e me entregou a garrafa de champanhe para ser gelada. Sinalizei para Olávio levar a bebida para o escritório nos fundos do bar. Achei que era mais conveniente fechar o acordo em um lugar reservado e com ar-condicionado: Moroder estava se diluindo em suor na minha frente, e lá fora as coisas estavam agitadas.

O escritório era uma mistura de sala de estar, despensa e museu da guerra dos anos 1990. Havia uma escrivaninha com um computador antiquado em cima, um conjunto de estofados que não combinava nem com a escrivaninha nem com o tapete e muito menos com as sacas de 5 quilos de arroz empilhadas no canto ao lado de um abajur que jamais havia sido ligado. Na prateleira atrás de onde Boris costumava se sentar havia espaço para dois capacetes velhos que protegeram como puderam as cabeças de seus donos na Segunda Guerra até que foram parar na feira de antiguidades da Benedito Calixto. Pelo menos era o que Borislav dizia, para logo depois acrescentar: são legítimos.

O uísque operou o seu milagroso efeito, deixando Moroder relaxado e até sorridente. Além disso, muita gente sabia que uma escala em São Paulo sempre envolvia a dona de uma rede de academias de ginástica que também era a sua amante e ainda hoje ganhava descontos do departamento comercial da emissora em que Moroder havia sido alto executivo para veicular seus comerciais durante o jornal local. Deste modo, já eram duas forças impelindo Carlos Roberto Moroder a um estado mais tranquilo do que o espírito de que estava imbuído ao chegar: o álcool e os glúteos hipertrofiados da sua namorada extraoficial. A terceira era o contrato que seu acompanhante com jeito de hamster guardava na pasta.

Sentamos todos no conjunto de poltronas. Reggie estava animado e receoso ao mesmo tempo. Pegou a garrafa de uísque na mesinha de centro e serviu duas doses no seu copo. O acompanhante retirou os papéis da pasta e me entregou. Eu conhecia todas aquelas letras e páginas, havíamos discutido por meses os detalhes do meu especial, da possibilidade de outros dois especiais nos próximos anos, todas as miudezas que envolviam um acordo desse tamanho, mas, ainda assim, mesmo sendo dono de duas das mãos que haviam ajudado a formatar o documento, me pus a reler linha por linha. Moroder não se incomodou. Era a praxe.

Deixei a poltrona e me sentei na escrivaninha em busca de uma caneta. Um teco também cairia bem, mas o vidrinho de coca estava bem guardado no armário do meu banheiro. Além do quê, eu não tinha intimidade pra me virar e pedir:

"Ô, Moroder, tens uma petequinha aí?"

Na tela do computador, cenas das duas câmeras apontadas para a entrada do bar. A calçada entupida de gente e a primeira faixa da rua obstruída outra vez. Quantas pessoas estavam lá fora? Trezentas? Um garçom do Zé Preto entrou no meio da turba com dois baldes de plástico levando cerveja. Outro garçom fez o mesmo. Voltei a minha atenção para a primeira página do contrato. Os olhos correndo linha por linha. Reggie e o acompanhante-hamster começaram a conversar, Moroder se levantou e ligou para alguém, talvez a amante. Meus olhos percorreram as letrinhas, como se eu escaneasse um documento, de um jeito impessoal e robótico. Apenas identificava o "A", o "H", o "X", mas eram somente símbolos sem som, sem nome, que nada significavam para mim, como hieróglifos ou a Equação de Euler. Eu não estava olhando realmente para o papel com sua porosidade absorvente, meus olhos estavam olhando para dentro de mim, procurando algo que escapava da minha compreensão imediata, mas que estava esperando ser encontrado já há algum tempo.

Cheguei ao final do documento. Moroder estava sentado na poltrona tomando o seu uísque enquanto Reggie e o hamster continuavam trocando figurinhas. Fui até a mesa de centro e servi uma dose de uísque em um copo cheio de gelo. Fiz um aceno para Moroder. Ele levantou o uísque dele, um brinde ao nosso acordo. Respondi erguendo o meu. Voltei a revisar a primeira página, rubriquei no canto direito inferior, revisei a segunda e fiz o mesmo, e assim continuei. No computador, a multidão agora gritava. Poderia ser uma canção ou palavras de ordem, as bocas abertas e o som do silêncio em preto e branco. Cheguei ao final e assinei o documento. Levantei com o maço de papel na mão, dando uma última olhada no contrato. Moroder abriu um sorriso cansado e aliviado, o sorriso do dever cumprido, repousou o copo sobre a mesa de vidro e se levantou da cadeira, enfiando os polegares no cós da calça, para ajustar a calça à cintura, o que agora eu percebia ser uma mania. Reggie e o hamster encerraram a conversa e se levantaram como se fossem saudar a rainha da Inglaterra; os dois emprestavam formalidade ao evento. Reggie passou o lenço sobre a testa mais uma vez e deu um tapinha nas minhas costas. Antes de cumprimentar Moroder com um forte aperto de mãos, avisei que na verdade não iria fechar o acordo. Dobrei os papéis duas vezes e pus no bolso de trás da calça, e assim joguei 800 mil reais e a promessa de mais dois especiais, um de Natal, ainda com valores a serem discutidos, no lixo.

É como descer uma montanha-russa de descontrole, alienação e autodestruição, e quando você dá por si o seu carrinho está de volta à planície. Mas, antes que você possa reduzir os batimentos cardíacos e a infusão descontrolada de adrenalina e cortisol na corrente sanguínea e respirar um pouco, uma força impele o seu carrinho novamente a subir os trilhos a uma altura tão impressionante que só a vertiginosa sucessão de descontrole, alienação e autodestruição que virá em seguida causa mais terror. E assim por diante, volta após volta, Sísifo no parque de horror e diversões. Minha primeira década de vida adulta havia sido desse jeito, e já era mais do que suficiente, muito mais do que suficiente.

Eu não havia chegado a essa conclusão naquele momento. Essa conclusão afinal foi também o que me levou mesmo que inconscientemente a criar o *Medianismo*. Uma camada de lucidez internalizada que emergiu pelos poros como suor, um suor doce, nos meus dias pós-Lennox, Székely & Königsberg Advogados. Mas criar o *Medianismo* não foi suficiente, e o meu carrinho voltou a subir os trilhos da montanha. Tec, tec, tec, tec, o barulho do mecanismo puxando o brinquedo tão alto que dava para ver o inferno. Foi por isso que as palavras da Vanessa me irritaram tanto, que o comunicado da Igreja Medianista havia me incomodado tanto, porque trouxeram para a minha consciência o abismo que eu não queria nomear e que continha tudo pelo qual eu já havia passado, as noites insones, as relações descartáveis, o corpo gasto e domesticado, a vida submissa, dolorosamente submissa, lamentavelmente submissa. O indizível e o irreconhecível tinham face. Eu era um Deus hipócrita, e tudo isso era uma cilada, Nilo.

Não compreendi nenhuma palavra do que o Moroder me falou assim que viu o contrato guardado no meu bolso. Precisei do Reggie no dia seguinte para que ele me contasse o que de fato acontecera além da fisionomia indignada e da ira incandescente que haviam tomado conta do senhor diante de mim — ele brilhava como um reator nuclear com problemas. O computador estava longe do seu alcance e não havia janela nenhuma na sala, o que me tranquilizou. Olávio apareceu com a champanhe gelada em um balde.

Na outra mão, trazia um buquê de taças. Mas, logo que viu Moroder arremessar o copo de uísque na parede, Olávio entendeu que já havia cacos de vidro demais espalhados pelo chão e saiu sem nem mesmo ter chegado a entrar.

Eu devia ter decidido isso antes? Devia. Eu conseguiria? Não, não conseguiria, como de fato não consegui. Uma amiga dos tempos da faculdade falava sempre que as pessoas fazem o que dão conta de fazer em determinado momento. Sei que isso daria pra justificar até o holocausto judeu:

"Foi o que Hitler deu conta de fazer naquele momento, Nilo."

Mas no meu caso não tinha como acontecer antes, foi o que dei conta de fazer, Moroder, mal aí. O meu constrangimento não era completo porque eu sabia que a dona da rede de academias estava esperando meu ex-futuro chefe com milk-shakes de whey protein à luz de velas. Ele iria superar o trauma, quem sabe até em poucas horas. Enquanto eu pensava nisso, suas palavras continuavam zunindo nos meus ouvidos sem que eu retirasse delas nenhum sentido, e seus gestos eram desafiadores, para não dizer ameaçadores. Eu, no entanto, estava catatônico. Reggie se intrometeu, afastando nós dois como se fosse um juiz de boxe, e logo depois Moroder e o pequeno roedor saíram em retirada. Meu ex-futuro chefe estava furibundo. Por um instante senti pena do seu assistente e sua compleição frágil. Eu não sabia o que fazer, se deveria me despedir, pedir desculpas, acompanhá-los até a porta. Decidi segui-los. Reggie tentou me impedir, mas eu estava certo de que era a coisa correta a ser feita. Enveredei pelo corredor que sairia ao lado da cozinha, passei pelos cilindros de gás e pelos engradados de cerveja empilhados juntos à parede. Quando apareci no salão, vi que eles tinham ido em direção às portas da frente. Algo me dizia que deveriam ter saído pelos fundos do Zé Preto. Reggie ao meu lado falou baixinho, como se falasse para si mesmo e ao mesmo tempo para alguma entidade metafísica:

"Merda."

Paloma veio em nossa direção sem entender nada. O jornalista com cabelo colorido que estava no canto esperando para dar a notícia em primeira mão também. No lugar de sorrisos, leveza, gestos largos e relaxados e o brilho de satisfação nos olhos, eles viram raiva e indignação no rosto do Moroder, tensão no nosso semblante e medo no corpo inteiro do assistente.

Uma parte do que aconteceu só pudemos ver quando recuperamos as imagens das câmeras de segurança do Bar do Zé Preto. A parte em que Moroder passa aos trancos por entre a multidão. A parte em que ele é interpelado por um garoto. A parte em que acerta esse garoto na cabeça com a pasta que estava na mão do assistente. A parte em que pessoas ao redor tentam tirar satisfação do gesto violento. A parte em que o rastilho de pólvora que só estava esperando uma faísca encontra exatamente o que estava esperando. E eles nem sabiam o resultado do encontro.

Os seguranças se esforçaram para esfriar os ânimos, mas era como tentar climatizar um apartamento inteiro abrindo a porta da geladeira. Foi necessário o auxílio das câmeras da rua e de outros estabelecimentos para ver a massa de detratores avançando perigosamente entre os carros da avenida em direção ao bar. As imagens foram parar nos telejornais locais e na internet e serviram mais tarde para destrinchar o emaranhado de responsabilidades e atitudes permissivas que levaram um bucólico domingo a se transformar em um festival de fraturas e hematomas que gerou uma lista enorme de pessoas hospitalizadas, incluindo Carlos Roberto Moroder (traumatismo craniano e perfuração do rim esquerdo), outros dezenove civis (fraturas e escoriações diversas) e um policial militar (lesão por esforço repetitivo na mão direita, responsável por segurar o cassetete).

Zé Preto, os seguranças e os garçons tentaram fechar as enormes portas retráteis em vão; alguns clientes que estavam sentados nas mesas se levantaram e vieram em nossa direção assustados. O jornalista não perdeu tempo e logo sumiu. O bar foi invadido enquanto os outros clientes escapavam pelas janelas laterais ou fugiam pelos fundos. Zé Preto cansou de pedir por favor e passou a arremessar as cadeiras dobráveis sobre os invasores. E os seguranças que há tempos estavam salivando decidiram partir para a porrada, o que atiçou ainda mais os bárbaros que vinham da calçada. Do lado de fora eu podia ver o estandarte da Igreja Medianista para lá e para cá, descendo sobre a cabeça dos infiéis ou de quem quer que fosse. Não demorou muito para saquearem as geladeiras. Caixas de cerveja foram roubadas, as pessoas abriam as garrafinhas e latinhas ali mesmo e tomavam em um gole só. Denílson conseguiu fechar as portas da cozinha com toda a equipe dentro. Isso foi o que eu consegui ver antes de sair do Bar do Zé Preto pelos fundos e me refugiar na casa do Reggie.

No dia seguinte, voltamos ao local da revolta. Todas as portas estavam fechadas, exceto uma, para permitir a entrada e a saída do pessoal da limpeza, do pessoal do seguro, dos amigos do Zé Preto. Ele não estava de todo abatido. O bar estava segurado, e ele havia faturado em uma tarde o que costumava levar quase duas semanas para ganhar. Em uma semana voltaria a abrir os portões como se nada tivesse acontecido, como se os cacos de vidro e os pedaços de madeira espalhados no chão, como se as prateleiras destroçadas atrás do balcão fossem um sonho ruim. Borislav havia sobrevivido a uma guerra: para ele, isso era fichinha.

Moroder saiu do hospital em dez dias; foi de lá direto para o trabalho. Nunca mais me dirigiu a palavra, e fontes fidedignas disseram que meu nome está proibido de ser mencionado nas salas e corredores do maior streaming do Brasil. Vi sua foto alguns meses depois ao lado de um comediante que estava fazendo sucesso no stand-up brasileiro, seus textos eram sobre as diferenças entre homens e mulheres, piadas sobre costumes, e ele havia acabado de assinar com Moroder um contrato para dois especiais de uma hora. Na imagem estampada no jornal, eles pareciam felizes.

Reggie chutou um pedacinho de madeira só para vê-lo se chocar com uma lâmpada quebrada e fazer um barulhinho. Plic, plic, plic. Pôs as mãos nos quadris e olhou para a destruição diante de nós. Depois perguntou quanto será que valia aquele bar e se o Borislav não gostaria de vendê-lo. Eu não tinha a menor ideia sobre nenhuma das indagações, mas comecei a fazer conjecturas quanto ao nome do novo estabelecimento: Bar do Reggie? Hum, muito anglófilo. Bar do Reginaldo? Não, sem nenhum apelo. Bar do Zé Preto? Ótimo. O Zé Preto original deveria ter mais coisas em comum com o Reggie do que com um cigano de origem sérvia, com certeza.

Meu amigo foi até o balcão, ao lado da televisão do César, que estava com um buraco na tela. O sistema de som ainda estava funcionando e ele pôs aquela famosa versão de "La Mer" cantada pelo Julio Iglesias. Uma gravação ao vivo, em que ele fala com a plateia em francês logo no começo. O arranjo de discoteca, com baixo pesado e metais, trabalhava para deixar a canção paradoxalmente suave e fluida. Com a música invadindo o ambiente, aqueles cacos, os destroços, a sujeira espalhada pelo chão ganharam até uma nova simbologia, e senti uma brisa do recomeço entrando pela porta trazendo coisas boas.

"Nilo!", ele gritou. "Que tal 'Bar do Julinho'? Com pôsteres do Julio Iglesias, os pratos que ele gostava... ele adora frango frito, sabia? E paella."

"Você tem que manter a feijoada, Reggie. O Julio Iglesias gosta de feijoada?"

"Claro que gosta, Nilo!" Falou isso com um tom indignado, como se fosse impossível Iglesias não gostar de feijoada. "É óbvio que o maior ser humano vivo gosta de feijoada."

Me perguntei se o Reggie virando dono de um bar ainda poderia ser meu diretor, fotógrafo, editor, sonoplasta e conselheiro profissional. O *Medianismo* continuaria precisando dos seus talentos. Mas acho que sim. Ele poderia fazer o que quisesse. Puta cara espetacular, o Reggie.

Ainda eram nove e quarenta da manhã, mas fui até a geladeira e peguei uma das cervejas que não tinham sido saqueadas. Tive que emitir um comunicado nas redes sociais informando que por motivos de força maior os shows do *Medianismo* na semana estavam cancelados. Logo depois de postar a mensagem, resolvi eu mesmo adiar o retorno por mais tempo, estava precisando de férias. Duas? Três semanas? Um mês. Vanessa mandou mensagem perguntando se eu estava bem. Tinha visto as imagens na TV. Eu respondi que sim. Perguntou se eu queria jantar com ela e sua nova namorada, uma instrutora de esqui aquático quinze anos mais velha. Depois, deslizei o indicador na tela do celular, passando por todas as mensagens: meus pais, os amigos distantes, jornalistas, os amigos mais próximos, algumas garotas que haviam me cortado em cubinhos, todos preocupados com a minha integridade física. E lá embaixo uma mensagem da Melissa. Já não era sem tempo.

Mais uma vez lembrei dele, Sêneca, o Jovem. O grande Sêneca foi senador, filósofo, dramaturgo, foi condenado à morte duas vezes, uma delas por Calígula, foi perdoado e exilado e voltou para ser tutor de Nero, aquele. Depois foi acusado de conspiração contra o imperador, o próprio Nero, e condenado à morte, ou melhor, ao suicídio, pela segunda vez, condenação que abraçou com tranquilidade. Morreu estoicamente ao retalhar as veias do braço sem nenhum drama, nada de chororô. Sêneca sabia viver e sabia morrer, Sêneca sabia de várias coisas. Ele também costumava falar:

"Não seja trouxa."

AGRADECIMENTOS

À Natalie Sequerra, pelas esclarecedoras aulas sobre aquisições e fusões de empresas e a dinâmica de um grande escritório de advocacia. Quaisquer imprecisões ou distorções sobre esses assuntos neste romance são de minha inteira responsabilidade.

Ao meu irmão Ivan Guerra, pelas preciosas informações sobre diversos fármacos e seus efeitos no corpo humano. Quaisquer imprecisões sobre esse assunto neste romance são de minha inteira responsabilidade.

À Daniela Ribeiro, mas vocês terão que perguntar a ela o motivo.

À Natércia Pontes, pela leitura generosa, pelas precisas considerações e pelo apoio que jamais esquecerei.

Ao Michel Laub, pela leitura atenta e pelos apontamentos que ajudaram este romance a se tornar o que é.

À Simone AZ, pela leitura carinhosa e pelo apoio fraternal.

Ao Rodrigo Leão, pela leitura, pelo incentivo e pela troca de ideias que ajudaram na conformação deste livro.

À minha irmã Livia Guerra, pela leitura e pelos toques que ajudaram a dar nome ao livro e a batizar suas três partes.

À Julia Wähmann, por ter acreditado no potencial deste romance desde o primeiro momento e por ter aberto as portas para a sua publicação.

À Lucia Riff e Eugenia Ribas, pelo profissionalismo impecável e pelo carinho.

Ao Rodrigo Lacerda, por ter acreditado, pela delicadeza e pela publicação.

À Giovana Madalosso, minha primeira leitora, pelas maravilhosas conversas que me incentivaram a ir em frente, ajudaram a lapidar este livro e me tornaram um escritor melhor. Isso sem contar todo o resto, que é o que mais importa.

Este livro foi composto na tipografia Minion Pro,
em corpo 11,5/16, e impresso em
papel off-white no Sistema Cameron da
Divisão Gráfica da Distribuidora Record.